异象

调查所

傅汛 —— 著

南方出版传媒
花城出版社

图书在版编目（CIP）数据

异象调查所 / 傅汛著. -- 广州：花城出版社，
2018.5（2019.10重印）
ISBN 978-7-5360-8633-3

Ⅰ．①异… Ⅱ．①傅… Ⅲ．①长篇小说－中国－当代
Ⅳ．①I247.5

中国版本图书馆CIP数据核字(2018)第089625号

出 版 人：肖延兵
策划编辑：文 珍
责任编辑：周思仪 周 飞
技术编辑：凌春梅
封面设计：ABOOK 壹书工作室
　　　　　殷舍Design QQ|812784044

书　　名 异象调查所
　　　　　YI XIANG DIAO CHA SUO
出版发行 花城出版社
　　　　　（广州市环市东路水荫路11号）
经　　销 全国新华书店
印　　刷 佛山市浩文彩色印刷有限公司
　　　　　（广东省佛山市南海区狮山科技工业园A区）
开　　本 880毫米×1230毫米　32开
印　　张 11.5　1插页
字　　数 230,000字
版　　次 2018年5月第1版　2019年10月第2次印刷
定　　价 35.00元

如发现印装质量问题，请直接与印刷厂联系调换。
购书热线：020－37604658　37602954
花城出版社网站：http://www.fcph.com.cn

总 序

收获 编辑部

　　悬疑推理小说对于中国来说是一件舶来品。虽然早在清朝，中国小说中便有"彭公案""施公案"一类公案小说，但真正现代意义上的中国本土悬疑推理小说的出现，还得溯源至 20 世纪初中国文人对于柯南道尔"福尔摩斯系列小说"的译介与模仿（早期的译介者往往同时也是仿写者）。用范伯群教授的话讲，中国现代悬疑推理小说——当时一般称为"侦探小说"——在诞生之初，就存在一个"包拯和福尔摩斯交接班"的问题。

　　而在中国本土的悬疑推理小说发生后的很长一段时间内，其发展情况并不尽如人意。这可能与中国社会长期忽视理性、科学、法制精神有关，而这些社会普遍认知对于悬疑推理类小说而言，犹如土壤和空气对于植物生存生长一般重要。

　　但近些年来，中国悬疑推理类小说的创作，无论从数量还是质量上，都取得了长足的进步与不错的实绩，涌现出很多有着丰富生活经历和创作才华的年轻写作者。而本套"推理罪工场"系列书则恰是对这些近年来部分创作实绩的一种汇总与展现。

现如今，每一位优秀的中国悬疑推理小说家在创作时都需要面对四个问题：如何面对中国传统公案小说的创作资源？如何面对欧美日本同类型小说的辉煌创作成果？如何融合悬疑推理故事于中国社会环境而达到浑圆的境界？如何用紧张而刺激的故事表达出普遍意义上的人性主题？本套丛书所选的这些小说正是写作者们从不同角度对上述问题作出的思考与回答。

我们现在还很难概括总结出中国悬疑推理类小说已经形成了哪些独特的能立于世界同类小说中的风格或流派，但看过这些作者的作品后，我们有理由相信，距中国派推理小说的诞生，已经不远了。

目 录

河道人鱼

1

"您今年几岁？有 40 了吧？嗯，我猜的差不多。在四十年的人生岁月里，总会看到听到一些不合常理的奇异现象吧？比如夜空中发着白光的不明飞行物、水底下体型庞大的奇异生命……哎？没有？呵呵，您好好想想。怎么样？还是有的吧！那些自己难以理解、旁人又无法解释的异象就这样被搁置在记忆的角落，但您却束手无策。不过，现在有机会弥补遗憾了，我们'异象调查事务所'专门帮人调查此类奇异现象。地址离这边也很近，出这个小公园，过两条马路就到。什么？收费吗？呵呵，当然是收费的，调查什么的总是需要开销的，我们专业做这个没有收入也无法维持。不过请放心，收费保证合理公道。喏，这是我的名片。对，庾诚文，就是我的名字，也是事务所的所长。哎？这就走了吗？好吧……再见，再见。有机会的话欢迎惠顾！"

看着知识分子模样的中年男子拿着我的名片走远，我也从公园草坪边的长椅上站起身来。在事务所工作的日子，我常步行到这个饭馆餐厅云集的街区吃饭。这里可是市内东区有名的"笛园美食街"，特别是节假日，周边几个区的人都会涌到这一块来。

像刚才那样拉业务的事我并不常做，只是因为那人恰好坐到了我旁边而已。不过看他的衣着打扮应该不属于我的潜在客户，不会舍得花钱去解开心中那一点小困惑。这没关系，能起个宣传作用也好。我是唯物主义者，不相信神怪的存在。这世上再离奇的现象都是有现实成因的，很多时候都只是个人主观的错觉，甚至是人为的编造。除了收入，破解这些谜团也是这工作给我带来的乐趣之一。

十几分钟后回到了事务所所在的街区。虽然位于同一区，但是这块的热闹程度和美食街不可同日而语。这里附近没有超市卖场和娱乐场所，人流稀少，要命的是人行道边上还有护栏，街两旁的商业店铺少得可怜，就算开出来也会因为没有生意而很快倒闭。但是相应的房租倒是便宜了很多，我租的是二楼的一间大屋，比起一楼的街面房更便宜，在房租方面节约了一大笔开销。

在我楼下是一家鞋店，面积和我的差不多大，四五十平米的样子。鞋店外墙边缘贴了一张 A4 大小的复印纸，印着黑体加粗的"异象调查事务所"七个大字，上方有黑色油性笔画的一个空心箭头，踏上箭头所指的狭窄木楼梯就能到达本所。事务所的牌子挂在二楼南侧窗台下，金底黑字的金属招牌，远远就能看到。如果我站在窗口的话，那招牌看上去就像挂在我脖子上一样，有种被挂牌游街的感觉，让人有点讨厌。但是没办法，测风水的说这是放牌子的最佳位置。

不知道是不是托了牌子的福，事务所开张到现在生意还不错。开店初期我做好了面对困难的准备，心想一周能接到一单就算不错了，开了店我才知道……原来这世界上有钱有闲的人那么多！我差不多每隔两三天就能接到一个调查委托，有时候甚至一天好几单，搞得我一个人都忙不过来了，有些看着实在不靠谱查了也白查的委托就直接推掉。

上楼前在鞋店门口探头看了看。老吴坐在店子深处低头看报，那架势不像个店主，更像是门房。我没有打扰他，拾阶而上。

走几步后察觉头顶上的阴影，楼梯上竟然坐了个人！正要质问对方为什么侵占我的地盘，他已经站起来，冲我点头招呼后说："你是……这个调查事务所的人吗？"

声音有些低沉，但实际上还是个年轻人，仰视好像很高大，实际应该比我高不了多少。他穿着宽大的格子衬衫，深色牛仔裤，长头发盖过了耳垂，还戴着一副很大的黑框眼镜。

见我点头说是，他很快表明来意，说想委托我调查。因为事务所目前只有我一个人，我不在就会锁门，让顾客坐楼梯实在有些过意不去，忙请他上楼。狭窄的楼道只容一人通过，他一转身，背后的那个鼓鼓囊囊的牛仔布双肩包差点把我砸下楼梯。这种穿着打扮只能让我想起一个词——宅男。

楼梯走到尽头后拐弯，就是事务所的门口。我从西裤口袋里掏出钥匙开了门,在门口做了个"请"的手势。

2

装修的时候我把租的这间大屋隔成了两间,西侧狭长的小房间打算用作前台,门口面朝北摆了张小桌,上面放了台低配置的电脑。这房间里还有打印机、扫描仪、复印机等办公设备,所以地方有点挤。我引着宅男穿过小房间走到底,来到东侧大房间的门口,进去就是我的办公室了。

室内陈设比较简单,正对门的墙角是台饮水机,旁边的立柜里摆放着茶叶、速溶咖啡、一次性纸杯等杂物,东侧靠墙摆了张绒布长沙发,沙发对面的墙上安装着一个35英寸屏的液晶电视。我的办公桌一侧靠东墙,桌对面的一把黑色皮转椅是给委托人准备的,桌后那把更大一号的转椅是我坐的。以前在公司的时候我是部门主管,坐的就是主管椅,再下层的普通员工坐的是职员椅,没有扶手,也不是皮制的,隔壁前台那把就是。以前我总嫌主管椅太小,但老板椅无法企及,现在我自己当了老板,终于可以随心所欲了。我座位后的墙角摆着一个五节档案柜,因为开业到现在才一个月,里面的资料并不多。

"不介意吧?"进屋后的第一件事,我先用遥控器打开了西墙上的电视。

我请宅男在主管椅上坐下,自己去替他倒水。虽然备了茶叶和咖啡,但第一次来的人我一般都请他们喝白开水。等我拿着纸杯回来时，发现宅男没在椅子上，而是坐在稍远的沙发上，抱着膝盖上的背包在看电视里的地理纪录片。

有这么爱看电视吗？我觉得有些好笑，但也没勉强他，坐到自己位子上，打开抽屉拿出一张委托申请表。

"不好意思。需要登记一下顾客资料。"话说完却没见他反应。我轻叹了口气，用桌上的遥控器把电视声音调轻，加大声音问几米外的他："不好意思，请问你贵姓？"

原本侧脸对着我的宅男把头转过来，推了推鼻梁上的眼镜说："哦，我叫邱石，丘耳邱，石头的石。年龄也要登记吗？26岁。不用看身份证的吧？"

"这倒不必。我这里是调查事务所，不是婚介所，不需要很详细的身份资料。"

听我这么说，他把伸到背包里取证件的手又缩了回去。我替他把姓名在委托人一栏上填好，接着说："好的。那么，你想委托我调查的是……"

邱石没有马上回答，而是先跟我确认："我是在网上了解到的这个地方。这里专门调查各种常理无法解释的奇异现象对吗？"

我微笑着点了点头。

为了给这个地处冷僻街区经营奇怪业务的事务所打广告，我可是花了一番功夫的。

"没错，本事务所专业调查破解各类奇异现象，请问你想委托我调查的是什么？"

再次面对这个问题，邱石终于抛却犹豫开了口，但语气里仍然有些不坚决："请问……你见过美人鱼吗？"

"美人鱼？你是说电影里吗？还是水族馆里的表演？"

"当然不是那种，我……我问的就是现实生活中，你有没有见过真的美人鱼？"

"……没有。"

"我见过。我的委托就和看到的那条美人鱼相关。"

我从委托书上把目光抬起来看他，一脸认真的表情让我相信他不是在开玩笑。

"你是怎么见到那个……那个美人鱼的？什么时间？什么地点？能详细说一下吗？"

大概是我语气里流露出了怀疑，邱石头垫在膝盖上方的背包上，小幅度点了点。

"第一次见到大概是在十天前，也就是 5 月 7 日，我从家里出来去同安路上通宵营业的便利店购物。当时半夜 1 点多，夜深人静，路上只有我一个人。回来的时候靠同安路右侧走的，这一侧的路边有护栏，下面就是贡河。我忽然听到了水声，像是什么重物掉到河里的声音，往河面瞟了一眼，有白色的东西沉入水下，很大的波纹荡开。感觉像是什么鱼潜了下去，但从泛起的水波来看，那条鱼也未免太大了一点。

"路面高出河面许多，当时月光昏暗，路灯也远，我没看清那到底是什么。再往前走一点过宛平桥可以来到河对岸，那里有阶梯可以下到河岸边。我没有过去，因为没必要为这点事大惊小怪，更何况那东西已经沉入水里。我只是在走了一段后又回头看了一眼。就是这一眼，我看到了那一幕不可思议的景象——一个全身赤裸的女子坐在河对岸水泥筑起的岸边，虽然看不清五官，但大致的形体我完全可以看清。不知道是不是路灯光线的关系，她就像笼罩在一层白色的轻纱中，有种虚幻的朦胧感。齐腰的长发垂在胸前，双臂伸直按在身体两侧的岸堤上，低着头晃动一半浸在水里的双腿在玩水。一开始我以为她是趁夜色在河里裸泳，正打算别过头去，我忽然注意到她的双腿有问题，那是像人鱼那样连成一体的尾部！下端露出水面时，也是像鱼尾那样的分叉。她分明是一条半身是人半身是鱼的美人鱼！"

说到美人鱼时邱石的声音加大，眼睛也圆睁，好像正在重温当时的情景。我摘要记录下他的这段神奇经历，轻轻咳嗽一声作为提醒："没有看错吗？会不会是人穿着美人鱼尾巴的衣服在游泳？我知道有的水族馆里会让女性潜水员穿这种衣服给观众表演。或许那个女的就是那种潜水员？"

"不，不会的。她一看就没有穿那种东西，应该是……赤身裸体的。"说到这里邱石的脸上好像红了红，声音也变轻了，"她只有臀部那块区域覆盖鳞片，大腿的下半部、小腿、脚上都没有，看上去就像普通人的肌肤，只是合并在一起的。我觉得她正在往人类进化，也许过不了多久，她的鱼尾就会分开，拥有属于自己的双腿了。"

"那她一定不会说话。"我插了一句。

"啊？"

"安徒生童话里的小美人鱼不是把声音给了巫婆换来了双腿吗？"

意识到我在开玩笑，邱石又低头不说话了。我正打算为自己的冒失道歉，他倒又开口了："我确实没听过她说话，但应该没有失去声音，因为她发现了我在看她，发出'啊'的一声惊叫，一个猛子扎进了水里。那叫声……听上去和普通女孩子没有什么差别。"

"你后来走近去看了吗？"

"没有。说实话我觉得好诡异，没有勇气过去确认，加快脚步回家了。但后来我还是很想确认那是什么，所以前前后后，我一共看到过她四次。"

原本以为这只是宅男的幻想，但如果看到这么多次的话，说不定真有其事。我在笔记上敲着笔的尾端等他继续。

"我是租房一个人住的，本来每个礼拜会在那个时间点去一次便利店，采购食物和生活用品、交水电费什么的，为了弄清那天看到的是什么，我第二天同一时段又去了贡河边……"

这次我没有打断他，但在心里暗暗说了句：每周半夜出门一次，果然是宅男啊。

"……这次在便利店交了电费，又顺手买了点东西。我过了宛平桥来到河对岸，没见到有什么异常。临走前在上次人鱼坐的岸边放了包刚买的抹茶口味的 Pocky。"

"Pocky？你是说百奇吗？为什么放那种东西？你认为人鱼会喜欢吃才买的吗？"

"那倒不是，是我买来自己吃的……因为想到作为女孩子的人鱼可能也爱吃，就在岸边放了一包。"

好吧。我就不说什么了，任由爱吃零食的宅男自己说下去。

"清早我出门去岸边查看，发现 Pocky 没了，但不知道是人鱼取走的还是被路人拿走的。我没有就此放弃，晚上又做了同样的事情，然后天还没亮就去了岸边，Pocky 又没了。那个钟点就算早上扫大街的清洁工都还没上班，十有八九是被人鱼拿走的。我因为一包零食和人鱼产生了联系，心里有种说不出的喜悦。"

邱石的目光飘向空中，在他的"莫名喜悦"中陶醉了好久。我忍不住出声提醒："那后来呢？"

"哦，后来……也就是那天晚上，我第二次见到了人鱼。一开始也没有任何征兆，就在我放下百奇走上阶梯后，听到身后响起水声。回头看到河面上水波涌动，那条人鱼的上半身露出水面，手里举着 Pocky，像炫耀战利品般在河面上打着圈游动。游了两圈后她停下，冲我摇动手中的纸盒，美丽的脸庞上露出和女孩子别无二致的明媚笑容。我也开心地笑了。但当我打算奔下阶梯靠近她时，她脸色突变，一个猛子扎到了水下，空留下纸盒在河面漂浮。"

"后面几次你也都是在同样的地点见到她的？"

"是的。那次以后她不再躲着我，只要我在岸边放下 Pocky 退到路上，她就会出现，还会当着我的面拆开包装吃呢。我们甚至于还有了见面的暗号，就是拍手。我会在放下零食后连拍两下手，她听到声音后就会游过来。"

"你就没有想过靠近她和她说说话吗？"

"没有。对于我来说，能在岸上远远看她吃东西就是一种享受了。如果靠近的话可能吓到她不再出现，我宁愿不冒这个险。"

看着邱石说话时的神情，我几乎可以确信这个宅男是爱上那条来历不明的"美人鱼"了。但我没有点破，只是事务性地问："第四次以后她就不出现了吗？"

"其实是这样的……第五次，也就是 12 号那天去的时候，不管我在岸上怎么拍手，她都没有出现。我开始觉得奇怪，正在探头往河面张望时，有人在背后推了我一把，将我从三四米高的河岸推下河。因为不会水，我出于本能地扑腾手脚，想喊救命，但嘴刚一张开就灌了水，于是干脆屏住呼吸，手脚往一个方向用力，扑腾到河岸边，捡回了一条命。"

没想到他突然遇险还侥幸逃生，惊奇之余我又问："看到推你下水的人了吗？"

邱石连连摇头："没看到。当时我又惊又怕，命都要保不住了，哪还想得到看岸上的人？反正等我浑身淌着水爬上岸的时候，河岸上和路上都不见人影。那次以后，我连续几天去那个岸堤，但即使放上 Pocky，人鱼也没再出现。"

说完这些，邱石深深地叹了口气，把额头抵在背包上沉默不语。

我不是不理解他失落的心情，但是也不可能就么干等下去。合上笔记本，从抽屉里拿出委托书覆在上面。说是委托书，其实就是打印了委托合同条款的两张 A4 纸而已。咳嗽了一声后，我来了个总结性的提问："那么，具体的委托是什么？"

"当然是帮我调查那是不是真的人鱼，然后不管是不是真的，查出她现在的下落告诉我。"

"好的，没问题。"我在"委托内容"一项里把他说的话填上，把委托书掉转方向往桌对面推过去，"麻烦你过来确认一下委托书的内容，同意的话在委托方那一栏签字，然后调查合同正式生效，我就开始工作了。"

邱石在沙发上放下背包，过来拿了委托书后再坐回去，抬了抬眼镜细看内容。在等待他确认期间，我拿起电视遥控器换了个新闻台。

手拿话筒的女记者正在采访一个平躺在病床上的年轻人。这条新闻我有兴趣，是这段时间连续作案的那个"蝉蜕杀手"的后续。我把电视声音调大。

之所以称之为蝉蜕杀手，是因为凶手每次作案后，都会在被害人衣服上钩住一只蝉羽化后留下的空壳。此前已经有两人连续遇害，三天前发生了第三起案件。三天前的案子里，死者是 28 岁的医院护士，加班到凌晨 2 点多才回家，凶手半路把她打昏后拖进街心花园的草丛中加害。但这一次出了点意外，被害人并没有立即死去，用尽最后一口气呼救。一个路过的青年发现后追上凶手，英勇地展开搏斗，还痛击了凶手头部几拳，但最后还是被凶手的刀子捅伤，没能擒获罪犯。画面中病床上的这位就是那名好青年。从下方的文字标题里得知他刚从昏迷中醒来，但因为凶手戴着鸭舌帽和口罩，他也没能看清对方面目。

因为电视声音变大，低头的邱石抬起头看了画面一会儿，很快注意力又回到手中的委托书上。我不禁有些好奇，究竟在宅男的眼中是怎样看待此类社会事件的呢？于是便装作感慨般说："唉，又是蝉蜕杀手犯案……你对这案子怎么看？"

邱石几秒后才意识到我是在跟他说话，扭头看我后，茫然盯了电视几秒，摇了摇头说："我不太看新闻，不知道这案子。死了很多人吗？"

果然是宅男啊，对于身外之事几乎不关心，话语里也透着冷漠。

"是的，从两个月前最初的受害者到现在已经死了三个人了。警方调查后没发现死者之间的关联，可能是无差别杀人。所以你晚上出门的话最好小心。"

"两个月才杀三人的话……感觉凶手不是随随便便选择目标的，也可能其实有联系，只是警察没查出来而已。不过反正我窝在家里与世无争，不用担心这个。"说完这句后，邱石又把目光移回到委托书上。

或许网络时代的年轻人对于自身世界之外的事物都这么漠不关心吧，我没再和他继续这个话题。几分钟后，他核对完委托书，说了声"没问题"，从背包里拿出一支水笔签了字后放回到我桌上。

接下来要进入关键的一环了："那么……按照委托书上的规定，需要交五百元的预付款，这笔钱会作为最初的调查启动资金，就算调查没有结果也是不退的，你能接受吗？"

"嗯，我没问题。拜托了。"宅男二话没说，从背包里掏出一个迷彩布的钱包，抽出五张百元纸币给了我。

像邱石这样立马掏钱的我只碰到过几次，要么对方是大款不在乎这点钱，要么真的很在乎调查结果，他应该属于后者吧。

把收据开给他后，我进一步说明："初步调查时间一般在两周，如果是很容易查明的案件，我会在两周内把调查报告给你，看了以后你觉得信服的话就交付剩余的调查费用，放心，一般不会超过预付款。如果觉得调查结果不可信，可以不交钱直接走人，也可以去消费者协会举报我，不过目前为止还没发生过这样的情况。另外也有比较复杂的案子短期无法查清，满两周后我也会呈上阶段性的调查报告，以及进入下一阶段调查可能需要预付的经费，如果不想继续可以随时终止调查。"

"这些我都没意见，只是我有个要求，能早一点给我答案吗？我真的很急。"

这样爽快的顾客我很久没遇到了，作为回报，我郑重地点头说："好的。那就一周吧，一周内我会给你个结果的。"

"好的，这样最好。那我走了。"邱石满意地点头，背起大包跟我告别。

"人鱼出现的地方就在你家附近吧？我也要去贡河边看看，要不要坐我车一起去？"

有免费的车坐邱石自然欣然同意，于是我拿上装了调查用具的黑色公文包，关上事务所的门，和他一起下楼。几分钟后，我从事务所后面的停车场开出了我那辆比亚迪。我示意他坐到副驾驶座上来，但他却摇了摇头，打开后车门坐上了我身后靠窗的座。

3

同安路是位于城西的一条马路，由于地段较偏，车流量不大，从我这边开过去半小时就到。东西流向的贡河有一段和同安路并行，在道路最右侧的车道就能看到铁栏杆下缓慢流淌的河水。

"应该就在前面了，你看仔细告诉我地点哦！"我挂了低挡放慢车速，艰难地扭头向后说话。

缩在后座一角的邱石嗯了一声，很快伸手过来指着对岸叫出声："就是那里！河对岸那栋红顶房子后有阶梯通到下面岸边，美人鱼常在这块区域出现。"

我记住那栋红色瓦片盖顶的老式公房，把车子继续往前开。其实可以在此处停车，和邱石一起下车实地查看，但我不喜欢和委托人一同调查。没有哪个警察会带着报案人一起去办案吧？会有种被监视的不自在感，除非必要，我都是一个人展开调查。车又开了没多远后拐弯，我按照邱石留给我的地址把他送到小区。下车后，他再次表达了希望早点有结果的意愿，然后用钥匙开了楼道的门进去。

再次回到刚才的河段，我把车停在同安路左边的便利店旁。这家应该就是邱石每个礼拜来报到的店了，既然停在了这边，就从这里开始吧。我从后座上拿过公文包，从里面掏出笔记本和笔揣进西装口袋。这算是最低配置的调查装备了，我包里还有录音机、录音笔、平板电脑、微型探头、单反相机等等，暂时应该用不上。

大概是下午两三点客流比较少的关系，便利店里只看到一个20多岁的男店员，戴着眼镜，身材瘦削，背对门口在整理柜台内货架上的香烟。听到自动门打开的铃声，他没有回头就习惯性地说了声"欢迎光临"。我顺手在饮料货架上拿了瓶矿泉水，到柜台去付账。在收起找钱时发问："这店开在这边很久了吗？"

大概是没想到我会突然冒出来这句，店员愣了愣后点头说是，开了有三年了。

"这儿离马路对面的贡河挺近的，有没有……发现过河里出现什么异常情况？"

"异常情况？什么异常情况？"

当然不可能直接问他有没有见过美人鱼，那样我会被认为脑子有问题吧？我只能婉转地说："比方说……样子怪异的动物、奇怪的声音什么的。"

"不清楚……那条河在马路对面呢，从这里根本看不到，也听不到声音。"他皱着眉看我。就算只是这样发问，我给他的感觉也已经接近"怪人"了吧？

"那你在这边上班多久了？每天上下班是不是路过河边？"

"我在这边半年了，上下班确实会路过，但是从没发现这河有什么异常啊。到底怎么了？河里有水怪吗？"

"没……没什么。我也是随便问问，呵呵……"我讪笑着拿起水出了店。既然这里打听不出什么，那也没必要自我介绍了吧，要说明白还挺麻烦。

这样一无所获的问话在我的工作中时常发生，已经习以为常。接下来就要到路对面的河边调查了，那里才是真正的"异象现场"。考虑到取证问题，我回车上拿出单反相机挂在头颈上。

视线穿过岸边的铁栏杆望下去，十多米宽的河面上，黄绿色的河水在缓慢地由西向东流动着，这是再正常不过的河道景象了，丝毫看不出有人鱼栖息的迹象。当然，我也不知道有人鱼栖息该是什么样的。

前方有座两三米宽的横跨河面的拱形小石桥，栏杆上雕刻着"宛平桥"三个字。通过这里可以到达河对岸那几栋两层老式公房后的水泥路。我过桥来到河对岸，又沿着路外侧45度倾斜的水泥阶梯下到河岸边，近距离观察起河面。靠近河岸的水域漂浮着不少聚集的水草和小浮萍，不规则的大片绿色形状就像是地图中的大陆板块。这是河道久未疏通的标志。几条小鱼在河中央浮上水面，发觉有人在岸边后又嗖地射向各个方向，在水面上留下几串涟漪。

水似乎挺深，不太清澈，一眼望不到河底。也幸亏水深，要不然被推下来的邱石就一头栽在河底了吧。我拿起相机对着水面、河岸，以及河道远处胡乱拍了几张照片。放下相机的时候，我开始想象河面上慢慢冒出一条长发人鱼的景象。果然还是很诡异……

现场调查就到这里吧，我又上了岸上那条水泥路，去房子前面找人打听情况。这里距离河边近，从后窗还能看到河面，说不定会有所收获。

敲响底楼左手边第一户人家的门。连敲四次后门才慢慢打开一条缝，光线昏暗的屋内一个烫了头发的大妈露出左半边仙人球般的脑袋，面带凶悍地问："干什么？你找谁?！"

"阿姨您好，我是想问一下……"

话还没说完，门就砰一声关上了。"不要！拒绝推销！"大妈的巨大吼声隔着一扇门还是那么清晰地传出来。

我看了看自己浑身上下，有这么像搞推销的吗？虽然说一身西服的装扮是有点像，但是大妈你也不看看这质地和版型吗？推销的舍得穿这么好的衣服满大街跑吗？

门已经关了，再敲的话就变骚扰了，我只能憋着一股闷气换一户人家。走几步就是并排的另一家，看到门上年画里抱着鱼的娃娃，让我有种"这家的人也像画上那么和蔼可亲"的错觉。只敲了两下门，里面就传出来一个粗嗓门的女子吼声："别敲了！推销的走开！再敲我报警啦——"

我的手停在了半空中，第三下没敲下去。要不要警惕性这么高啊？我啥都没说呢，怎么就认定是搞推销的了？哦，想起来了，估计是听到隔壁大妈的叫声了。看样子烫发大妈的一声吼已经把周边几户人家都污染了，就算我再敲过去也还会被当作推销员吃闭门羹。

但是不可能就这么放弃。我从外置楼梯上了二楼，穿过堆着纸箱木板的走廊，来到位于烫发大妈家对角线位置的另一户门口。从位置上来说这是该栋楼里距离大妈家最远的一户了，应该不会听到她的叫声。

敲了几下门没人回应，只听到里面隐约传来的戏曲唱腔声，又敲了几下，脚步声由远而近了。

开门的是一个五六十岁的男子，花白头发，戴着老花眼镜，手里拿着电视遥控器，看到门外我这个陌生人，一脸的茫然。

"大爷您好！我有点事想跟您打听。"我堆起笑容，先发制人地提问。

"你是谁啊？干什么的？"大爷虽然没把我当成推销员，但还是没被糊弄过去，不依不饶地要问明我的身份。

这问题还真难回答，"查找美人鱼"这几个字我实在说不出口。还好我很快计上心头。

"大爷，其实我是受人委托帮人找宠物的，因为那只宠物可能跑到了这附近，所以来跟您问问。"

屋内电视里的戏曲唱段声缥缈而来，大爷上下打量我一番，脸上的神色放松下来。看来这套衣服总算起效了。"找的是什么宠物？"大爷问。

"呃……其实是一只鹅。"我举起手指弯曲成90度的右手向他示意，"那只大白鹅走失了有好几个礼拜了，有人半夜在你们家后面这条河里见过，所以跟您打听打听。"

"鹅？还有人养鹅作宠物吗？"

"当然有了。养猪作宠物的都有呢，鹅也不稀罕啦。"

大爷似乎理解地频频点头，脸上泛起某种憧憬的神色。不知道他是不是独居在家觉得孤单，如果误信了我真去养只鹅来当宠物的话，那我也只能祝他好运了。

"你是说后面那条贡河吗？我没看到过有鹅啊。"

"不一定是鹅啊，别的奇怪的东西也没见到吗？半夜里奇怪的水声也没听到？"

"……也没有。我年纪大了，睡觉很早的，就算河里半夜有动静我也不知道。不只是我，这几栋老公房里住的都是老年人，在这儿几十年了，从来没觉得后面那条河有什么不对头。能有什么奇怪的东西吗？"

"这样啊……那最近这十来天，您在周边有发现任何跟往常不太一样的情况吗？不论大小，您都想想，想起来告诉我好吗？"

"哦，这个啊……我想想。"大爷虽然没让我进门，但他在屋门口兜起圈子帮助回忆。看他绕着圆圈缓慢移动的脚步，我有种像在看地球公转的感觉。好想丢下他逃开啊！大概过了一个世纪以后——这当然只是我的感觉，大爷抬起头看向我——我似乎看到有个灯泡在他脑袋边一闪——"我想起来了！"他说。

"就是在上个礼拜一半夜12点多，我接到女儿打过来的电话，说我的小外孙突然发高烧，送了医院急诊。我向来喜欢那孩子，心里那个急呀，虽然他们没叫我去，我还是急匆匆穿了衣服出门去医院看孩子。这栋楼和隔壁那栋楼之间有条水泥路，可以通到南边的大路上，下楼到了水泥路上后看到有一辆白色的车子停在那里，堵住了大半条路。那个地方以前从来没人停车，要停也会停在各家的楼前。我当时就觉得有点奇怪。到了医院后发现孩子的情况已经好转，在病房里待了两个小时后女儿劝我回家，于是我又回来了。到家时快凌晨3点了，发现那车又不在了。"

上周一不就是12号邱石遇险的那天吗？这看来是条有用的线索。"您看清是什么车了吗？什么牌子的？"

"就是那种前面样子像轿车，后面有车斗的小车。什么牌子的我不懂的，我也没注意。当时天黑，我心里又急，车牌什么的根本没留意。"

半夜出现的来历不明的车，出现时间与邱石被推下河那次重叠，两者之间会有什么联系吗？听老人家的描述那应该是辆白色的皮卡。我在笔记本上记下了这条信息，谢过老人后告辞。

"祝你早日找到那只鹅！"大爷关门前这么对我说。

"一定，一定的。"我苦笑着对大爷摇手。

4

到事务所后的第一件事，就是去网上搜索美人鱼相关的资料。虽然我不认为邱石看到的真是人鱼，但这方面的知识多了解一点还是有必要的。

一般认为目击人鱼是人们把海牛、儒艮、海狮、海豹等鳍脚目的动物错看成的。尤其同属海牛科的海牛、儒艮，本身的别名就叫美人鱼。这两种动物很相像，胸鳍边长着类似人的乳房，并且有"抱起"幼仔哺乳的习性，夜色中远观的话很容易误认为是人鱼。其中的儒艮是海生动物，在河道中几乎不可能出现。南美海牛倒是栖息在河流中，但这两种动物的面相都相当难看，比起人来，更像没有耳朵的狗。邱石说看到过美人鱼对他挥手致意并且微笑，岸上距河面距离不超过十米吧？这么近还能把海牛看成长发美女，那他得是什么眼神？

一轮搜索下来，得到的对我有帮助的线索几乎是零。我又查了一下贡河的历史，和贡河相关的事件，我只查到三起自杀和两起意外。自杀的都是由于家庭矛盾导致的女性投河自尽，意外的有玩水的小孩溺亡和酒后落水，这些事件最近的也是前年了，发生的河段距离我今天去的地方也很远，很难跟人鱼扯上关系。

我交替揉着因为保持坐姿过久而发酸的双肩，仰倒在老板椅上。除了身体上的疲劳感，搜索的无果对我也是一个打击。透过窗户望出去，外面的天色开始昏暗，笔记本屏幕右下角的时间显示5点半。是时候出去溜达溜达散散心了，我还是像往常一样没有开车，步行走向笛园美食街。

晚饭吃了腊味煲仔饭加窝蛋。砂锅盖子打开的那一刻，香肠、腊肉的香气和微焦的米饭味道随着热气升腾，用铁勺把饭拌匀时，窝蛋接触到滚烫的锅壁吡吡作响，瞬间凝固成赏心悦目的白色和黄色。舀一口香肠、鸡蛋、青菜都包含的饭放进嘴里咀嚼，满足感登时从心底升起。

吃完饭出来，注意到煲仔饭馆门口墙上贴了张招工启事，这让我想起一件事，停下多看了几眼。

虽然天色渐黑，但距离我去再次探察的时间还早，我又来到马路对面的小公园，在圆形小广场边一把长椅上坐下。身边坐着的人渐渐少了，原来他们都是准备跳舞的人，先后和人下了舞池。我开始有些忧虑，要是有个大妈过来向我微屈双膝伸手邀舞的话该怎么办？不过很快发现这纯属多虑，舞池里男多女少，大妈的销路也是很好的，只有几个大爷没找到搭子独自扭来扭去，有的还频频朝我这边投射视线。当看到舞池里也有两个男的搂在一起跳时，我想我该走了。

没走多远路过一条园内小道时，女子尖厉的说话声吸引了我的注意。扭头望去，见有两个年轻的女孩在树影下面对面站着争执。

"快说，他去哪儿了？"一个脑后挽着发髻的高个女孩气势汹汹地叉着腰，问另一个留着黑色直板长发的少女。

"我怎么会知道？不是说出走了吗？"体形苗条的黑长直少女双手捧着纸杯饮料，声音弱弱地说。身材娇小的她在高个女面前显得很弱势。

"我不信你会不知道！都是你勾引了他才会离开我的！你这个小妖精！"高个女越说越气愤，伸手打掉了黑长直手中的纸杯，饮料洒了一地。

没想到发展成了肢体冲突。这两个女孩子看样子才十七八岁，大概还是高中生吧？好像是为一个男的争吵。这岁数就开始争风吃醋抢男友了吗？现在的女学生好可怕。我犹豫着要不要去劝一下，但内心又不愿意卷入女人间的争斗。

高个女进一步动手，开始推搡黑长直。黑长直连连后退，稍一还手就遭到对方更强烈的反击，头发也被揪住。

这样下去柔弱的黑长直要吃大亏了，我走过去打算制止她们。还没走到跟前，身后突然有人斜插上来。来人也是个年轻女子，留着帅气的偏分短发。她快速冲到两人之间，但脚步没收住撞了高个女一下。她拉开黑长直，问发生了什么。

当黑长直和偏分发说话的时候，我以为高个女还会不罢休地冲上去，实际上她却垂着手站在原地，表情痛苦，好像快要哭出来了。

"你怎么了？"偏分发又回头问高个女。

"刚才……刚才被你一撞，我的右胳膊好像脱臼了！"高个女两眼含泪恨恨地说。

"是吗？怎么会呢？我看看。"偏分发凑上前去，两手抓住了高个女的右臂。由于被她的身体挡着，我看不清她的动作，只听到高个女发出一声大叫，想要举手打人，然后发现脱臼已经好了，胳膊又放了下来。

"哎？好了吗？不好意思，弄疼你了。"

高个女没理会偏分发的道歉，但也没继续纠缠下去。她瞪了眼黑长直，说："你小心点！我不会善罢甘休的！"说完甩开两人，气鼓鼓地和我擦肩而过。

"怎么样？小纯你没事吧？"偏分发帮黑长直理起被弄乱的头发。看来这两个女孩子关系不错。

"我没事。兰兰，这次多亏你赶到了。"

"别客套了。没事我们也走吧，别让人看热闹了。"偏分发扶着黑长直的肩头也朝我这边走来。我忙闪在一旁让她们。

经过我面前时，能明显感觉到偏分发白了我一眼。

咦？这是在怪我没有及时出手相救吗？错怪好人了吧！你要是没来我一样能解决的好不好？

心里的话并没有说出口，反正那两个身影也已经走远。我拖着脚步离开了公园，动听的舞曲声渐渐落在身后。

来到事务所后的第一件事就是打开电脑新建一个文档，啪啪啪地把刚才服务员招聘启事的内容打了出来，然后把"服务员"三个字选中，改成了"助理"。改完后呈现的内容是这样的——招聘：助理一名。要求：性别女，年龄22岁至26岁，勤快，身体健康，工作九小时左右，工资三千元，包吃住。

我把"包吃住"选中，改成了"要求会操作电脑"。改完后工资这一项我看了好久。现在的小饭店招服务员也这个价了吗？会不会太高了一点？最后我把三千改成了二千五，加上我的电话号码，打印出来后贴到了楼下鞋店的墙上。

完成了这项工作后，我舒舒服服地躺在沙发上，看着电视里的搞笑综艺节目消磨时光。

5

再次来到"异象现场"，已是凌晨0点50分，我还是把车停在便利店边上。店里虽然不见什么客人，但依旧灯火通明。当班的还是那个青年。这里距离河道太远，确实很难有什么发现，我没再多打听，进店买了包抹茶口味的百奇，带着相机往宛平桥走去。

先来到红顶公房前的水泥路察看，也就是楼上大爷看到车的地方。现在这里空荡荡的，可以一直看到前面的大路，不见任何车辆停靠。

回到屋后，抬头朝四周望去，边上几栋房子都已经熄了灯，成了黑压压的巨大暗影。对岸的同安路上偶尔有汽车驶过，车灯快速扫过路面，然后又恢复安静。远处的便利店内人影依稀可见。

下了阶梯来到河边，我把口袋里的百奇放到水泥筑起的河岸上，静静站立了几分钟。就算夜深人静，也没听到河水流动的声音，只有不确定位置的几声虫鸣。河面上的水草浮萍在夜色中也变得模糊不清。我想起邱石和"美人鱼"的暗号，伸出双手拍了两下，清脆的掌声在静夜里听起来有些刺耳。河面上依旧不见任何动静。想起"美人鱼"在意安全距离，我上了阶梯退回屋后再次拍手。

掌声消散，周围还是寂静一片。我开始觉得自己好傻，为什么会把这么荒诞的事当真？说不定一切的原因只是邱石的脑子有问题吧？正懊恼间，却听到了别处传来的两下掌声！那肯定不是回声，回声不可能相隔这么久，这里也没有产生回声的地形条件。我紧张地四下望着，寻找着声音的来源。当我抬起头望向身后时，看到公房二层的一个窗口不知何时打开了，透出的黄色灯光照亮趴在窗台那人的上半身。戴着老花镜的大爷又拍了两下手掌，神秘兮兮地单手拢在嘴边对我说：

"小伙子，还在找鹅吗？"

人体消失

1

醒来的时候是早上 6 点。就算放平了车后座，舒适度还是无法跟床相比，座位的边角把我的腰背部硌得阵阵酸麻。原本打算一夜不睡，观察水里人鱼以及白色皮卡有没有出现，结果没有任何动静，我猫着腰像个贼似的一次次走到房前再蹿到屋后，3 点多的时候实在扛不住了，爬回车里躺会儿，没想到一下子睡到了天亮。

推开车门，我看到了东方天际一轮像荷包蛋黄般的太阳，周边还衬着橘皮色的云霞。我揉着眼睛来到贡河边查看。路上的车好少，这钟点大概连环卫工人都没起床吧。但是……是不是我眼花了？放在对面河岸上的那盒百奇竟然没了！

河面水波平静，看不出任何异常。是我来晚了吗？美人鱼夜里吃完闪人了，还是被岸上的路人拿走的？我开始为昨晚没坚持下来感到后悔。再望向四周，对岸水泥路上一个戴着鸭舌帽的五六岁小男孩在蹦蹦跳跳地走，手里那绿色的包装盒不就是我的抹茶味百奇吗？

"喂！小孩！你站住！"我大叫着冲上去。

这一喊倒是把他惊动了，大概以为我就是大人嘴里说的那种坏人，撒腿猛跑了起来。我为自己的失策深深懊悔，边追边大喊："别跑！那是我的百奇！"

一定是我没睡醒的原因，跑到宛平桥上的时候鞋尖竟然磕到凸起的石板，扑倒在了露水未干的桥面上。冰冷的石板刺激着我发烫的脸颊，着实体验了一把冰火两重天的感觉。

虽然边上没什么人，我也不好意思在地上躺太久。四肢着地还没爬起身，刚才的小孩不知何时回来了，他站在我面前，满脸同情地递出手中半空的盒子说："给，你的百奇。"

"不，是你的百奇。"我忍着膝盖的痛，强装微笑地把盒子推回去，"叔叔追你不是为了想要回东西，是想跟你问点事。"

"什么事啊？叔叔你好奇怪，一大早在河边乱跑，摔在桥上还不起来。"这孩子老实不客气地收回盒子，抽出一根绿色棒子像老鼠般咯吱咯吱啃起来。

一大早在河边乱跑的是你吧？！这么没礼貌的孩子不禁让我有些生气，但为了套消息我还是装作和善地问："小朋友你一大早在河边干吗呢？"

"我爸妈在前面菜场里卖鱼，他们起得早，我就跟他们一起出来了呗。无聊的时候我就溜出来到这里玩。"

我望了眼空荡荡的河面，"常到这里玩？这里有什么好玩的？"

"有啊。我喜欢看捉鱼。有人在这河里下网捕鱼的，渔网拉起来的时候有好多小鱼、小虾在里面蹦，很好玩。"

"渔网？什么渔网？多大的？我怎么没看到？"关于渔网倒是有必要问清，说不定和美人鱼的消失有关。

"就是……这么大的，方的，长的，绿色的。"

小孩用手在胸前比画了一下。感觉他说的是那种长方体的鱼笼，大小连半个人都钻不进，应该不可能用来捕获"美人鱼"吧。

"好吧，叔叔知道了。老实说，你是第几次从河边拿走吃的东西了？"

"第一次呀，今天我刚好看到才拿的。咦？叔叔难道每天会在这边放东西吗？"

哪有这么好的事?! 不过看他的表情不像作假，看来邱石的百奇真的传递到了美人鱼手上，只有我比较倒霉。

为了探听更多消息，我弯下腰摸着他的帽子轻声细气地说："小朋友，你叫什么名字？"

"名字我不能告诉你，妈妈说不能随便跟陌生人说。"

"妈妈一定也说了不能吃陌生人的东西吧？"

他吃零食的动作顿了顿，黑白分明的眼珠转溜了几下，三下两下把手中的半截绿色小棒咬掉。"那时候我又不知道是你的东西，要是知道的话你给我吃我也不会吃的。不过告诉你也没关系，我叫小海。"

"小海，叔叔问你啊，有没有在河里见过一条……美人鱼?"我想这话对小孩子直说也不要紧吧。

"什么是美人鱼?"

"哎?你连美人鱼都不知道?妈妈没跟你讲过小美人鱼的故事?"

"我知道什么是鱼,家里天天卖,我也知道美人,就是好看的姐姐吧?不过美人鱼是什么我就不知道了。"

"好吧……那这要从头讲起了。故事的开头是这样的……在深蓝色的大海深处,有一个人鱼王国,王国里有一条……不对!我好像没义务给你说故事吧?!"

见我突然停下,小海露出了失望的神色。我倒不是存心让一个孩子失望,但是时间宝贵,我可是答应了人家一周内出结果的。"那个……人鱼的故事叔叔下次再跟你说吧。反正就是一个长着鱼尾巴的姐姐,你有没有在这条河里看到过?"

"哈哈,叔叔你真傻!河里怎么会有长着鱼尾巴的姐姐呢?"

挫败感顿时袭上心头……没想到最后还是被一个小孩取笑了。吃了我的东西还是这么不给面子,小孩真是无情的动物啊!"行了行了!叔叔不问你了。这就回你爸妈身边吧,别在河边玩了,听到没有?!"

小海冲我做了个鬼脸,举着半包没吃完的零食冲进了楼宇间的巷道内。

2

回到事务所后,我原本想在沙发上继续睡会儿补一补觉,但刚躺下一会儿桌上的电话就发出刺耳的铃声。

"喂，是谁?"由于心情不好，接电话时先报事务所名称的步骤都省了。

"哦，是我，邱石。"

原来是宅男委托人打来的电话，现在时间还没到8点，他倒是起得挺早。

"我想问一下，嗯……美人鱼的事情调查得怎样了?"

"调查才刚开始呢，请耐心等待好吗?有发现的话我会第一时间通知你的。"我压抑住心中的不耐烦，尽量语气平和地说话。

"那到目前为止都没什么线索吗?"

完全没有线索!美人鱼什么的都是你突发奇想吧!我真想这么对着电话大叫，但嘴上还是用很专业的语气回答："嗯，也不是什么线索都没有。对了，上周一的半夜12点多，也就是你被推下河的那天，有人发现在红瓦公房边停过一辆白色的皮卡。你回忆一下，是不是看到过那辆车呢?"

"嗯……这个……我需要想一下。等一下再给你电话好吗?"

说完邱石就挂掉了电话。需要挂断电话才能"想一下"吗?我有些难以理解，脑海里浮现出邱石盘膝而坐，两手放在膝盖上围成个圈静静思考的形象。

数分钟后，电话铃再次响起。邱石用有些气息急促的声音说："不好意思，刚刚头有点晕，静下来喝了杯茶想了想。我没注意过是不是有那辆车，但是当我被推下河在水里扑腾的时候，听到了汽车开走的声音。"

"是吗？那你当初在我办公室怎么不说？"

"当时……你没提到汽车，我也没意识到这是条线索。"

"好吧。那你以后要是再想起什么就立刻给我打电话，哪怕是毫不起眼的线索也有可能成为揭开谜团的关键的。"

"好的。请继续调查，拜托了。"邱石再次挂断电话。

这应该算是一条有用的线索。如果我是公安人员，就算不知道牌照也可以利用附近路上探头的监控录像追查这辆车，但可惜我不是，这条线索到我这里就算断了。能派上的用处只是以此展开的一些推断。

邱石落水后听到的应该就是那车开走的声音，因为大爷没看到附近有别的车。也就是说有人把邱石推下水后坐车走了，这算是逃离现场吧？奇怪的是为什么邱石落水后美人鱼没来搭救他呢？按理说没有不救的道理，都吃了人家那么多包百奇了。我忽然想到一个可能——难道推他下去的就是"美人鱼"本身？但是美人鱼为什么要谋害她的"王子"呢？可惜这不是童话，要是的话一定是因为想跟巫婆要回自己的声音而不得不这样做吧。好像想得有点远……

不知道过了多久，再次被一阵烦人的铃声吵醒。我脑袋晕晕乎乎地拿起桌上的电话喂了几声，没有任何人和我说话，只听到"嘟"的一声长音。什么呀？不是电话，是门铃在响！

我扔掉电话从办公室绕到外面去开门。头顶墙上挂钟的时间是9点，我没好气地说："谁啊？这么早还没到营业时间呢！"

打开门，门口站着的是一个年轻女子。对方看到我后突然露出讶异的神情。

"你是来委托调查的吗？"

"呃……不是的。"

"那再见。没事别乱按门铃。"说着我打算把门关上。

"等一下！我看到楼下贴的招聘启事，请问这里是在招聘助理吗？"

女孩子的声音清亮，不知为何有种似曾相识的感觉。既然是来应聘的就没理由叫人家上班时间再来了。已经被吵醒两次，反正这觉是没法睡了，我揉了揉眼角擦掉眼屎，上下打量这女孩。

她穿着白色的修身长裤，浅绿色材质轻薄的防晒衣，一副时下年轻女孩的流行装扮。脸上没有化妆但也眉清目秀，翘起的鼻尖下不加点缀的双唇形状饱满，偏分的短发稍稍盖住右侧眼睛，有种神秘的美感。咦？不对！不就是昨天在公园里替黑长直解围的那个偏分发吗？怪不得她一见到我就面露惊讶。

"请问，面试是在门口进行的吗？"她好像对被我盯着看有意见，挺直身体对我说话。穿着平底休闲鞋的她大概到我额头高度，身高大约一米六八，穿上高跟鞋的话就超过我了。这点让人有些介意。

"那请进吧。"我把她让进屋，带着她到里间办公室面谈。

经过门口的小桌时，她指了指桌后空着的职员椅问："这不会就是给助理的位子吧？"

"是啊，没错。"

"但这明明就是前台啊！"

"哦……在我这边就叫助理。不好意思，你今年几岁了？"昨天给我的感觉她就是个高中生。

"三个月前过完18岁生日了。"

原来不是学生啊。18岁雇佣倒是没问题，但是我记得招聘启事上写的是最低22岁吧？不合格啊不合格。

"请问这事务所里就你一个人吗？"她礼尚往来般也对我提出问题。

"对，没错。事务所是我开的，目前就我一个人。"

"哦……"

这一声"哦"明显流露出失望，难道嫌这地方太小？还是对于和我独处有意见？哼！我也对你不满意得很呢！

"请这边走……"我带她走到里间，示意她坐到主管椅上，但是一回头人却没了。转眼间她已打开南窗，完了又跑到我身后打开北窗。这才到我指定的位子上坐下，长长呼了口气，用获救了般的语气说："啊——这下子空气好多了。哎？你怎么站着？坐下说吧。"

我顺从地在椅子上坐下。总感觉有什么地方不对，怎么好像她是这儿的老板，我是来面试的？我坐直身体，咳嗽了两声后表情严肃地问她："嗯——介绍一下你自己吧。"

"哎？这里不先填简历的吗？填完你自己看就成了，一般求职都是这样的啊！"

确实，一般的公司都会先让面试者填个人资料，但是我这里不是公司，而且只招一个人，连招聘启事都是路边抄来的，谁会去弄那些？我又咳嗽了两声，正色道："呃……因为招聘的人数只有一个，就省掉这些繁文缛节了。你就直接来个自我介绍吧。"

"哦……好吧。我叫蓝岚。姓是蓝色的'蓝'，名是上面一个山下面一个风的'岚'。年龄18岁，性别女。这应该一看便知吧……"

原来那时候黑长直叫的不是"兰兰"，而是她的全名蓝岚。"那你的工作经历呢？"

"目前就读于本市晋阳医科大学。"

"嗯？在校生？"

"是啊。反正是兼职嘛，学校里管得也不严，时间还是比较充裕的。"

"谁……谁跟你说是兼职的？"

"工资不是二千五吗？比外面服务员都低，一看就是兼职啊。哎？……难道是全职？"

被她这么直勾勾地盯着，我都不好意思说是全职了。最后还是咳嗽了一声后解释："嗯……这个……虽然是全职，工资也不高，但是比起忙里忙外的服务员要轻松多了吧？只要坐在办公室里处理一些文件表格什么的就好了。"

"真是全职？好吧……这里是异象调查事务所，那主要的业务是什么？"

"就像字面上那样，调查各种稀奇古怪无法用常理解释的现象。"

"那招聘的助理不用跟着一起去调查的吗？"

"助理就是处理内务，在这里接接电话什么的，外勤的脏活累活都是我在干，所以待遇不高也是可以理解的吧？"

"那要是一起去调查的话就会加工资了吧？我申请外勤！"

"呃……要是这样的话……不对，重点错了吧小姐！我没有让助理协助调查的打算啊，工资也是不会加的！"

"好吧……那一周休几天？应该是双休吧？"

双休？哼，忙起来双周都不一定能休。虽然她还在追问，但我已经没有耐心再回答了，站起身俯视她说："对不起，恐怕你的条件不太符合招聘要求，你还是请回吧。"

"哎？不就是上班频率上有点争议吗？这个可以商量啊……"

我没再说话，摆出一副没得商量的表情，对她做出"请出去"的手势。

她最终泄了气，一副败下阵来的表情站起身来。没想到的是，数秒钟后她又泰然自若地坐下来，扬起脸问我："你说这里专门帮人调查奇异现象是吧？"

虽然不明白她演的是哪一出，我还是如实回答："是这样没错。"

"那我要委托调查。"

"啊？什么？"

"我，要，委，托，调，查。"她一字一句地重复刚才的话，满脸倨傲。

没想到求职者一下子变成了顾客。这转变未免太快，我也只好慢慢坐下对她摆出事务性的微笑。谁让顾客就是上帝呢？

"请问委托调查的内容是什么？"我照惯例从抽屉里拿出委托书和笔记本准备记录。

"事情有点复杂，我可以从头说吗？"

见我点头，蓝岚露出对服务满意的微笑，想了想后说："昨天晚上，在公园里的是你吧？"

她果然记得我。虽然被看到混在老人堆里听舞曲有点丢人，我还是点了下头。

"嗯，这样就好解释一点。昨天被欺负的长头发的女生是我的同班同学兼好友，名叫蒋小纯。高个的女孩子是学校另一个专业的，比我们高一届，叫柳苏。"

我静静听她陈述，偶尔点头。

"柳苏的男友秦东是我们同校的学长，这个人……怎么说呢，外表不错，高高大大英俊帅气的那种吧，所以很讨女孩子喜欢，但喜欢拈花惹草，虽然跟柳苏是公开的男女朋友，但还是会去勾搭别的女生。他还对蒋小纯表白过。"

"然后呢？她接受了？"

"当然没有。都知道秦东和柳苏是一对，小纯又不傻，怎么会接受呢？不过可能因为对方长得帅吧，也是她喜欢的类型，她没有严词拒绝，给了他一个做普通朋友的机会。"

我渐渐明白，原来秦东就是昨天柳苏和蒋小纯吵架的导火索。说实话，这种学生间的爱恨情仇我真的不想介入，但蓝岚还没提到重点，我也不能马上轰她走。"抱歉，能直说委托内容吗？"

"就算你不说这句我也马上说了哦。"顾客露出不悦的神情，白了我一眼说，"就在三个月前，还在寒假中的秦东给家里留了张字条，说要去外地散心一段时间，然后没跟任何人告别就没影了。柳苏无法接受男友突然失踪，四处搜寻打听，还找到几个和秦东有瓜葛的女孩子追问，小纯就是其中之一。因为小纯被秦东表白的时间较近，柳苏一厢情愿地认为她跟这件事有关，去找了她好几次，又吵又闹的，弄得小纯很困扰。昨天你也看到了吧？没说几句她还动了手，要不是我赶过去，小纯一定会吃亏。"大概是想起昨晚上我袖手旁观的情景，说到最后蓝岚又瞪了我一眼。

"但是，委托的内容是……"

"这不是很明显了吗？当然是委托你把失踪的秦东找出来啊，这样的话小纯就不会再受柳苏的骚扰了。"

"好吧，我知道了。"我呼出胸中憋闷许久的一口气，后仰到转椅的靠背上，注视面前由求职者变身成的委托人。

她防晒衣的袖口高高拉起，露出两条雪白的胳膊搁在桌上，身体前倾，表情认真地看我，似乎在期待我的回答。但是，我想对她说抱歉。

"不好意思，这种委托本所是不接受的。"看到她大跌眼镜的表情，我忽然有种满足感，"寻找失踪人口是警察的工作，这种事只要去派出所报个案就行了，他们自然会替你找的，而且费用全免。"

"秦东的家人早报案了，但是到现在都没有任何消息，所以我才拜托你的啊！"

"唉，我说小姐啊，先不说我私人调查失踪案合不合法，如果秦东去了内蒙古、西藏这种大得没边的地方来一场说走就走的旅行，我怎么找得到他？就算我骑马拉车想尽办法找到他，你知道往返那么远的地方机票要多少钱吗？一路上需要多少花费吗？这些我都找你报销吗？最重要的一点，这根本就不是奇异事件嘛！不在本事务所的业务范围内，我也完全没有兴趣接受这样的委托。"

这番连珠炮般的拒绝言辞过后，我终于看到蓝岚露出要放弃的神色，但只过了一会儿，她扬了扬秀气的双眉对我说："那么，要是奇异的现象的话，你就会接受委托咯？"

"嗯……一般来说都会接。"

"那好，我不再委托你找人了，我委托你调查奇异现象。"

不知道为什么，她好像不到黄河心不死，无论如何也要让我替她打工的样子。我无奈地叹了口气说："那是什么奇异现象？"

"'人体瞬间消失'，这算是奇异现象吧？"

"这……能说明白点吗？"

"就是一个大活人，几秒钟之前还在我眼前，却瞬间消失得无影无踪，就像蒸发在空气中一样。这样的委托，你没理由不接受吧？"

"这……"我暗自咽了口唾沫，这种发生在身边的不可思议的谜团，我确实很有兴趣出手，"如果你说的都是真的话，我接受。"

"好的，那我就接着说下去了。"蓝岚的脸上露出得意的笑容，让我产生一种是不是被下了套的不祥预感。

"就在秦东失踪后的第二天，我在街上看到了他。"

"哎！等等！怎么还在说秦东的事？不是说不找他了吗？"

"是啊，我没让你找他。但我说的瞬间消失的当事人，就是秦东啊！"

好吧。预感没错，果然被下了套了。

我咬了咬牙，事到如今也只好听她说下去了，希望她不是在骗我。"你在哪里的街上看到的？"

"就在越前街，看到他从一家店里出来，手里还拎着一个鼓鼓囊囊的黑色塑料袋。"

越前街离这里倒是不远，是东区一条没什么名的小街道。我在笔记上记下路名后又问："那是家什么店？你能确定是他吗？你跟他很熟吗？"

"我跟他算不上很熟，前前后后见过四五次吧。但我能确定就是他。我走到那家店门口的时候他正好从里面出来，清清楚楚地看到了他的侧面。他这个人有个特征，就是左侧鬓角的前端有颗黑痣。我看到的就是他的左脸，相同位置上也有那颗痣，错不了的。"

"好吧好吧，你还没告诉我那是家什么店。"

说到这个问题，蓝岚的脸忽然开始泛红，支吾了半天都没说清楚。"那个……就是……就是那种店啊，未成年人一般不入内的那种。"

看她这种样子我就猜到了七八分，随口问："什么啊？发廊？会所？洗浴中心？越前街上好像没别的啊，发廊倒是有两家……"

蓝岚发出一声冷哼："你倒是很清楚嘛！不过不是那种，是一家……成人用品商店。"

"哦……就这个啊。这种也没啥好稀奇的嘛……"说是这么说，我心里也觉得奇怪，为什么已经失踪的秦东会出现在一家成人用品商店？"那么……你继续，后来发生了什么？"

"他从店里出来后右转走在我的前面，看到他后我很惊讶，跟在后面叫他名字。他不但没回应，反而加快脚步想甩掉我。我紧追着，想走到面前去看看到底是不是他。这时右手边出现一条小马路，他直接就拐了进去。我一看急了，小跑着追过去。但是当我来到那条马路口一看，空荡荡的完全不见他人影！"

"这……大概是他怕被你撞见所以翻墙了吧，要么就是发力狂奔跑远了。"

"小马路旁的两道墙高度大概有四米多，顶上还有电网，要想徒手翻越过去几乎是不可能的。那条路大概有二百多米，我和他先后到那个路口的时间差不到十秒，就算他有世界冠军的速度最多也就跑个一百多米吧？我没有近视，百米外的一个大活人是不可能看不见的。还有一点，就在我来到小马路口时，看到马路尽头的蒋小纯正朝我走来。然后我奔过去问她有没有看到秦东，她也说没有，不但没有秦东，甚至没看到任何人来到这条路上。"

"蒋小纯？她怎么会出现在那里？"

"她家本来就在那附近，常去越前街上一家便利店买东西。"

我在笔记本上画了个空心的 T 字代表那两条路，指着下面那一竖说："把这个当作那条小马路的话，你在这一竖的顶端，蒋小纯在中部，然后秦东在你们两人之间消失了？"

"对，就是这个意思。这就是我委托你调查的内容。"

"嗯，如果是真的话这实在太不可思议了……"我用笔头轻敲着笔记本说出心声，"但也有可能是你当时没观察仔细吧？也许他躲到了路边的障碍物后你没看到。"

"这也没有可能。"蓝岚依旧斩钉截铁地否定，"因为那条路边上什么东西都没有，根本无处躲藏。再说就算他真躲起来了，我在大路上没看到，原本就在小路上的蒋小纯也没看到吗？"

我倒是真忘了这一点，被她这么直接地指出有点尴尬，咳嗽了一声说："好吧，我先接下这委托，具体情况需要去现场调查。你在这张委托书上签字吧，还要交给我五百块预付款。"

"咦？还没开始调查就要付钱吗？"蓝岚不出所料地露出惊疑的神色，就好像我要骗她钱一样。这种情况我见得太多，放下委托书摊了摊手说："本所是要先付预付款再展开调查的，而且不管调查的结果如何，预付款是不退的。所以要委托的话请三思而后行。"

这小丫头肯定不愿意在这种事上花钱，我已经做好了把委托书揉成团丢进脚下废纸篓的准备。

"这样啊……那行吧。不过我身上没带那么多现金，刷卡可以吗？"蓝岚开始掏出钱包翻起来。

"刷卡？本所还没开展那么高档的业务呢，只能现金付款。"

"那怎么办呢？……"蓝岚一副为难的样子，眉毛皱起后又展开，"你刚才说要去现场调查对吧？我家离越前街也不远，不如一起过去，我到家再给你钱。"

"嗯……这样也好。反正是要去的，那一起走吧。"我也不是那么小气的人，既然只是早点晚点的事那也不必太拘泥。整理了一下该带的东西，和蓝岚一起出了事务所。

3

把车开过来后，蓝岚很自然地开门坐上了我身边的副驾驶座，我看了她一眼，没发表意见，发动了汽车。

坐在我旁边的医大女生一直没说话，低头看着触屏手机。开始我以为她在看小说，瞥了两眼发现除了文字还有图画，不知道那是什么书。刚把视线转回到正前方，一张满眼红色的人体解剖图突然出现在我眼前，骨骼和内脏清晰可见。

"喂！干什么？我开车呢！"我对着突然把手机屏幕挡在我面前的蓝岚大叫。

"我知道，前面又没人。"她收回手机，语气轻飘地说道，"你不是想知道我在看什么吗？满足你的心愿。"

我瞪了她一眼，擦了把冷汗问："那是什么书？"

"网上下的解剖学图档，我的专业用书。"

"会利用碎片时间看专业书的女孩子倒真是少见。"

"这样的话上课时间就能空出来睡觉了嘛。"

…………

"你喉咙不好吗？好像老咳嗽。"

"哪有？习惯而已。"说完这话，我不禁又咳嗽了一声。

越前街和事务所在同一个区，开车过去十分钟就到。找地方停好车后，我和蓝岚穿过一条小路来到街上。暗绿的梧桐点缀着灰白的路面，周六的中午，行人却并不多，可见平日也不太热闹。

下车后原本要直奔现场，却先被街边的食物香味吸引了过去。今天到现在我都没吃过东西，肚子已经饿得咕咕直叫。我买了刚出笼的一盒笋丁烧卖，站在街边用送的木筷子夹着吃。味道意外地好，笋丁加上新鲜的肉丁，软硬两种口感交叠感觉奇特，里面像汤包似的还有汁水，让人由衷赞叹。只是西服笔挺地站在街边吃烧卖的样子比较违和，路过的人纷纷侧目，医大女生也远远拉开距离，假装不认识我。

那家成人用品店就在马路对面，黑色的招牌上用优雅的字体标着"迷情世界"。空荡荡的橱窗内垂着黑布，没有任何展示，透着一股神秘感。店内光线太弱，从玻璃门看进去黑洞洞的，我不太敢进去。

"还是先去现场看看吧！"我回头对蓝岚说。

我算了一下时间，从"迷情世界"的门口快步走过去大概二十秒，距离约五十米。到了实地发现，还真像蓝岚说的那样，是一条空荡荡的小马路。从这一端到和另一条马路相交的那一端，距离大概两百多米，四处可见的灰黑色柏油路面，宽不过五六米，两边高于路面的人行道就占去了两米。路旁没有种树，路面上投落的树荫来自于两侧高墙内的树木。墙的高度确实不下四米，连绵至路的尽头，隐约可以看到围墙后的别墅区屋顶，墙上端还有一米高的电网。路面上仅有的东西是路灯和垃圾箱。垃圾箱不是很大的那种，而是左右两个小箱，这大小能钻进去的只有婴儿。两侧的高墙加上地面使这条路成了半封闭状态，如果说有人能在拐进这里后瞬间消失的话，除非他变成鸟飞到天上去。

我从马路这头以最快的速度跑到那一头，两百多米的长度用时大概三十秒，从那头跑回来的时候，已经累得上气不接下气。

"四百米的来回，一共耗时一分半钟！这成绩就算女生也是不合格呢！你需要锻炼了！"蓝岚站在我出发的路口，神态悠闲地看着手机时钟调侃我。

"啰唆！我……我用了最快……和最慢……两种步速，在测量人……人在两种极端状态下……经过这条路需要花费的时间而已。"

蓝岚对我的辩白置之一笑，递给我一瓶不知从何而来的矿泉水。

"你……什么时候……买的?"我不客气地接过水往嘴里灌，随着咽喉的烧灼感被浇灭，对她的印象有所改观。

"我在你'勘查现场'的时候去越前街买的，过了这个路口有家便利店，小纯就常去那里买东西。"

"是……是吗？……"我又咚咚咚地往嘴里灌了几口水，忽然发觉路的那一头有个人影正在接近。

"啊！说曹操曹操就到！是小纯来了！"身后的蓝岚率先叫出声来，还朝来人挥手。

果然是昨晚公园里见过的那个黑长直。今天她穿着灰白色的长袖低领 T 恤，套一件浅咖啡色胸前有大蝴蝶结的背带连衣裙，宽松裁剪的衣裙让她的身材愈发显得娇小。看到蓝岚后，她加快脚步朝我们走来，脸上洋溢着笑容。

"又去路口便利店吗？呵呵——"蓝岚迎上去一把拉住她的胳膊嘻嘻笑着，看来两人感情确实很好。

"好巧。蓝岚你怎么在这里？"蒋小纯的声音软软的，说话时轻轻晃动身体，带动身后的长发摆动。她目光柔和嗓音温婉，我不禁也有点心神荡漾，开始理解为什么已经有了女友的秦东会向她表白。

"这位是……"蒋小纯的目光落到原地呆站的我身上，惊异地看向蓝岚问，"男朋友？"

这话让我有点额头冒汗。蓝岚果断地打了她一下，笑着说："别瞎说！这位是……异象调查员。"

"什么异象调查员……"蒋小纯露出困惑的神情上下打量我，看来她倒是没认出我来，这让我安心不少。

为了避免让她看太久想起什么，我咳嗽了两声后说："呃……正好两位都在，有些问题还需要询问，我们附近找个地方吧？"

"啊？要问什么？"蒋小纯回头看向蓝岚问。

蓝岚对她解释："是这样的。我委托他调查秦东失踪的事……哦不，是那天秦东突然在这条路上消失的事。"

"委托调查？干吗要调查这个呀？那不是警察的事吗？"

"因为柳苏她老是骚扰你，我实在看不下去了！都过去了几个月警察还没查清楚，是该想想别的办法了。要是能找到他的话对大家都好不是吗？"

蒋小纯似乎认可了蓝岚的想法，但偷眼看我的眼神分明是在问：这个人行吗？看完两人又当着我的面窃窃私语起来。

"咳咳，这里你们比我熟，两位快点决定去哪里吧。"

"已经决定了，咽喉炎先生。"蓝岚扭头笑着对我说，"就去路口便利店吧。"

4

这家便利店的规模不小，角落里开辟出一块地方放了两张桌子和几把椅子，供顾客休息吃饭用。现在还没到午饭时间，桌子都空着，被我们三个占领。我原本以为她们会选咖啡馆、茶室之类的地方，也准备好了掏腰包，没想到最后是这种免费的地方。

作为对刚才那瓶水的回报，我点了店里的咖啡请她们喝。便利店里的现磨咖啡好便宜，我乐得大方一回。但是当我看到点的这杯如同"美式"般纯净、不沾一点鲜奶油的"摩卡"，便没有占到便宜的想法了。

没了喝咖啡的兴致，我从随身的包里掏出纸笔向坐在对面的黑长直提问："那个……蒋小纯是吧？你和秦东到底是什么关系呢？"

"啊？什么关系？普通朋友而已啊。为什么问这个？你调查的不是秦东瞬间消失的事吗？"蒋小纯双手捧着纸杯，瞪大眼睛问我，不时看向并排坐的蓝岚。

"是这样的，假设解不开秦东瞬间消失之谜，如果能找到他本人直接询问，那个谜自然也就解开了吧。"说完我看向蓝岚，她果然眯着眼，一副"甚合我意"的样子。

"只是普通朋友而已啊，他主动约我出去玩过几次，我都叫上蓝岚一起的。"蒋小纯满脸无辜的样子。

蓝岚也帮腔点头，伸出张开的五指说："一共五次，两次看电影，一次溜旱冰，两次K歌。"

"对了，那你们有秦东的照片吗？找人连要找的人长什么样都不知道那也太无厘头了。"

"嗯……去K歌的时候我和他有自拍过。"蒋小纯说着从连衣裙的大口袋里掏出最新款的触屏手机翻阅机上相册。

"哦，在这里。"

我用微微颤抖的手接过她递上来的手机。屏幕上是蒋小纯和一个高个男生45度角俯拍的照片。背景是光线昏暗的K歌包厢，两人咧着嘴伸出剪刀手摆拍。秦东比身旁的蒋小纯高了一个头，身高大概一米八出头，浓眉大眼鼻梁高挺，体格也相当健壮，一看就是女孩子容易犯花痴的类型。为了靠近蒋小纯，他的脸有些往右偏，正好可以清晰看到蓝岚说的那颗黑痣。

蒋小纯把这张照片用蓝牙传给了我，这样一来心里多少有了点底。"那么，秦东的社会关系你们了解吗？比方有没有仇人之类的？"

"呃……说得好吓人，跟调查杀人案似的……"蒋小纯吐了吐舌头，把眼光扫向蓝岚。

蓝岚噘起嘴想了想后摇头："不太清楚。其实我们和他都不算熟啦，这种事要问他身边的人才知道。你怀疑他被人绑架了吗？"

"各种可能性都要考虑。另外，他留下的那张字条你们都看过吗？"

蒋小纯重重点了一下头，垂在胸前的长发有节奏地振动了几下。"字条柳苏第一次来找我的时候拿给我看过，那次蓝岚也在吧？"正在往嘴里倒咖啡的蓝岚举了一下手。

"上面写了什么呢？"

"就是'离家几日出去散心，很快回来，家里人不要挂念'之类的吧，我不是每个字都记得清楚，反正就是这样的意思。"蒋小纯说完，蓝岚也跟着点头。

"那是他本人的字迹吗？"

"这我也不是很清楚，因为我几乎都没见过他写字。但似乎他的家里人和柳苏都认定是他写的没错。"

"字条现在哪里呢？"

"这个……"蒋小纯和蓝岚对视了一眼，不太确定地说，

"后来他们报了失踪，这种东西应该在警察手里了吧？"

好吧。看来我是什么都捞不到了。我往嘴里倒了几口寡淡得出奇的咖啡，苦着脸看向蓝岚："那我们还是回到'人体消失'上吧。我说……你是不是看错了？"

蓝岚的眼睛一下子瞪圆，"咚"的一下把手中的咖啡杯按在桌面上，上身朝我倾斜了至少 30 度，音量也跟着拔高："怎么可以不相信我？我可是委托人啊！"

店里虽然没什么顾客，但柜台内两个中年女服务员还在，纷纷把眼光投向这个角落。

我忙用和缓的语调跟她解释："你看是不是有这种可能？秦东只是拐进了那个拐角边上的某家店面，你因为角度的关系以为他拐进了小马路，跑过去后误以为他'消失'了。"

"这不可能！"蓝岚依旧理直气壮地坚持，"拐角处是有家音像店，但是已经关门倒闭了，卷帘门都落下还上了锁，他是不可能进去的。不信的话等下你自己去看！"

印象中好像走过来的路上是有家关了的店，只是我没细看。我在笔记上记下这项。

"但是……我觉得看错是最合理的解释啊，毕竟当时天色那么黑。"

没想到蒋小纯在这个时候支持起我的观点。但是……天黑？我怎么不知道这一点？我瞪着蓝岚问："当时是晚上吗？你好像没说过啊！"

"是啊，晚上 8 点多了吧。我没说过吗？那一定是你没问。"

的确是我一开始就默认这事发生在白天，没有确认时间是很大的失误。既然发生在晚上，那我就有必要在相同时间点再来现场勘查。一想到晚上还要一个人再来这条什么都没有的小路苦苦搜寻，内心就有种深深的排斥感。

不过确实像蒋小纯说的那样，如果是夜里的话光照较差，误判的可能性就陡然提高了。我再次看向蓝岚问："天黑你还能确定是秦东本人吗？"

"当然。8点多外面又不是很黑，再说还有路灯，就算他戴着墨镜我也能一眼就认出来。"

"啊？戴着墨镜？这你也没跟我说过吧？！"

这次蓝岚干脆不回答我了，扭过头去，摆出一副"还不是你没问"的表情。

"好吧好吧，你给我详细描述一下他当天从头到脚的打扮吧！"我把笔记本翻到新的一页，准备记录下本该在事务所就记下的内容。

"嗯……他戴着一副灰黑色的蛤蟆镜，穿着黑色T恤，外面罩一件灰黑色的防水外套，就是很宽大料子很薄的那种。下面穿的应该是黑色牛仔裤吧？鞋子我实在没注意。手里还拎着个放了不少东西的黑色塑料袋，这我说过的吧？"

我把这些全都记下，虽然目前看不出什么，说不定以后会成为关键的线索呢！另外戴墨镜这点确实可疑，谁会天黑戴墨镜？又不是大明星！这倒是增加了"已失踪"的秦东在隐瞒身份的可能性。

"不过这样的打扮倒是很像杀手呢！会不会是蓝岚这类电

影看多了，又加上出于对秦东的挂念而出现了幻觉呢？所以同在那条路上的我才什么都没看见吧?!"

蒋小纯说完掩嘴窃笑起来，很快被蓝岚狠狠敲打了一下背部，发出一声惨叫。

"你以为我是你啊？怎么可能挂念那么个花心大萝卜！"

"啊！我说错了，别拧我胳膊了好吗？我知道你手劲厉害！啊啊！雅蠛蝶——"

两个女孩子忽然在店里无所顾忌地闹开了。服务员阿姨的眼光从她们身上又移到我的身上，估计是怀疑起一个30多岁的男人跟这两个年轻女孩的关系。

"那……我先出去到那家店里问问，你们慢慢玩。"我满头黑线地从椅子上站起，快速收拾东西出了便利店。

关门的音像店就在贵门路和越前街的交叉路口，就像蓝岚说的那样，两扇落下的卷帘门构成了铜墙铁壁，上面还贴着房东的联系电话，一时还没有租出去。这样一来基本上就排除了蓝岚看错位置的可能。

再往前又来到了那家叫作"迷情世界"的成人用品商店。黑洞洞的门口还是有种压迫感，这种地方我真没进去过，但是为了调查，只能硬着头皮推开玻璃门。

店内四壁上靠着高高的玻璃货柜，里面摆设的货物由玻璃门隔开着，中央区域几个较矮的货架倒是可供顾客近距离观察。墙壁、地板和货柜都是黑色的，加上整体光线偏昏暗，造成了进来时的神秘感。要说和普通商店最大区别的话，就是角落的大玻璃柜里摆放的一个等身大身披轻纱近乎裸体的充气娃娃了吧，跟关羽像似的大马金刀地坐在那里，让人不敢直视。

"您好，欢迎光临！"右手边收银台后面一个三四十岁的女子面带微笑向我走来，看样子是要给我介绍店内商品。我是最怕买东西的时候有店员跟着了，尤其是这种店，想想就知道一个陌生女人陪着看情趣用品有多尴尬了。

"请问有什么需要？"女子很大方地问我，完全没有店里经营的是特殊商品的感觉。不知道她是店员还是老板娘本人，不过看她穿着入时，这年纪还做店员的也不多，姑且就当她是店主吧。

"呃……你好，其实我是有点事要跟你打听。"

这话一出口，店主脸上的笑容一下子就淡了很多。同为服务行业人员，我能够理解此刻她心中的感受。没等她拒绝，我就掏出手机调出秦东的照片对着她问："请你看一下，照片里的这个男生是不是在三个月前来过这里购物？那时候应该还是寒假期间，他当时戴着墨镜。"

"这个……"女店主凑近脸看了会儿，又后仰身体拉开距离看。

"他的左脸上有颗痣比较明显。"我又出声提醒。

"嗯……这么一说我倒是认出来了，看脸型确实很像，脸上同样部位也有痣。"

"是吧！有人看见他出去时提了购物袋，应该是在你这里买了东西吧？你能告诉我他买了什么吗？"虽然这问题的答案不一定和失踪有关，但我还是不由得好奇。

"请问你是干什么的？一进来就问这问那实在有点……"店主的语气忽然变得警惕起来，目光从手机屏幕移到我的脸上。

　　"我是……做私人调查的。"虽然这么说很容易被人误认为是私家侦探，但我也懒得跟人详细解释，再说我现在确实是在做调查。

　　"这么说的话……恐怕无可奉告。"店主的脸色多云转阴，开始语气冰冷地打发我，"你看看也知道了吧？我们店里卖的商品有特殊性，为了保护顾客的隐私，我是不会透露顾客所购货物的信息的。"

　　"是这样的，这个人来这里购物以后就失踪了，他的家里人正在找他，我受委托正在调查他的去向。知道他来买了什么东西的话，或许可以成为找到他的线索。请你务必告诉我。"

　　"啊呀！这么说好像是他买了我们店里的东西以后才失踪的，这责任小店可担当不起。如果真是失踪案的话警察会来查的，到时候我们自然会配合。不过别的闲杂人等我们就不接待了。请你现在就出去好吗？"店主似乎误读了我话里的意思，开始把我往店外推搡。

　　"等一下！"我重心前倾，在原地定住脚步。

　　"好吧，我实话告诉你吧……"一般这么说的时候我就要开始骗人了，"其实我和他是朋友，他买的东西我也见过，我是根据他提供的地址找到这里的。来的目的呢，是因为我觉得这些东西……嗯……质量很好！很耐用！我也想买一套同样的。"

"啊?!"店长的眼珠一下子瞪大,好像快要从眼眶里掉出来,"你……你是说他买的那些东西,是和你一起用的?"

"不不!你误会了!"我连忙摇手,这误会有点大了,"我没用过,我只是旁观。独乐乐不如众乐乐嘛,你懂的。"

"哦,是这样啊。"店长的表情缓和下来,但看我的眼神还是有点怪,"既然你见过,那为什么还要问我他来买了什么?"

"因为他买的东西有点多,我没记全。这次买回去是想给他一个惊喜,就直接来问你了。这样吧,你把他买的东西给我同样来一套吧!"

"你……是真的想买吗?"

"当然!我骗你干什么?我钱都带好了,不够就去街对面的提款机上取。"为了坚定她的信心,我掏出钱包,向她展示了一下里面十来张百元大钞和一叠银行卡信用卡。

"好的!我这就给您去拿!"

没有送上门的生意还不做的店家。有原则的店主就这么被金钱的力量击败,屁颠屁颠地去货柜上取东西了。

"这……这就是他在这里买的东西吗?"五分钟以后,当那些货物被摊在玻璃柜台上时,我有种下巴快要掉下来的感觉。

一副银色的手铐在白色的灯光下泛出寒光,同样材质但更宽更粗的是一副脚镣,中间镂空后面连接皮带的那个黑色圆球不是口塞吗?还有一副黑色的有着装饰性小孔的皮眼罩,最惹眼的是中间那条盘了几圈带着银色亮片的皮鞭。秦东那小子竟然买了一堆 SM 道具回去啊！

"是啊，一样不少。"店主笑眯眯地看着我，拎起亮闪闪的手铐说，"这手铐和脚镣都是欧洲进口的，牌子翻译过来叫'力士'，坚固性毋庸置疑，可贵的是内圈还包有一层软垫，保护您或者您爱人娇嫩的肌肤不受损伤。"

力士？那不是香皂吗？我的嘴巴快要歪掉了。不过相比起来确实手铐这类"刑具"更适合这个牌子。

"还有这条皮鞭，这可是正宗水牛皮外加……"

"好的好的，让我自己看吧……"店主还要介绍，我忙打断她。在她眼里，不会把我也看作一个狂热的 SM 爱好者吧？

"话说卖这种东西的店是不是市内并不多啊？"

"你是说实体店吗？那是不多。周边几个区域内我这家是最大、东西最全的。网上虽然也有很多店，但是货品的质量和品种跟我们都是没法比的。就算有图也不一定有真相，这您应该懂的。"

如果真像她说的这样，那倒是解释了为什么秦东要到这里来买东西了。

"是是，我懂我懂。"我假装两眼放光地抚摸柜台上的物品，内心焦急地在等待。

急促的手机铃声终于自我裤袋中响起，数分钟前趁店主拿货时设置的闹铃终于响起来了。

"喂？哪位？"我把手机按在耳边，接起根本没人在打的电话，"哦，是老吴啊！嗯，嗯，有什么事你说……啊？喂？

喂喂……"我移开手机对店主抱歉地说:"不好意思,这里信号好像不太好,我去门口试试。"

没等店主点头我就向门口走去,推开玻璃门后也没听到她叫住我的声音,看来她对我倒是很放心。我把门轻轻关好,收起手机扬长而去。

5

出了店走在路上才察觉,天色比刚才昏暗了许多,头顶上灰色的乌云在渐渐聚拢,看样子很快要下雨。

来到便利店外还没进去,透过玻璃墙看到角落的休息区出了状况。我离开时那里只有蓝岚和蒋小纯两个坐着,现在竟然是一堆人站着,神情激愤,似乎是在争吵。蓝岚和蒋小纯站在桌子的一侧,桌对面和她们对峙的是三个女孩,其中一个我还见过,就是昨晚上见过的高个盘发的柳苏。另外两个女孩大概是她的跟班,长相都没什么特色,一个戴眼镜的女孩身高介于蓝岚和蒋小纯之间,另一个小眼睛的比蒋小纯还要矮些。她们三个人七嘴八舌地在说着什么,少了一张嘴的蓝岚她们明显处于下风。

没想到昨天晚上的事还没完,竟然一路追到这里来了……我的额头开始冒汗。实在是不愿意卷入女人的战争,但要是装作没看见溜走已经不可能了,因为蓝岚已经朝我这边扭头。

我深吸了口气推门进去,对那帮吵闹不休的女孩子大喝一声："喂！吵什么呢?!"

这一声吼立竿见影，尤其是背对着我的柳苏她们，被这突如其来的声音吓了一跳，立刻住了口。蒋小纯看我的眼神就像看到了救星。

先从隔壁桌上拉了把椅子，坐到桌子窄边那一侧，算是两边不靠，保持中立的立场。"来来，大家都坐下。有话好好说。"我冲五个女孩子做了个压下怒火的手势。

"大叔你哪位啊?"

好像有人完全不给面子，还这么不尊重地称呼我。是右手边的柳苏。她和一起来的两个女孩都没坐下，为了不示弱，蒋小纯她们也保持站姿。于是整张桌边只有我一个人坐着，样子有点傻。

我手按着桌子也站了起来，但还是比柳苏矮了半个头，有点没面子。估计她的身高都快接近一米八了。我尽量平视着她说："你是叫柳苏吧？你的男朋友叫秦东？他三个月前失踪一直没回来，所以你想从蒋小纯这里得到他的消息？你觉得随便找个人问就能找到他吗？如果是这样的话警察早就找到他十次八次了吧?!"

"你……你怎么知道的？大叔到底谁啊?"

提前掌握情报就是有优势，我一开口就把柳苏镇住，她的眼光也不像之前那么嚣张了。我又不自觉地咳嗽了一声，对她宣告身份："跟你直说了吧，我是做私人调查的，受了蓝岚的委托在调查秦东的去向。可以说我们的目的是一致的，如果你真想找到他的话，最好把你知道的关于他的情况都告诉我，这样才是正确的解决办法，你觉得呢？"

柳苏首先把目光射向蓝岚，显然她不明白蓝岚这么做的动机。桌对面的蓝岚没多做说明，只是点了点头表示没错。我以为下一秒柳苏就会妥协，但没想到的是，她依然用不解的眼神看我，皱着眉说："好吧，就算是这样，这跟我们现在吵的事情有什么关系？"

"咦？你们不是为了秦东在吵吗？"有种被人打了一闷棍的感觉，一下子没了方向。我这么帅气地冲进来亮明身份抛出王牌难道还抛错了吗？

"我们才没有为了秦东在吵，现在说的是蒋小纯偷了柳苏那支银笔的事！"柳苏身旁小个子的女生最先开口，但她刚说完就遭到蒋小纯的大声反驳："我没有！"

"是啊，小纯才不会要你们什么银笔，她又不缺这个！"蓝岚跟着帮腔。她对面戴眼镜的女孩轻拍了一下桌子："不是她还会是谁？我们都看见了！"

"都停下！"眼看又要演变成大吵，我用更大的声音盖过她们，"一个个说好吗？到底怎么回事？告诉我，我来替你们解决。"

柳苏瞥了我一眼，冷哼了一声说："大叔你说自己是私人侦探对吧？那试试也可以。反正我也累了，大家坐下来说话吧。"她一声令下后，两个跟班和她一起坐了下来。蒋小纯和蓝岚也跟着坐下，局势总算有所缓和。

"说吧，你们先开始。"我把手朝柳苏她们摊开示意。

柳苏朝边上人使了个眼色，口齿伶俐的小个子女孩先开了口："在我们班上的人应该都知道，柳苏有一支全银的圆珠笔，是她舅舅送给她的生日礼物，意大利进口的，价值三千多块。她上课时常会带在身上。事情发生在昨天下午，最后两节是自习课，我们三个药剂专业的和她们临床班的几个人都在学校阶梯大教室里自习，我、章铃和柳苏都坐在一排。课间的时候我去校内的饮品店买了三杯热咖啡，打算上课后边喝边看书。不巧的是柳苏一不小心把她那杯打翻了，热咖啡流到了桌上，我们忙转移掉桌上的书本和用品，再用餐巾纸擦干净，还用拖把拖地，很狼狈，但总算处理完了。当我们把移开的东西放回原位想继续自习的时候，柳苏发现她的那支银笔没了。我们自己的桌上找过后又去边上桌子找，就是没找到那支笔。柳苏说也有可能是她记错了，笔忘在宿舍没带出来，事情就这样不了了之了。下课后就放学了，周五很多同学都离开宿舍回家，我们三个还留在宿舍找那支笔。"

"下面的我来说吧。"柳苏接过话头继续，"我们差不多翻遍了宿舍都没找到笔，只能认为是在教室里弄丢了。能找的地方都找了，除非在人的身上，但当时人都散了自然是找不回来了。因为很喜欢那支笔，我心情很郁闷，没有回家，晚上一个人去了笛园美食街吃东西，出来后在边上公园里遇到了蒋小纯，因为心里有气，就因秦东的事情和她大吵了一场。再后来……"

"哦，公园发生的事我已经知道了，你可以跳过。"

柳苏惊讶地看我，一副"你怎么会知道"的表情。我曾经和她擦肩而过，但留给她的印象这么的"路人"，让人有点伤感。

"后来……后来我离开了公园，因为心情坏加上胳膊疼，干脆不想回家了。章铃是一个人在学校周边租房住的，我打电话跟家里说过后晚上住到了她那里。"说到章铃的时候，柳苏指了指身边戴眼镜的女孩，"她决定陪我喝酒消愁，于是晚上买了啤酒，还打电话叫梅梅一起来了。"

"对，就是我。"见提到自己，小个子女生又接口道，看来她确实挺爱说话的，"喝酒的时候才知道银笔确实被盗的事，柳苏还提到之前遇到蒋小纯，我忽然想起在自习课的时候好像蒋小纯也在，而且她在我们拖地板的时候忽然整理东西离开了教室。这点实在可疑，就跟大家说了。早上大家醒来后，想起这事还是觉得很生气，就一起来找她了。"

原来是这么一回事。我终于理解了目前的状况。事情的关键就是那支银笔现在何处。"那支笔是什么样子的？"我直接问失主柳苏。

"什么样子？……就跟普通的圆珠笔差不多，一头是尖的，上面有笔夹，但是要更短些、更细些，银白色的金属表面，很光滑亮泽。"

我点头表示明了。接下来最需要询问的就是蒋小纯了。目光刚接触到蒋小纯，就发现她一脸的委屈，好像快要哭出来了。没等我提问，她先开了口："我是中途离开教室回宿舍了，但那是因为我肚子不舒服！我才没有拿那支什么银笔呢！"

"怎么那么巧？我们座位周围挺空的，把桌上东西搬开后，只有你经过我们桌边，不是你偷的，还能是谁？"梅梅再次呛声发难。

蓝岚实在看不过去，朝桌对面大声说："你们有什么真凭实据吗？小纯根本就不会要那支笔，我也不相信她是那样的人！"

"你讲不讲理啊？现在事实表明她就是嫌疑最大的人嘛！"

"所谓的事实都是你们几个说的吧？到底是不是真的丢了笔还不知道呢！"

"喂！你怎么可以这样怀疑我们？！"

几个女孩子再次吵成一团，我都分不清谁在说话了。

"停——"我大叫着把两手重重按在桌子上。就像天花板突然塌陷，交响乐队被砸得人仰马翻，现场一下子安静下来。我清了清快要喊破的喉咙，用低沉稳健……其实是沙哑的声音开口："不要吵了，事情的原委我都知道了，你们自己没看清楚的部分我也已经看穿了，也就是说……我已经知道那支笔在哪儿了。"

一下子响起好几声惊呼。

"在哪儿？是蒋小纯偷的吗？"梅梅抢着问道。

我缓缓摇头，"恐怕不是这么回事。"虽然可以直接说出，但我还是忍不住要卖个关子，"请你们三位仔细回想一下，也许就会知道笔在哪里了。"

"怎么可能？该找的地方我们都找了啊！根本就是被偷了嘛！"章铃也跟着帮腔。

"唉，看来不帮你们分析一下是不行了……"我摇着头，装出一副对她们大失所望的样子，"首先要确定的是，咖啡打翻时你们搬走东西的次序。你们好好想想，不过我猜笔是最后拿走的。"

"嗯……对，我当时在看书，笔是在手头书的外侧，离咖啡挺远的，所以拿得比较晚。"

柳苏的话证明我的推测没错。我接着说："就算离得近，你还是会先拿走书的，因为相比纸张这种怕水的东西，金属制的笔显然沾到水也没关系，反正只要擦一擦就好。这是出于人的第一反应。"

在场的女孩子纷纷点头，让我禁不住洋洋自得。我又看向柳苏："接下来再想一下，当你把书和用品都搬到了旁边没人的课桌上，手里拿着那支笔的时候，你会怎么办？"

"……怎么办？当然也跟书放在一起啊！"

"错！那可是价值三千多元的笔，放到无人的书桌上就脱离了你的视线，你真的会那么做吗？"

"这……"柳苏脸上显出犹豫，对原本认定的事实也觉得不可靠起来。

"一般的话……应该放自己的课桌下面吧！"梅梅又忍不住插了嘴。

"一般来说是这样的，放在那里的话既隐蔽又安全。"我扫了小聪明的梅梅一眼，"但是你们忘了一件事——当时课桌上还有咖啡在淌下来！没有人会不顾手被弄脏去这样做的吧？"

"啊！"梅梅发出类似惨叫的声音，没再说下去。

“那会放椅子上吧？那里应该还是干净的。”不太说话的章铃发表了自己的意见。

我再次无情地反驳：“也不对。把笔放在自己椅子上？要是不小心坐断了怎么办？更何况是那么贵的笔。”

“啊！难道是放在了我自己口袋里吗？”柳苏如梦初醒般大叫起来，开始摸索自己身上的口袋。

“很遗憾，那里也不会有的。你昨天住在章铃家，衣服应该和昨天是同一身吧。你穿的长袖 T 恤没有口袋，紧身牛仔裤口袋里如果放了一支笔会很不舒服，所以你也不会这么做的。”

“那……那会是放在哪儿了呢？”三人组几乎是异口同声地发问。蓝岚和蒋小纯虽然没有说话，但显然她们也被我的一连串有理有据的推理给镇住了，两人都瞪大了眼睛。

“柳苏，有个问题想问你，你昨天晚上是不是喝多了？是不是没洗澡？”

柳苏显然无法理解我突然转换话题的意图，加上女孩子在这方面的自尊心，脸唰的一下变得通红，瞪了我一眼说：“没有又怎么样？我昨天晚上喝多了，迷迷糊糊躺在章铃家沙发上睡着了。你这时候问这个想干吗？”

“呵呵，不是我在关键时刻卖关子，这问题在揭晓真相前问是很有必要的。你们想一想那支笔的样子——细的，光滑的，一头尖的，这样的东西如果身上不能放的话，最可能放的地方是哪里？尤其是柳苏这种发型的女孩子！”说完我伸手拔下插在柳苏脑后发髻上的东西丢在桌上。

那闪闪发光在桌上微微晃动的，正是一支全银的圆珠笔。

"如果昨天晚上柳苏解下头发洗过澡的话，那发现这支笔完全不是问题。如果她没有喝醉的话，那怎么睡都会觉得后脑不舒服吧！这可是她为了不沾上咖啡、亲手插进自己发髻的笔啊！"

话音落下，现场只剩下吸气声。女孩子们似乎已经放弃了思考，看着我的目光里惊讶中分明还掺杂着崇拜。这就是我想要的效果。身后有冲过来的脚步声，那两位服务员阿姨也要过来顶礼膜拜吗？虽然不那么受用，我也勉强接受吧。

"啊！就是这个吗？看不出值三千多块啊！"

"不过重倒是蛮重的喏，里面好像是实心的。"

"要看是不是真银，有一个办法可以试的……"

两个服务员阿姨完全没有理会我，站在我身边对着桌上的银笔七嘴八舌地讨论，还擅自拿起来掂量，有一个说话间拿过笔往嘴边凑了过去。

"不许咬！"梅梅一把将银笔从她们手里夺过来，这两位才如梦方醒般回到了柜台后。梅梅把笔在手中反复翻看，像在确认真假。当然找不出一丝假的证据，最后只能疑惑地看着我问："既然从昨天下午开始这支笔就插在柳苏的头发上，为什么我们都没发现？"

"很简单，因为你们都没她高啊！对于你们来说并没有那么多机会注意到这个，就算偶尔从眼前掠过，看到露出的那么一小截，也会以为只是个饰品吧。"

梅梅和章铃默默点头。柳苏接过了笔，但她的手在微微颤抖。这显然不是因为激动，而是因为不知所措吧。

"柳苏同学。"我直面她说，"如果你和蒋小纯并无瓜葛，就算看到她离开教室，也不会断定就是她偷了你的笔吧？你被情感迷住了眼睛，冤枉了她，应该向她道歉。"

我的话让蒋小纯和蓝岚一呆，梅梅和章铃则愕然看向柳苏。处于众人视线焦点的柳苏，握笔的手颤抖得更厉害了。她看向蒋小纯，目光很快垂下，嘴唇也在颤抖。"我……我……对……"内心纠结的那句话，最终还是说不出口，她呼的一下站起身离开桌子，推开店门往外冲了出去。

"柳苏！"两个跟班也站起来跟出去，但到了店门外都尖叫起来。原来外面不知何时已经下起了毛毛细雨。两人没多耽搁，冲进雨里大叫着柳苏的名字远去。

蒋小纯和蓝岚也站起身来。将小纯耸起肩膀长吁了口气，用放松下来的语气对我说："这次真是多亏了你啊大叔！"

我微笑着摆手，示意不必在意。哎？怎么她对我的称呼也变了？虽然我知道有钱的才会被称大叔，没钱的只配叫师傅，但是心里还是有点介意啊。

"对了蓝岚，听说西盛街上新开了一家洋品牌的服装店，里面衣服不错还打折，要不我们去看看？"

"好啊好啊！不过外面在下雨呢！"

"这有什么，这里不就有伞吗？"蒋小纯从货架上取了一把红色波点图案的伞，在柜台结了账。

"好了，我们走吧！大叔要不要跟我们一起呀？"

女孩子的心情转换真快，刚洗刷完冤屈，马上就想到去逛街了。

不过蓝岚在经过我身边时冲我眨了一下眼睛，轻声说了句："干得漂亮。"

我在玻璃门边看着两人合伞走远，细雨中缓慢移动的波点雨伞就像水面上漂过的一只蘑菇。

被夸奖的感觉让我飘飘然了许久。好像所有人都认为我是用精妙的推理找到那支银笔的，既然如此，那还是不要告诉她们我因为在意和柳苏的身高差，一开始注意力就集中在她头部这件事了吧。

梦境骷髅

1

昨天的那一场雨虽然不大，但淅淅沥沥下了半天，我原本夜间再去一次贵门路的计划也取消了。对此我倒并不觉得多遗憾，反正再去也不会有什么发现，那只是一条普通得不能再普通的马路罢了，站在任何一个路口朝前望过去都会看到的景象，会发生"瞬间消失"实在匪夷所思。

最近真是一点也不顺，"河道人鱼"案只有一条关于小货车的线索，但是查不下去。"秦东消失"案查到他买了SM用具，但随着他的突然消失这条线又断了。

正趴在桌上瞎琢磨时，门铃声响起。我大叫一声"来了"，从里间的办公室绕个圈出去开门。每次我走这段路的时候，都会深深感受到雇一个前台的重要性，但直到现在除了找上门的蓝岚，没接到过一个求职电话。

打开门后我呆了呆。怎么这么巧？想到谁谁就出现。门外站的正是蓝岚，她今天穿了件白色圆弧下摆的衬衫，双手背在身后，扬起下巴，以一种领导视察般的姿态看着我。

"有何贵干？"

"来看看啊，看你有没有认真对待我的委托。"说完就这样大摇大摆地进了事务所，瞥了眼空空的前台说，"看来没人应聘啊！果然是因为工资太低吧。"

"谁说的，简历收到一堆呢，我还在筛选。"我没好气地关上门，跟在她后面问，"我说你没看过委托书吗？我可没义务每天向你汇报工作进度。"

"看过啦。所以说，你是没有任何进展？"

"当然不是毫无进展，比方说我昨天在那家店里打听到秦东购买了大量 SM 道具，你对此有什么意见发表吗？"

"SM……道具？"问这话的蓝岚五官都挤成了一团。

"是啊。你知道那是什么吗？比方说就是这样子的……"

"行了！我知道。"她一把将我比划东西的手打开，"从没听说过他有这种嗜好，不过就算有一般人也不可能知道吧。"

"那……要么你帮我问问小纯？"

"别傻了！小纯和他又没有那种关系，问她不是找骂吗？要问也只能问柳苏，你去问！"

"好吧……喂！你去哪里啊？"

说话间她自说自话地进了我办公室，坐到了我的老板椅上，惬意地左右摇动转椅。

"那是我的椅子！不是给客户坐的，别瞎折腾好不好？"

"小气！"她终于停止在椅子上做运动，抓起我桌上的笔记本翻看，"咦？这黑皮本子是什么？死亡笔记吗？密密麻麻写了很多字的样子。不过字都好难看，不会是你写的吧？"

"不要未经同意乱翻人家东西啊！那是我记录线索的本子！"我弯腰去抢，却被她侧身闪过，差点趴在她脚下。

"有什么关系嘛！又不是日记。"她不依不饶地继续翻阅，忽然大叫一声，把我吓得一颤，"啊！里面记录的这么多离奇的委托难道都已经解决了？"

"那当然，不然我早喝西北风去了。"每次听到赞叹的话语，我都会不自觉地挺直腰杆，眯起眼进入自豪状态。

"哇，好厉害！直立两条腿走路的牧羊犬，屋顶聚集螳螂的房子，每逢周六必开花的树……这些谜团都是根据本子上记录的线索来解开的吗？怪不得写了这么多……"

"是啊，调查过程中会获得很多线索，有些是不必要的，甚至是会被误导的，但当时不知道，都会记录下来。所以说最后的筛选阶段也是很繁复累人的工作啊……"我不知怎么就走到主管椅边坐了下来，挠着头用谦逊的语气向蓝岚报告。

"确实是呢，看来你昨天在便利店里的一番推理也不是一日之功啊！"

"哦……那个啊……哈哈，是的，确实是的呢。"

"不是凑巧看到了那支笔才把推理拼凑上去的吧？"

"哪……哪有的事？我怎么可能……"我的心跳突然加速，正要为自己辩白，蓝岚已经低下头去继续翻看本子。原来是随口说说啊。我擦了把额头冒出的冷汗。

"哎，这个也很有意思。贡河上出现人鱼，上半身女性身体，下半身腿部融合成鱼尾状的一体，大腿上部长有鳞片……这人鱼是怎么回事？委托完成了吗？"

"那个啊……"真是哪壶不开提哪壶，我挠了两下头说，"那是前天才接受的委托，还没怎么展开调查呢。虽然目前是碰到了点麻烦，不过船到桥头自然直嘛，会解决的，会解决的。呵呵……"

蓝岚翻起眼珠盯了我一眼，然后"啪"的一下合上本子。"嗯，干得不错。但是不能为了别的案子耽误了我的委托哦！"

"那当然！不会的。"说完我才发觉有地方不对，明明是人家先委托的好不好？

"那我走了。"她终于双手撑着老板椅的扶手站起身来。

我也"唰"的一下从主管椅上起身，低头弯腰说："好的。请慢走，老……"我在心里抽了自己一嘴巴，挺直胸膛说："不送！"

走到办公室的门口，蓝岚突然停住脚步"啊"了一声。"哦对了！我来这边是有事要告诉你的！小纯为了感谢昨天你替她解围要请你吃饭呢！叫我来请你过去的！"

我的肩膀差点塌下去，瞪了她一眼说："什么呀！请吃饭的事就不能早点说吗?！"

2

"那么，我们去吃什么？肯德基，还是麦当劳？"

把车开出来后，我就开始后悔，因为想起要请我吃饭的人是个没有工资收入的在校生。虽然心意我领了，但一个穷学生能请我吃什么呀？无非就是洋快餐吧，好点的吃个比萨，搞不好钱没带够的话还要我掏腰包。

副驾驶座上的蓝岚显然没察觉我的心思，看着手机屏幕头也不抬："去鎏食居咯。"

"鎏……鎏食居？"我咕咚一下咽了口口水。鎏食居是市内口碑相当好的连锁餐饮店，里面的菜品菜色自然不用多说，价格也比一般的饭店更上个档次，我自己也仅仅跟朋友去过一次而已，没想到今天一个学生要请我吃这个。

"蒋小纯去过那里消费吗？"以防万一，我试探性地问了句。

"她呀，常去，那就是她家开的嘛！"

"啊？！"我差点一头栽倒在方向盘上。原来蒋小纯是富家女啊！怪不得蓝岚之前说她不稀罕柳苏的银笔。

"你怎么啦？"蓝岚瞪了我一眼道。

"没……没什么。她家开的话……多点几个菜也没问题吧，呵呵……"

蓝岚没有说话，但我好像听到她哧了一声。

"话说我们去哪家呢？鎏食居在市内有好几家呢。"

"她家对面就有一家。你就往昨天去的贵门路方向开吧。"

"她家在那里吗？"

"贵门路边上高高的围墙后就是她家在的小区啊！"

果然是有钱人啊，原来就住那个别墅区里面。那里离得不远，我踏了脚油门，直奔美食而去。

车开到跟贵门路相交的南侧那条大路上，很快看到鎏食居那标志性中式传统建筑的高挑飞檐，穿着一套淡紫色连衣裙的蒋小纯就站在店门口的大理石台阶前。蓝岚一看到她就把手伸出车窗招呼。

车在门口缓缓停下，蒋小纯直奔我们过来，脸上不知为何带着愁容。和我们打过招呼后，她微皱着眉，满怀歉意地对我说："大叔，这次的事情有点突然，实在是对不起你了。"

"不不，请吃饭嘛，有啥突然不突然的。你家的鎏食居我挺喜欢吃的，说什么对不起呢？"

蒋小纯尴尬地看了眼蓝岚，对我垂下头，说话的声音更轻了："是这样的，我也是刚知道，原来鎏食居今天关店盘点，全市的店面白天都不营业。所以……"

我这才注意到台阶上方那半掩的餐厅大门，以及摆在门口地上的"暂停营业"的塑料牌，心情一下子从云端坠到了平地，原来又是白高兴一场啊！

"要不然我请你吃晚饭吧，晚上5点以后就正常营业了！"笑容真挚的蒋小纯再次提议道。

"呃……其实也不一定要请客吃饭什么的，我只是帮了一点小忙而已啊。不过既然你一定要请的话那我也OK啊！晚饭就晚饭吧！呵呵……那我到时候再来好了，反正现在也不饿。"刚说完，我的肚子不争气地咕咕响了两声，车内车外两个女孩子相视而笑。

蒋小纯爽快地说："那中饭我也请吧，来都来了。只是要换一家别的了。"

"不不，怎么好意思让你连请两次?! 还是……还是我请吧。"虽然不情愿，话到这里我也只能这么说了。

"行了，你们两个就别争了，午饭我请了，只不过要征用一下小纯家的厨房。"

我和蒋小纯都惊异地看向蓝岚。她解释说："小纯的家就在马路对面，昨天的那家便利店也有新鲜的食材卖，我们买了到小纯家去，由我做饭给大家吃，这样既节约时间又省钱，大餐晚上再吃，怎么样?"

"这个……好是好，不过你手艺怎样啊?"我没有把握地看着蓝岚，总觉得她不像会做饭的样子。

"什么话?!"蓝岚给我腰部一个肘击，"要是不好还会提出来吗? 不信你问小纯，我的菜做得怎样?"

"蓝岚的菜还是做得不错的，比我是强多了。"蒋小纯马上答道，但她的脸上似乎还有忧虑，不知道是不是言不由衷。

"你看! 她都这么说了。"蓝岚把头探出车窗问，"小纯你决定了没有啊? 我也有好几个月没去你家玩了。"

"嗯，那就这样定了吧!"蒋小纯的脸上再度堆积起笑容，仰起脸对我们说。

十几分钟后，便利店采购食材完毕的我们进入了鎏食居对面那栋名为"静娴雅苑"的别墅小区。我把车停在蒋小纯家的两层小楼前。下车后，帮她们把装着食材的塑料袋从后备箱里提出来，她们两个没等我就直接开门进屋，好像搬运重物就是我的职责所在。我也只有独自拎着沉重的大袋子默默跟上了。

房子的内装修并没有我想象中那么富丽堂皇，只是比一般人家更显得有整体感，最大的感觉就是地方大。从进了玄关来到宽敞的大厅，一路上一个人也没看到。

"这家里面难道只有你一个人住吗？"我问走在最前面的蒋小纯。

"当然喽，要是她爸妈都住这里的话我也不会随随便便就来了。"回答我的是并排走的蓝岚。

蒋小纯跟着解释道："这里只是我家早前在本市购置的一处房产，前年搬到邻市去了，那里房子更大。我考进了这边的医学院就一个人住过来了。这边离学校近，走路就能到，也不用住宿了。"

原来只是一处弃用的老房子啊……对于我已经是梦寐以求的豪宅了。我咽了口唾沫，又问："那连帮佣的人也没有吗？总得有人照料你的生活吧？"

"哎，这倒也是。我记得上次来的时候有两个阿姨在的。是不是，小纯？"

"嗯，以前是有的。"蒋小纯微笑着回头看了眼蓝岚，"不过我想从大学开始培养自己的生活能力，所以都辞掉了。"

身为千金小姐竟然还要培养自己的生活能力，这话让我对蒋小纯刮目相看，可能她看似羸弱的身体里蕴含着巨大的能量吧。

来到了浅灰色实木地板铺地的客厅，蒋小纯请我们在白色的真皮沙发上坐下，自己走到50几英寸的大电视旁打开了音响，屋子里顿时充满节奏感强烈的打击乐。她这么做或许是想表达对我们的欢迎吧，不过我觉得乐声略吵。

我把袋子在地上放下，目光四处扫荡这间足足有七八十平米的客厅。这里连接着另外四五个房间，但门都关着，不知道里面情况。"这么大的屋子……一个人住着会不会害怕？"

"不会啊。平时不用的房间就关起门来锁上，这样还可以少打扫几个房间。"蒋小纯吐了吐舌头调皮地说，"你们两位客人先坐会儿，我去厨房准备些水果。"

"不用了，一起去吧，顺便把食材拿进去准备起来，时间也不早了。"蓝岚说着就去提地上的袋子，但马上轻呼一声，"啊呀，好重。"她的目光扫向我，大概这才意识到我刚才一路进来的辛苦。

很快，蒋小纯端出一个果盘放在沙发前的茶几上招待我。没聊上几句，蓝岚在厨房里叫她去帮忙。离开前蒋小纯走出几步后回头对我说："大叔你坐着觉得无聊就在屋里随便走走，楼上阳台视线不错的。"

看来对她来说"大叔"已经是我的固定称谓了，我也只能微笑着点头。

我不喜欢嘈杂的音乐，也不想麻烦别人开电视，便拿起一瓣苹果啃着走上客厅一角的木楼梯去楼上观光。

楼上的地方也很大，只是很多房间也像楼下一样锁着，唯一值得一看的是阳台。这房子在小区内位置比较靠后，住宅的间隔也够宽，从这里几乎可以望见小区全貌。除了有保安严格看守的南面大门，东侧还有个需要刷卡通过的小铁门。铁门外隔了一条马路是片建筑工地，那里也在兴建类似的高档小区的样子，地上随处可见挖的地基深沟和建筑材料堆。小区西面的围墙就是小马路一侧的高墙，并没有任何的门存在。正对这栋房子的小区中央区域有个带池塘的小花园，几个居民坐在长椅上，看上去是个不错的休憩所在。

"大叔！你在楼上吗？开饭啦！"蒋小纯的声音从楼梯方向传来。没想到这么快就开饭了，对姑娘们的神速表示惊讶。已经快饿到前胸贴后背的我应了一声后快步下楼。

3

"话说，这就是你做的菜？"我指着餐桌上摆的几个五颜六色的盘子问蓝岚。

"是啊，看上去很好吃吧！"桌对面的蓝岚手拿着叉子正要开动，听到我说话后停下动作笑眯眯地看着我，似乎在等待表扬。

"但是……这也叫做菜吗？红肠切片、水煮牛肉、蔬菜沙拉什么的不是买来就是现成的吗？"

"是啊，这又怎么样？切片不需要人力啊？还有这个土豆沙拉，我可是花了大量精力才完成的。"

我指着面前三个四四方方的纸盒说："配菜也就算了，主食的这个意大利面你也买的速食面啊！"

"不是为了节约时间嘛，再说不是速食的意大利面我也没有把握煮得好……"

"原来所谓的'做菜'只是这种程度啊……"

"哪有？不是还有个罗宋汤吗？这可是我亲手洗、切、煮，直到完成的。这你总没话说了吧？"

"这哪是罗宋汤？明明只是番茄蛋汤而已啊！"

"有区别吗？"

"有！"

"区别在哪里？"

"呃……"

这问题我一下子说不清楚。不过说清了也没什么用，反正木已成舟。这些菜里面只有土豆沙拉和番茄蛋汤是现做的，稍有技术含量一点。我已经饿得不行，没再搭理蓝岚，拉了把椅子坐下，准备开吃面前的番茄肉酱意面。

"好啦好啦！大家都开动起来吧。"见我们不吵了，蒋小纯拍了两下手，像幼儿园里指挥开饭的老师般大声说，"这顿饭我只是打了个下手，吃前还是要感谢一下掌勺的蓝岚哦！"

笑话，这也能叫掌勺？估计从头到尾连勺子都没碰过吧！我用叉子往嘴里塞着意面，声音含糊地说了声"谢谢"。蓝岚瞪了我一眼，打开自己面前的速食意面纸盒。但她的动作忽然停住，轻呼了声说："啊，买错了！我以为买的三个都是番茄肉酱面，没想到我这个是芝士的。"

蒋小纯放下手中的叉子说："我的倒是番茄的，要跟你换吗？不过我刚吃了一口了……"

"不用不用，自己加一点番茄沙司就好啦。"蓝岚起身离开座位，从厨房拿来了一瓶番茄沙司，往纸盒里面倒起来。但是瓶子里面的酱料好像已经快用完，要用力甩才能洒出来几条。

我叉了一块蔬菜沙拉，放嘴里咔嚓咔嚓嚼着，觉得自己就像条牛。"唉，相信现在的年轻女孩会做饭……我果然是太天真了！原来煮个土豆都能叫做菜了……"

蓝岚瞪了我一眼，但是没有回嘴，只是加大力气甩手中的料瓶，可能在心里已经把那个瓶子想象成了捏在她手心的我。

"啊！完了！"随着一声惊叫，蓝岚的手僵在半空，面色变得惨白。

我抬头才注意到，原来她用力过猛把一大坨番茄沙司甩到了自己衣服的胸口。白色衬衫上的红色酱汁就像大片黏稠的血浆。

蒋小纯也尖叫一声，抽出桌上的纸巾来帮她擦拭。但擦完以后在胸口留下了大片淡红色的印记，面积比没擦之前还要大。

"完了！这下叫我怎么出门……"蓝岚手中的刀叉当啷一下掉在桌面上，一副泫然欲泣的表情。我还是第一次见到她柔弱的样子，虽然污迹本身不是我造成的，但总觉得里面有我的责任，心里一阵阵的过意不去。

"不要紧，我有衣服，你可以换上。"蒋小纯说着站起身来。

"但是，你的衣服尺码……"

蓝岚的话没说完，蒋小纯人已经冲出去了。只过了数分钟，她手里拿了一件七分袖的雪纺衬衫出来，让蓝岚站起来，把衣服按在背上比对。

"哎？这衣服的尺码倒是不小，只不过这高腰的设计可能不太适合我，颜色和裤子也不搭……"

"没关系，我再去换一套好了。"

临时穿穿的衣服还要讲究款式，女孩子在这方面的讲究实在让我难以理解。

"这件怎么样？"

这次蒋小纯拿出的是一套浅黄色的长袖 T 恤，款式倒是和蓝岚的牛仔裤挺搭。

"嗯，这件不错，大小……可能有点宽松，但是问题也不大。小纯，这衣服是你们家谁穿的？尺码显然不是你的啊。"

"哦，去年暑假我一个远房表姐来这边玩的时候住在这里，这是她的衣服，走的时候丢这里了。"

"是吗？那真是太巧了。得救了！"

"那就换这件吧。跟我来。说的是蓝岚，大叔别跟过来哦！"

蒋小纯引着蓝岚嘻嘻哈哈地走了。

蓝岚有衣服换了，我也有种'得救了'的感觉，把心思放回到面前还没吃完的这顿饭上，把一个个"菜"都尝了个遍。逐一品尝以后，我对自己刚才的发言有点后悔，因为我发现土豆沙拉的味道其实不错。

捣碎的土豆末里面加入了蛋黄，松软可口，混杂其中经过炒制的胡萝卜末和黄瓜丁让绵密的口感里多了爽脆，培根末应该是蓝岚从煎培根里面就地取材，不过多了荤菜点缀的同时也多了种口感。最上面撒的那一层金黄色的蛋黄粉末，让这道外表朴素的菜披上华丽的外衣，看了就让人胃口大开。就这一道菜也够花时间的了，其他的菜马虎一点也是情有可原的，对于蓝岚的歉意开始加重起来。

"闪亮登场！"身后传来蒋小纯的一声大叫，她拉着换上衣服的蓝岚出现在大厅，"大叔点评一下！"

素净的白衬衫换成了浅黄色的 T 恤，少了些宁静的感觉但多了几分活力。我咳嗽了几声，说了句："不错，就是大了点。"

"就这样？"蒋小纯瞪大眼问道。

"嗯……呃……反正就是不错啦。还有，土豆沙拉……其实味道也不错。"

听到我赞扬了菜，蓝岚板起的脸总算松弛下来，扬起脸对我说："这还差不多。吃完你负责洗盘子！"

4

饭后两个女孩子翻阅起时装杂志，叽叽喳喳地小声讨论个没完。这种女性话题我完全没法参与，起身说要出去溜达一圈，离开了这个冷落我的客厅。

说是去溜达，但我的脚步还是不禁往西侧的围墙边走去。秦东的消失之谜在我心头是个难解的结。如果这墙上有什么暗门的话，那他迅速钻进来再关闭的话说不定能逃过他人视线。昨天在墙外侧已经查看过，今天既然有机会来到里侧，就也查一下吧。

从墙边的一排桦树下钻过去，我在墙根下把这一侧围墙从头到尾走了一遍，边走边用手指关节敲击墙面。如果墙体空心的话声音应该有所不同吧。结果手指关节都敲到红肿，还是没有发现一丝异常。这只是很普通的水泥围墙而已。

接下来我试着往上跳，看能不能攀住墙壁。原地试了几次都告失败，最后我退远了些，发力助跑，脚在墙上蹬了两步，终于双手攀上了墙顶边缘。

"再用力……往上……往上爬……"虽然嘴上这么鼓励自己，但我的身体怎么也无法向上了。手指攀住的墙体边缘有限，身体又重，再怎么用力也上不去。挣扎了几次后，我只能像一张画一样挂在墙上喘气。就算秦东体力远胜于我，顺利攀上来，但上面的带电铁丝网也有一米高，除非他是忍者才可能翻越。

现在的处境有点尴尬，因为我的脚已经离地两米多高，上是上不去了，但放手落下去又有点害怕。想象着脚底板着地带来的那种骨头裂开般的疼痛感，全身的肌肉越绷越紧，手指始终不敢放开。

"叔叔，你在干什么？"弱弱的声音在后方响起。我艰难地看向背后地面。一个七八岁的小男孩站在一棵桦树下，眼神呆滞地看我。

"呃……没……没什么。玩你的去吧，叔叔在……在工作呢。"

"哦。"这孩子好像很乖，或者说有点傻，只是这么一说就接受了我的答案，准备转身离开。

"小晟！你在这儿做什么？"一个30多岁戴着红框眼镜的女子从桦树后闪出，站在了小孩身后。估计是孩子她妈找来了。她的目光接触到扒在墙上的我，身体似乎一颤。

"你是谁？！挂在墙上干什么？"受惊的女子大声喝问。

"妈妈，这个叔叔说他在工作。"

女子看了儿子一眼，二话没说掏出手机开始拨打："喂！是门卫室吗？小区西侧围墙边有个小偷在爬墙！快来——"

"等一下！不要误会啊！"我大叫的同时手上一软，身不由己地从墙上摔下。落地时双脚没有站稳，四脚朝天摔了个大跟斗。

"有什么误会？会把爬墙当工作的只有小偷了吧！"女子收起电话，一把拉过儿子，和我保持距离。

"真要偷东西也不会选在白天好不好？这么高的围墙还有电网，我怎么可能是从外面爬进来？"我忍着浑身的疼痛爬起来对她解释。

大概是觉得我话中有理，女子渐渐放松了警惕，不再急着离开。但她还是追问："那你是在干什么？"

"我真的只是在工作而已啊！不信你看我名片。"我从口袋里掏出一张名片递了上去，"我的工作是'异象调查'，这次是为了调查一个围墙外突然失踪的年轻人而在这里实地勘查。"

"什么是……'异象调查'？"她看着名片上的字满脸疑惑地问。

"'异象'自然是指奇异的现象啦。话说您今年几岁？孩子这么大了，应该有30多了吧？在三十多年的人生岁月里，总会看到听到一些不合常理的奇异现象吧？……"一提到工作，我就自然而然地往"拉业务"的模式转换，根本停不下来。一大段全部说完，我自然地露出服务用微笑，看着她的眼睛说："那么，您有什么难解的'异象'需要委托我调查吗？"

"应该就是这里！就是他！抓住他——"还没等到回答，一声大吼从树木另一侧传来。不知从哪里蹿出一老一少两个穿着深蓝色保安制服的男人，将我的两条胳膊扭住，使我动弹不得。

"这位女士，刚才是你打电话通知我们的吧？"头发花白的年老保安问对面和儿子抱成团的女子。

"是……是的。"

"喂！不是已经说了我不是坏人了吗？快放开我啊！"

我挣扎着大叫。但那个女人好像也吓坏了，嘴里结结巴巴一时没有解释清楚。

"不用怕，女士。接下来就交给我们吧。现在就把他扭送到派出所！快走！"

年轻保安格外身强力壮，他用像大象腿一样粗的胳膊把我的胳膊在背后扭住，用肚子顶了我一下，像复读机一样跟着说了声："快走！"

我就这样被两个"英勇"的保安当成犯罪分子押出了树林，来到外面柏油铺地的小区道路上。

"喂！你们干什么?!"没走几步，身后传来一声大喝，那是蓝岚的声音。我几乎要感激涕零，这下可有救了。

蒋小纯和蓝岚快步赶来。还没走到面前，蒋小纯就大叫道："大叔你做什么了？他们为什么抓你？"

"我真没有啊！只是扒在墙上试试秦东有没有可能爬过来而已！"

"原来是这样。那只是个误会，你们两个放了他吧。他是我家的客人。"蒋小纯一副放下心来的表情，朝那两个保安挥了挥手。

"蒋小姐，你确定吗？那位女士说他是小偷呢。"年老保安看来认识蒋小纯，他指了指那位母亲说。

"不不！我想……可能这真的是个误会……"女子这时候终于也表明了立场。这么一来，忠于职守的两个保安倒变得尴尬了，呆立现场。

蓝岚冲上来拉开年轻保安的手，将我一把拉了过来，拍打着我背上的尘土说："你看你！怎么搞的？还好我们下来遇上了，要不然你就莫名其妙成小偷了。"

这场面让我不禁产生幻觉，接下来是不是应该扑到她怀里大叫一声：妈妈我错了！

"呃……这个……实在是抱歉。因为有居民汇报，我们不能听任不管的……对不起！"年老保安很郑重地弯腰向我道歉，年轻的也做出相同的动作，跟着说："对不起！"

我不是个得理不饶人的人，便挥了挥手说没事，误会而已，大家都散了吧。

两个保安尴尬地互相看看，低着头往回走，一路上还在小声埋怨。

"大叔，我们煮了咖啡，下来找你上去喝的。"蒋小纯笑着看过来。

"好啊，那就上去吧！"

"等……等一下！"身后传来声音，原来那个孩子他妈还没走。不知道她是不是也想向我道歉。

"那个……刚才我们的对话还能继续吗？"她摸着依偎在身边的孩子，面带愁容地看着我说。

"啊？刚才我们的对话？……是说到哪里了？"

"就是你问我要不要委托你做异象调查。"

"哦，对的对的……"

"我的答案是要的！"

"咦？"我惊异地看向她。眼面前的女子一脸郑重地看着我，再次表达："是的。我家里有人遭遇了'异象'，需要委托你调查！"

5

"那么，遭遇'异象'的家人是指哪位？"

十分钟后，我们三人和那对母子都坐在了蒋小纯家的客厅里。女子一开始对进入他人的家里有些顾忌，但因为我放委托书的包在蒋小纯家，加上两个女孩子的热情邀请，她最后还是上来了。蒋小纯去厨房看咖啡好了没有，蓝岚则与我坐在同一张沙发上旁听。

面对我的提问，对面沙发上的女子轻轻拉过身边的孩子，摸着他的头说："就是我儿子。"

"哦……未成年人是不能进行委托的，委托书上填你的名字好吗？"

"可以。我叫林月如，这孩子叫高小晟。"

我看向斜靠在母亲怀里的高小晟。这孩子外貌上继承了部分母亲的遗传，长得眉清目秀的，只是衬衫下的小身板看上去有些瘦弱，一双大眼睛时常半闭着，精神有些萎靡。直到现在，唯一说过的话也只是最初见到我时说的。

"这孩子……到底看到什么'异象'了？在何时何地，能说说吗？"

高小晟依旧一副无精打采的样子，对我张了张嘴又闭上。母亲林月如轻抚了一下他的脸颊说："这孩子这几天精神都不好，还是我替他说吧。"

"也可以。需要补充的时候我再问他吧。请问到底怎么回事？"

"其实……是这孩子梦游。"

我停下记录的笔看了眼这对母子。梦游这种事电影电视里挺常见，实际碰到倒是第一次。只是这好像也不能称之为异象吧？

没等我把心里想的说出来，边上的蓝岚插嘴道："梦游我知道。梦游症在神经学上属于一种睡眠障碍，症状一般是在半醒状态下在住所内走动，也有些患者会离开住所出门，甚至做出一些危险举动。"

"小晟今年几岁？"说完蓝岚又追问一句。

"今年 7 岁，马上要上小学了。"

"哦，梦游多见于 5 到 12 岁的小孩身上，年龄上小晟是符合的。发病率约为百分之一到六，不算很罕见的疾病哦。"

"是的。我们昨天带他去看过医生，也这么说。但我现在要说的并不是他梦游这件事，而是和梦游相关的异象。"

"那个……咖啡好了吗？你去厨房找一下小纯好吧？"我朝蓝岚使了个眼色，示意她退下。被她这样抢在我前面喧宾夺主让人觉得很没面子。

她瞪了我一眼，最后还是扫兴地起身离座。

"关于梦游中的异象问题，你现在尽管说吧，我负责记录。"我终于夺回了谈话主导权，请林月如说下去。

"嗯……是这样的。我和我老公白天都在工作，平时都是请了阿姨带这孩子。就在上个月，发现他白天老没精神想睡觉，当时没觉得有什么大问题。但在前天半夜，我上厕所的时候路过小晟的卧室门口，发现门开着。当时我以为他也在上厕所，但到了卫生间却发现没人。我再去孩子房间找，结果也是空的。走到楼下发现大门竟然洞开着。我吓了一跳，以为来了贼，忙把老公叫醒拿着棍子在屋子查看。结果发现贼是没有，小晟却真的不见了。当时我们吓傻了，以为这孩子半夜离家出走了。正要出门去找他，刚出大门却发现他正从院外走进来。我们叫他名字也没有回应，眼睛虽然睁着却完全没看我们的样子。我想扑上去抱他，但老公拉住我，说这可能是梦游，突然惊醒他不好。最后我们看着孩子回到他的小卧室，等他睡着了才关门离开。

"第二天他醒来后我们试探着问他，但他却完全不记得半夜出去的事，只是觉得双脚有些酸，人没精神。再三追问下，他说好像做了个梦，但问他梦见了什么时却露出害怕的表情。我们猜是做了噩梦，便没强迫他回忆，因为上个月也出现过类似的情况，我们认为他不是第一次梦游。昨天刚好是礼拜六，我和老公都休息，就带他去了儿童医院看病。医生问清楚了病情后笑了笑对我们说，这个年纪的儿童出现梦游并不罕见，不用太紧张。虽然可以用些镇静催眠的药，但孩子还太小，最好不要用。估计出现梦游的原因是精神焦虑，因为我们做父母的陪伴他的时间太少。建议我们多花时间陪他，注意安排他的休息，不需要特别治疗。

"我们听了医生的话，没给孩子配药就回来了。但是到了晚上我还是不放心，特意到孩子房间里陪他一起睡。因为担心孩子，我昨晚上很晚才睡着，半夜2点多的时候又醒了一次，发现孩子竟然又出去了！我又去叫醒了老公，穿好衣服两人拿着手电出门去找孩子。最后我们在小区内的路上找到他。那时候他已经在往回走了，我们还像之前一样跟他回了家。然后今天早上，我们又问他昨晚上的事。回答还是跟上次差不多，对梦游完全没有印象。但最后他说又做了梦，而且是和前天一样的梦。我们觉得蹊跷，反复追问下，这孩子终于说出了梦见的景象，但这梦实在……实在太过诡异，我们简直难以置信……"

说到这里，林月如眼中涌上泪水，伸出胳膊紧搂着儿子高小晟的脖子。

这关子卖得我有些心急，挠了两下脑袋问小晟："到底梦到什么了？小晟你告诉叔叔好吗？"

"我……我梦见了一具在走路的骷髅！"

我被这突然蹦出来的"骷髅"两字吓了一跳，擦了把汗问："你知道什么是骷髅吗？"

"知道的，看图识字的书上有的，不就是人的骨头么。"

现在的识字手册上还有这么复杂的字么？

我又接着问："那你知道骷髅是不会走路的吗？"

"不会走路吗？那人是怎么走起来的？"

这个解释起来有点复杂，我决定忽略不计，笑着摸着他的头说："反正骷髅是不会走路的啦，那也只是个梦而已，没什么大不了的。"

"但是……连续两个晚上做了相同的梦，而且是在梦游的当晚，你不觉得奇怪吗？这难道不算是异象吗？"

原来"异象"指的就是这个啊……我不禁有些失望，但还是装出很有耐心的样子回答："大概就是梦游的时候做的梦吧？反复做同样梦的情况也是有的，那说明做梦者的内心深处有一个比较迫切的问题一直没有解决，从而形成了心结。根据心结的不同，做的梦也各不相同，比如一个人受了某种动物的惊吓，就会常做那个动物出现的梦。这通常反映出人处于某种焦虑状态之下。比如我吧，就常梦到自己赤身露体，在一个花园里，看到一大群……"

"不要把你的淫梦说出来！"头部突然遭到某人的击打，我差点扑倒在面前的茶几上。

我扭头对不知何时站在身后的蓝岚大叫："什么淫梦啊?！我只是梦见了一群蝴蝶而已嘛！"

"切，以为自己是庄周嘛……"

"好啦好啦，大家都休息一下喝杯咖啡吧，给小朋友准备的是苹果汁。"在她身后，蒋小纯端着一个放了咖啡和果汁的托盘来到茶几边，分派到每个人手上。

咖啡虽然可口，但身后的人让我觉得不舒服，我斜视着蓝岚说："你能不能别在我询问委托人的时候出现？"

"我出现是有原因的，为的就是纠正你的错误。"

"我哪里错了？"

"连续做相同的梦什么的不是没有，但梦游的时候并不会做梦。你知道人的睡眠机制吗？人的睡眠由两个交替出现的时相组成，一个是慢波睡眠，另一个是异相睡眠。人睡眠时先进入慢波睡眠，经历 1、2 期的浅睡期后再进入 3、4 期的深睡期，而梦游就是发生在深睡期的。之后睡眠再由深入浅，由 4 期倒行到 1 期，此时慢波睡眠结束，进入异相睡眠，而做梦就发生在异相睡眠期。异相睡眠结束后再进入慢波睡眠，如此往复循环，整个睡眠过程大概会经历四到六次这样的循环。梦游和做梦分处于两个不同的睡眠时期，所以两者之间并无关联。也就是说，小晟不可能在梦游时看到'行走的骷髅'，更大的可能——是他在梦游的路上看到的！"

面对蓝岚如此专业的知识洗礼，我张大了嘴，因为一时来不及理解她话里的意思，不知如何说是好。在蓝岚身边坐下的蒋小纯也是一脸愕然，对面沙发上的高小晟斜靠在身体僵直的母亲身上呆看着我们。

"但……但是，按你说的慢波睡眠和异相睡眠会有多次循环，那人就会有多次做梦的机会吧？小晟在结束梦游后在床上做梦，梦到骷髅，这不是也有可能吗？"

"确实也有这种可能，但是你不觉得这太过巧合了吗？应该再问清楚一点不是吗？"

"不用你说我也会这么做的。"我咳嗽一声，转头面对高小晟，收起一脸凶相转换成和蔼可亲的表情，"小晟，告诉叔叔，你看到骷髅是什么样子的？"

"骷髅……不都是一个样子吗？白的，没肉的……摇摇晃晃的……"

这倒也是，好像骷髅都长一样的，又问了多余的问题。不过……"'摇摇晃晃'是怎么回事？"

"就是这样子。"高小晟说着离开了母亲的怀抱，走到客厅的空地上给我演示起来。他弯着腰，两只手下垂在身体前方，手腕靠拢，然后慢慢挪动步子。我不知道骷髅是不是就这样走法，不过这种走路方式倒是挺像电视里的"丧尸"的，配合上喉咙深处嘁嘁的低吼就更像了。

大概走了几米距离，我正要喊停，这孩子突然摇晃了一下瘫软在地上。孩子他妈最先发出一声尖叫，直扑了过去。我和两个女孩子完全不知道发生了什么，围上去时看到双眼紧闭的高小晟躺在母亲的怀里，神色倒是相当安详。我学着电视里的样子伸手想要去探高小晟的鼻息，但被林月如伸手打开，瞪了我一眼说："没事！他睡着了而已。"

我们三人都长吁了一口气，还好只是虚惊一场。

林月如把儿子抱到沙发上去，刚坐下，高小晟的眼睛又再度睁开，迷迷糊糊地问："妈妈，我在哪里？"

"小晟，你在别人家里，我们在说你看到骷髅走路的事，还记不记得？"蓝岚抢先凑上去问起来，"你是在哪里看到的骷髅？脚下的路面什么样子记得吗？"

"就是……到处都有的……黑色柏油路。"

"看，说的不就是这小区里的路面吗？"蓝岚扭头看我。

"但也可能是梦到了小区里的路而已啊。"

她又哼了声，问孩子："当时的情形是什么样子的？你跟姐姐详细说说。"

"嗯……第一次是在路口拐弯的地方看到的。那个骷髅先到路口，从路边的树后冒出半个身子，扭头看过来。我一开始吓坏了，以为它会冲过来，但是它很快掉头往回走，被小树挡住后就看不到了。然后我也跑了。第二次是在一个池塘边，那个骷髅从路旁的小树林里钻出来。这次我看到了骷髅的全身，光秃秃的脑袋，眼睛就是两个黑洞，白色的胳膊和腿像木棍。它好像也很怕我，看到我后一下子缩进林子，等我走近的时候就不见了。"

"池塘？是楼下的池塘吗？"

"……好像是的吧。"

蓝岚回头看向我们，"到底是不是，下去看看就知道了。"

事已至此，我只能放下手中才喝掉一半的醇香咖啡，跟着三个女人一个小孩来到了楼下的池塘边。原先坐在长椅上的住户已经离开，这块休闲区域就只剩下我们五个人。用深蓝色瓷砖构筑的池塘幽雅静谧，但也多了几分人工的气息。池内水面平静，可以看到水下五颜六色的鲤鱼在含苞待放的睡莲间游曳。

"第二次是这里吗？"蓝岚指着池塘边路旁的一片树丛问。

"嗯！就是这里！"高小晟这次的回答相当肯定。

蓝岚二话没说就踏进杂木树丛去探察，看这行动就像她才是调查员。大概是怕骷髅钻出来，高小晟变得害怕起来，抱紧母亲的腰没敢跟进去，母子俩便等在池边草地上。蒋小纯犹豫了一下还是跟了进去。我是最后一个走进去的，作为资深调查员，觉得有点丢脸。

"大家脚下小心点。看这里！"蓝岚指着树底下一处被分开的草丛痕迹说，"这里看上去是有什么经过的样子吧？而且时间应该没多久，这不就证明那个骷髅真的走过吗？"

她看向我的目光显然是在征求相同的意见，但很遗憾我要让她失望了。"是有痕迹，但不能证明就是'骷髅'留下的，也许有人想抄近道所以从路那边穿过来呢？"

"你……"蓝岚猛地扭头，气鼓鼓地瞪视着我，"你到底什么意思啊？这不是送上门来的委托吗？接下它对你有什么坏处吗？为什么总是一副不想接的样子反驳我？"

"蓝岚，小声点。"察觉有吵架的趋势的蒋小纯说了一句。

既然事情已经到了这个地步，那就明说也好。我看了眼外面，把蓝岚拉过来，压低声音说：“我确实不想接这个委托，一是因为当事人本身就不能确定是不是看到东西，二是因为……因为这几天接的难办的委托实在太多啦！像两天前接的那个找美人鱼的案子我答应了委托人要在一周内出报告现在却什么也没查到！你委托找凭空消失的大活人查到现在也没什么眉目我已经一筹莫展啦！再接这个追查骷髅走路的委托那我不是要把睡觉的时间都消耗在上面来监视一个孩子梦游吗？这样子我还怎么做接下来的工作？”

我把憋着的话像放连珠炮般一口气全部说完，做了个长长的深呼吸后总结：“所以，不要再和我争了好吗？如果你还希望我继续查你的案子的话。”

这样一来蓝岚总算认清了形势，垂下头去点了两下不再作声。我带着舒畅感跨出林子，来到那对不明所以的母子面前。

“怎么样？有发现吗？”林月如先问我说。

“是有一些痕迹，但不能证明和小晟所说的骷髅有关系。因为无法确定那个‘行走的骷髅’是不是梦境，我恐怕不能接受这个委托。”

听到我拒绝的话，这位母亲的脸上一下子覆上失望的神色，轻叹了口气又问：“那这孩子又梦游了怎么办？如果那骷髅真是他梦游时看到的该怎么解释？”

“梦游的事情我也解决不了，还是按照医生的指示办吧。你们可以夜里注意他的行动，如果能证明他确实看到骷髅的话，再来委托我也不迟。那时候我一定会接受委托的。”

"真的很严重吗，这孩子的梦游？"蒋小纯这时候走上来，关切地问。她之前好像都不在我们身边，估计对这孩子的病情了解得不多。

林月如没有说话，只是默默点头，眼里快要滚落泪水的样子让我觉得自己好像做错了什么。

"他梦游的时间固定吗？集中在上半夜还是下半夜啊？"

"前两次一次是在 12 点左右，一次 2 点多了，好像没什么固定时段的样子。"林月如低声回答了蒋小纯。

"梦游一般是发生在入睡后的一两个小时内的，可能这孩子睡眠不太好吧，入睡的时间晚梦游就比较延后。"蓝岚这时候也走上来，运用专业知识回答。

"一个小孩子晚上出去确实不安全，要不还是给他吃点药吧？处方药虽然买不到，但是镇静安神的中成药在药店还是有的。"

"不，梦游是发生在深睡期的，吃安眠药反而有触发的可能。还是别吃的好。"蓝岚对蒋小纯的意见持否定态度，她看向林月如说："虽然会有一个过程，但是多关心他的话应该会好起来的。"

林月如听完安慰的话后点头接受，叫高小晟对我们一一表示感谢后告辞。

"那么……离吃晚饭的时间还早，我们还是上去坐坐吧。"终于把麻烦推掉了，我轻松地在身体两侧拍了拍手说。

蓝岚用那种怨毒的眼神盯了我一眼，拉起蒋小纯的手回头对我说："好啊。不过是我和小纯去坐坐，你去洗盘子。"

柳暗花明

1

今天 10 点准时开门营业，我又开始了一天独自蹲守事务所的生活。

今天的计划是继续调查"秦东消失"案。虽然"人体消失"之谜我无法破解，但是作为一起失踪案来查的话还是有许多地方可去的，比如找他的亲人朋友了解他的社会关系。我首先想到的是柳苏，一是因为见过，二是作为秦东的女友，她应该能提供不少一手材料。不过今天是周一，她应该在上课。我拨通了蒋小纯的电话，这是昨晚上唱歌时和她们交换的号码。虽然她和柳苏的关系不好，但柳苏电话骚扰过她多次，所以找她要号是没错的。

听到我打电话的目的是要柳苏的号码，蒋小纯显然不太高兴，但在我解释以后，她还是用短信发给了我号码。初步目标达成。

"喂，你好，是柳苏吗？"我尽量用明朗热情的声音说话，虽然有点像推销员。

柳苏没有立刻回答，似乎走了一段路换了个安静的环境后问我："你哪位？"

"我们昨天在便利店见过，帮你找到银笔的那个。"

"原来是昨天的……大叔。"最后的"大叔"两个字声音变得很轻，看来她对我算是有所忌惮了。

"没错，是我。昨天说过我在找你男朋友秦东了吧？今天就为这事找你，想跟你了解一下他的情况。"

"了解……什么情况？"

"嗯，这个可能一下子说不清。我将问题列了张表，首先是要问你们两个是什么时候……"

"等等，等一下。既然有很多问题，那你过来我们学校当面谈吧。不知道你有没有时间？"

没想到她竟然愿意见我，看来并没有因为昨天的事对我怀恨在心。"这样最好。我有的是时间啊，就看你有没有时间了。"

"那你现在就过来吧，后面两节我没课。到校内饮品店等我。"

"好呀。不过学校那么多人我怎么找到你啊？要不要你手里拿一本蓝色封皮包裹的书，然后等在某棵绿叶茂盛的大树下……啊？喂喂……"

电话已经挂断了。

晋阳医大位于市内西区中部，开车过去花了半个多小时。

我没有没有直接把车开进学校大门，这样的话势必要被门卫盘问。无非是跟一个女学生谈话，这样子有些过于高调了。把车在校外停好后，我斜背着单肩背包，跟在几个学生模样的年轻人后面，若无其事地进了校门。

大门口几乎没什么警戒，男女老少都随意进出，除非你样子实在可疑才会被拦下来。

"喂！你等一下。就是你！背包的那个！"刚这么想着，一个穿着蓝色制服的中年保安从门房里冲出来指着我大叫。大概是出来得有些急，他的嘴角边还沾着一片茶叶。

"啊？我吗？请问怎么了？"我装作无辜的样子东张西望。实在想不通为什么别人都能随意进出，我一到就被拦下了。我的样子有那么可疑吗？

"对，就是你。"保安上下打量了我几眼，"我说，你是来卖保险的吧？"

"呃……"一下子被噎住的感觉。继上次被当成推销员后，我又成了卖保险的。

我叹了口气，如实告诉他："我真不是来卖保险的，我是有事找学校里的一位学生。"

"哪位学生？叫什么名字？"保安板起脸双手反剪背后，像审犯人般一脸严肃地看着我。只可惜嘴角沾的那片褐色的茶叶完全破坏了庄严的气氛。

我努力忍住笑："不是吧师傅？你们学校进去找个人都不行？"

"一般情况的话在门卫室登记后是可以进去的，但是我看你说话时一直不怀好意地笑，所以不太相信你的话。你打电话叫人来这里吧。"说完这话，他嘴角的茶叶随风飘落。我的心情也变得有些忧伤，乖乖地掏出手机打柳苏电话。

也许是我最近霉运当头吧，电话迟迟不见人接。保安愈发用怀疑的眼神看我。"怎么？找不到人了吧？哼哼……"

忽然想起来，我只要证明自己有约而来就行，随便找个人来都可以。这次拨通了另一个人的电话。

"喂？哪位？"蓝岚的声音很快在手机中响起。

我马上向她表明了来意，希望她来门口一趟。

"知道了，等着。"

五分钟以后，蓝岚从校园内远远走来，眉头微蹙似乎不太欢迎我的样子。看到我也没有打招呼，而是直接走到保安身边耳语几句。其间保安几次回头斜眼看我，明明已经证明我没骗他，但眼神依旧在怀疑我。很快他连点了几下头，挥了挥手对我放行，连刚说的访客登记都免了。

我心怀感恩地追上走在前面的蓝岚，面带笑意地问她："刚才你跟保安说什么了，他怎么那么痛快就放我进来了？"

她头也不回地回答："我说我们系主任约了你来买保险。"

2

把我带到学校饮品店门口后，蓝岚就匆匆离去。这时候有了来电，是柳苏打来的。她说刚才在听课没接电话，现在下课了正往这边赶。

临近中午，饮品店没什么人光顾，我在靠窗的简易木桌边坐下，点了两杯冰红茶等她。

不知道是不是"银笔事件"的原因，今天柳苏没有挽发髻，长发自然地垂下，感觉倒是端庄娴静了许多。她在我面前坐下，看到面前的冰红茶后说了声谢谢，然后低头喝了起来。接连用吸管吸了好几口，似乎是在等我开口。

"我的来意刚才电话里已经说过了，那直接进入正题好吗？"

"嗯。你想知道什么就问吧，既然是为了找秦东，我不会对你隐瞒。还有，前天你帮我找到了笔，还要……还要谢谢你……"她直起腰停下喝茶，道谢时声音变轻，目光落在我身后的方向。

"哦，那个啊……小事一桩，小事一桩……哈哈哈——"我挠着头笑起来，这类强势的女孩子向我道谢真是难得啊。

"那就开始吧。"柳苏很快打断我的自我陶醉。

"呃……好的。我想知道你最后一次见到秦东是什么时候。"

她略微迟疑后回答："应该是他失踪的前一天吧，我们还约会看电影来着，他送我到车站，然后离开的。"

"他没显示出任何要出走的预兆吗？你是他的女朋友，多少能看出点什么吧？"

"完全没有。第二天他就消失了，只在家里留了字条。事实上那天我们还在讨论一部下周要上映的电影，说好了一起去看。所以我一直都无法相信他会毫无来由地出走。"

"那你觉得他的失踪会是什么原因呢?"

"不知道。反正……总有不祥的预感,所以我找了好多人去问。其中……就包括蒋小纯,这方面,确实对她……有点……"

听她的话里含有歉意,只是拉不下面子说出道歉的话,我觉得她的本性还是不错的,只是改不了一贯的高傲态度。

"除了小纯,你还找过谁?"

"找过牙医班和护理班的两个大一女生,还有一个正在实习的学姐。她们都是跟秦东有点往来的女生。"

没想到吃着碗里望着锅里的秦东还大小通吃。虽然心中愤愤不平,我多少还是有些羡慕。"那,有什么收获吗?"

"没有。她们的回答都和蒋小纯差不多,完全不知情的样子。"

"你是怎么知道她们的?"

"是秦东自己说起的。他这个人虽然表面上一副硬派小生的样子,其实是个大嘴巴,交往过的女生,或者有好感的女生都会在人前说起。为这事,我还跟他吵过好几次。"

"是吗?他还提到过哪些女生?"我从包里拿出笔记本准备记录,"这些人里面说不定有对秦东怀恨的人呢。"

柳苏用警惕的眼神望着我:"大叔,你这么说是什么意思?好像他已经遭遇不测了一样。"

"既然都说不像自动失踪,那就必须要考虑其他方面的可能了。感情这种事很容易埋下祸根,说不定就因此和人结怨,然后对方就对他下手了……"

"真有这么严重?"

"先从这个方向入手调查吧。总之你先告诉我。"

"……好吧。"柳苏面色凝重地点了点头表示接受,"现在还有来往的就学校里的几个,我都查过了,应该没什么疑点。除此之外他常提起的,都是发生在他中学时候的事。其中有一个是在他初中的时候吧,那个女孩子比他大三岁,当时读高二,很喜欢他但一直没有表白,对他就像对亲弟弟一样照顾,每天做饭带来送给他,还用自己的零花钱帮他买运动鞋,搞得自己却很艰难。坚持了两年,后来在她高三毕业前终于向秦东表白。秦东其实一直都不喜欢她,只是为了她带给自己的便利装作不知道对方的感情,面对表白,他推托说现在年纪还小,等上了高中再考虑,会以那个女孩所考的高中为目标努力。但那其实都是骗人的,上了高中后他就再也没联系过那个女孩子。

"然后是他的高中时期,他同班的女班长喜欢他。那个女孩子长得不好看,但学习成绩很好。秦东的学习不好,很想找人辅导,班长对他表白后,虽然并无此意,但他还是接受了,目的不言而喻。两个人虽然表面上是恋人,但他还是常和别的漂亮女生出去玩,把作业什么的丢给班长代劳,甚至考试要她帮忙作弊。后来一次作弊败露,班长死活不愿供出秦东,她为此受了处分而退学,淡出了他的生活。

"还有一个他也常提起,是在他高三的时候,喜欢他的是一个胖妞,对他各种好,比那个'姐姐'有过之而无不及,从生活的各方面照顾他，高三那一年，他几乎都没花过自己的钱。他常拿这件事对人夸耀。他其实最讨厌的就是胖女人，还常嘲笑身边的胖子，说跟胖的人走在一起都会被肉膘味熏到想吐。即便如此，他还是和那个胖妞维持了半年所谓的'恋人'关系，直到对方转学。"

柳苏的话说完低头把目光移到脚下，似乎在等我记录完毕。

"那……这三个人的姓名和地址你有吗？我需要以此展开调查。"

"抱歉，都没有。秦东从来没有说起过她们的名字，也可能连他都忘了吧？对他来说那都只是利用对象而已。我只知道秦东原来所在的学校名字。"

"这也可以，你写下来给我吧。"我把笔记本推到她面前。

写完后她放下笔沉默不语，忽然又抬起头直视着我的眼睛问："你是不是觉得奇怪，为什么我会喜欢他这样的人？"

"呃……别人的感情我一般是不作评判的，你喜欢的话总有你喜欢的理由吧……"喜欢这样的渣男一定是你脑子有问题吧！其实这才是我内心的想法。

"算了吧，你一定觉得我是个笨女人。"

"是的。哦，不不！我是说女人在陷入感情后都会变笨的。"

"哼，这有区别吗？"

"我也不知道……"

柳苏忽然停止争辩，低下头去望着自己的脚尖说话，声音也变得伤感："其实我也知道，他如果真心对我好的话就不会去和别的女孩子纠缠不清了，但是……我总是舍不掉他。尤其是他失踪以后，想起和他在一起的日子，想起曾经的快乐可能再也不会有，我就难过得不行。所以说，请你一定要找到他！我不能接受这样连再见都不说的分别，哪怕今后我们没有可能在一起，我还是想再见到他一次！"

说到最后，柳苏用泪汪汪的双眼注视我，双手握住我放在桌上的左手。女孩子眼泪的力量真是无法抵挡啊，尤其是柳苏这种盛气凌人不轻易对人低头的类型。我把右手伸了出去，想覆在她的手上郑重地承诺。但是我的手还没碰到，她的手就先缩了回去。我只能若无其事地用右手拍了拍自己的左手背，堆起笑容说："放心，我一定会替你找到他的。"

"谢谢大叔！"她的声音里再次流露出欣喜。到最后都没有改变称呼啊，实在让人有点失望。

看到柳苏站起身来似乎要走，我忽然想到一件事，忙叫住她："等一下！有件事要问你，你和秦东在一起的时候，有没有玩过那个……SM？"

意识到这话问得有点唐突的时候已经太晚。随着一声脆响，侧脸上感到了火辣辣的烧灼感，头被打得偏向一侧没办法扭转过来。眼角的余光看到柳苏气鼓鼓地奔出店门，留给我的还有一声"流氓！"。

3

事情办完后我原本要离开学校，但还没走到校门口就感到腹中空虚，同时校园内的路上开始出现三三两两拿着饭盒的学生。中午吃饭的时间到了。大学食堂可是令社会人士神往的物美价廉之地，既然身在此处，怎么可以错过？我跟随着人流，往食堂走去。

一进敞开的食堂大门，迎面就是大厅内一排打饭的窗口，时间还早但已有不少人在排队，没有一个窗口是空闲的。我在一个卖陕西美食的铺子前排队好久才买到一碗油泼扯面加肉夹馍，一共才十块钱，价格感人。

正当我用颤抖的双手对着窗口内的大汉递出十元纸币的时候，对方却冷冷扫了我一眼，说："我们这里只能刷学校内部的饭卡，不能用现金。"

"咦？那饭卡在哪儿买的？"

"饭卡是教务处统一分发的，你不是学生吧？"大汉用同情的眼光看着我，抬头大吼道，"来，下一个！"

"喂！等一下！我好不容易排到这里了，总不能就这么把我打发了吧？那个……后面的同学，能不能帮我刷一下卡，我给你们现钱！"

身后一张张戴着眼镜的脸上满是冷漠，看样子都巴不得我赶紧走。

"用我的卡刷。"危急时刻一个声音在身后响起。回头见到救星，是手拿饭卡的蓝岚。这是她今天第二次帮我忙了。

我端着面和蓝岚坐到一个桌上。面上刚泼上去的那一勺热油还在冒着白气，熏得我直落泪。肉夹馍里面的肉多得掉到了外面的纸袋里，表面微焦的白吉馍包裹着酥烂的腊汁肉，让我一口气连啃了好几口。宽宽的面条上挂着红油，放进嘴里却没想象的那么辣，搭配的油菜和豆芽也减淡了油腻的感觉。

蓝岚吃的是小排萝卜粥，不紧不慢地用小塑料勺往嘴里舀。她好像很早就在跟我说话，但我直到把面吃下去一半才听到。

"啊？你说什么？"我擦了把鼻尖上渗出的汗问她。

她皱了皱眉，像对下属问话般说："我问你见过柳苏了吗？"

"哦，是啊。问完了，吃完饭就要回去了。"

"别急着回去，吃完饭和我去一趟图书馆。"

"图书馆？为什么要去那里？"

"你查的那个人鱼的案子，我在图书馆发现线索了。"

"图书馆会有这案子的线索？不会吧？"

"别多问了，去了就知道。快吃。"她像嫌我啰唆般闭口不语，把喝了一半的粥也放下了，看样子已经吃完。

十分钟后，我在蓝岚的带领下来到了那座样子稍嫌老旧的图书馆大楼。阅览厅内的座位上已经坐了不少的学生。蓝岚叫我去占座，她走向了里侧的书架。几分钟后蓝岚回来，两手捧着一本黑色的硬皮厚书。

"这是我上午查资料时无意中的发现，你看看就明白了。"蓝岚把书平放在桌面上，封面上的书名是《人体罕见病大全》。她快速翻起书页，最后停留在某页上，把书推到我面前。

书页当前是章节开头，最上方有一行字——美人鱼综合征。

"这……这难道……"

惊疑未定间，她的手引导我看向文字下面的一张图片。图上是一个两三岁小女孩的照片，表情木然的她穿了一件病号服，斜躺在病床上。上衣并无异常，但裤子却只有一条裤腿。从露出腿脚的部分可以看出她的双腿是融合在一起的，分开的脚掌就像美人鱼的 V 字形鱼尾。

"'并肢畸形'俗称'美人鱼综合征'，又名'人鱼体序列症'或'尾部退化综合征'，是一种非常罕见的先天性缺陷。患者天生两腿内侧粘连融合，看起来就像传说中的'美人鱼'。该病症极为罕见，大约十万个新生儿中会发生一例。"蓝岚把标题下的一行文字读出来，看着我说，"如果有一个合乎逻辑的答案能解释那条河道中的美人鱼，那非这个莫属了吧。"

没有立刻回答她，我把文字继续看下去，很快疑问又产生了："但这上面说大部分患病婴儿由于血液循环系统在母体时没有正常发育，导致他们的肾脏和其他器官发育不完整，一般活不过数小时。但被目击的美人鱼就算不是成年女子也十七八岁了，有可能活那么久吗？"

"可能也有一些畸形不那么严重且拥有部分器官的人，世界上少数几名成功实施矫形手术的患者中，就有一名 16 岁的美国女孩。"

"那……邱石，也就是那个看到美人鱼的委托人，他说在美人鱼的大腿上部看到了部分残存的鳞片。这怎么解释？"

"大腿上部？……或许是用来遮住重要部位的吧？是不是印了鱼鳞图案的短裤？他先入为主地看错了吧。"

"这倒也是。遮挡隐私部位可以理解，但为什么一定要印鱼鳞？……啊！我知道了！"这话刚出口，我就想到了答案，"就像在水族馆表演的潜水员一样，穿有鱼鳞的衣服就是为了向'美人鱼'的形象靠拢。而这条'美人鱼'有点特别，她既需要让人把她往美人鱼的方面联想，同时又要展示畸形的腿部。也就是说，这其实是……"

"是'畸形秀'吗？"蓝岚抢先把我想到的说了出来。

"是的，'畸形秀'的演出是流动的，因为这个原因，她之前都没在贡河出现过，只在演出期间出现了几天，之后随团离开就消失了。"我捏了捏拳头，有种总算抓住线索的感觉，"这里有无线网络吗？我想上网查一下。"

"有的。我告诉你密码。"

在蓝岚的帮忙下，我用手机顺利连上了无线网络。首先以"人鱼表演"为关键词用搜索引擎搜了一下，但出现的都是水族馆的表演项目。又直接搜"畸形秀"，出现的是国外的旧新闻，完全和我们身边的事扯不上关系。

"话说……真有这种秀的话，主办方会在网络上大肆宣扬吗？"

"这倒也是，不说这是不是合法，也很可能会引起公众的反感吧？对了，但是看过的人还是会发布感想的吧？我换个渠道查一查。"

这次我打开了微博，开始用关键词搜索相关微博。像这类猎奇的展览，看过的人不可能默不作声吧。

　　我换了几个关键词，尝试过多次后，终于用"真的人鱼"这个词搜索到了一条前天发出来的微博。这是一个 ID 叫"我爱小舔天"的女网友发布的，内容是："今天在一个展览上看到了真的人鱼！天呐，简直难以置信会有这样的人！照片是偷拍的，凑合着看哦！"文字后面加了一个挤眼睛的表情。配图是一张光线暗淡的照片，照片上是一个巨大的水族箱，里面放了一半的水，水底点缀着几株水草和圆石。占据画面大部分位置的，是一个坐在水中的年轻女孩，她浑身赤裸，胸口用垂下的长发盖住，腰部以下浸在水里。臀部及大腿上部由一条印有鱼鳞的筒裙包裹着。虽然看不清脸，但最显著的特征看得很清晰——她暴露在水中的双腿，就像人鱼尾巴般融合成一体，到了末端的脚部才分开。

　　"没错，就是她！"突然出现在眼前的真相让我不禁叫出了声。这一下招致边上人不满的目光，我忙打手势表示歉意。

　　蓝岚压低声音说："那接下来怎么办？"

　　"嗯……先确认地点吧。"我看了一下博主主页上的资料，所在地是齐安市，和本市相邻。最简单的方法就是直接问本人吧。

　　我手指在手机触屏上连点，在那条微博下评论："哇！好想看哦！在哪里的？不知道还来得及不……"最后加了个星星眼的表情。因为我的微博头像是一只卡通猫咪，就算加上卖萌的表情也不会显得突兀。要是我本人的照片就不行了，估计会被当成变态吧。

发完以后，我和蓝岚互看了一眼。接下来就只有等待了，如果博主偶尔才刷微博，要过几天才露面的话我也没办法了。

没想到只过了几分钟，手机微博界面的下方就出现了一条新消息提示。我赶紧点开，正是"我爱小舔天"的回复："就在玉熙路321号的一个大仓库内，展览下周结束，要看赶紧哦！"最后又是她常用的眨眼表情。

我关了微博打开手机地图，输入她给的地址进行搜索。那个地方在齐安市的北区，从这里开车过去不算太远，地图软件给出的预估时间是一个半小时。我在笔记上记下地址后放进包里，站起身来收拾东西。

"哎，你现在就去齐安市吗？"蓝岚抬头惊讶地看我。

"当然。我的工作就是这个嘛。答应了委托人一周内出报告的，现在已经是第四天了，不抓紧点不行了。"

"哦，是这样啊。那么……路上小心。"最后一句她说得很小声，但我还是听到了。

4

车开出本市后上了高速，半小时后再出高速进入齐安市内路段。这里的道路我不熟悉，对着导航边找路边走。接近玉熙路后，感觉车外的街景由热闹变得冷清。

找到玉熙路321号时，我发现这是一个闲置的工业园区，车开进园区大门也没有保安拦我，心情舒畅。因为不知道具体位置，我只能顺着园区内的大道一直往里开。一路上看到许多空置的厂房，有的牌子也掉下来了半块，看样子已经许久无人打理。

开过一个巨大仓库般的厂房时，看到门顶上挂着一条黄色的横幅，上面一行黑色大字：昼梦展团奇人异技展演。我想就是这里了。停好车后发现前面一排车里停着一辆白色的长城皮卡，走近后见车门上印着"昼梦展团"四个字，看样子是这边展团内的车。这车和大爷描述的午夜房前那辆很接近，这更坚定了我没来错地方的想法。

排队买票的人其实也不多，估计有二三十个，售票处也是临时设立的，就在展区入口的厂房大门前摆了张小桌加一个塑料凳子，坐一个穿着宽松的黑色七分裤的中年胖阿姨，头也不抬地收钱、给票，然后下一位。大门内光线昏暗，从外面看不清里面的景物。单靠一条横幅就能吸引人来买票看展吗？好神奇。这个疑问很快找到了答案，因为我注意到了站在售票处边上的那头牛。

黑色的毛皮，雄壮的两角，粗看只是头健壮的水牛，但细看之下令人大为惊异——那头牛竟然有八条腿！在它正常形态的身体上，前胸部位垂下来两条黑色牛蹄，随着它身体的摆动，这两条多出来的前肢像麻花辫般小幅摇摆，还颇为妖娆。除了这个，在它两条后腿的前端也多长出了两条腿，比起前面那两条赘腿要粗壮许多，而且还能够做出踏地的动作。只是长度上比后腿短了十余公分，只有伸直的情况下才能接触到地面。牛鼻子上拴了根绳子，我循着绳子走向看过来，发现这一头是踩在售票员脚下的。原来她除了卖票还要负责看管这头牛。有不少好奇的小朋友来围观怪牛，调皮的几个还试图进一步触摸，这时候售票员就会扭过头，眯缝成一条线的眼睛里射出锐利的光，把他们吓退。

很快我排到了售票处，先问了票价。胖阿姨动了动肥厚的嘴唇，头也不抬地说："二十。"

把两张十元纸币递出去的同时，我问她："这展览是啥时候开始的？"

"五天前。"她收下钱，撕下手边一张白纸打印的票子，在桌边一抹，算是递给了我。

"那前一站你们是不是在宜凉市？"

"对。"

邱石最后一次看到美人鱼是在一周前，宜凉就是我所在的市，看来时间也完全能对上。这进一步加大了我找到人鱼的信心。"你们好像没做什么宣传啊，其实我就住在宜凉的，但完全不知道你们去过，所以错过了呢。真是可惜。"

这次说完以后，售票员没有发声，她抬起在阳光下泛着光泽的圆脸眯起眼看我，抬起脚面啪嗒啪嗒地敲击着地。

"这里面是不是有'人鱼'看？"

"票都给你了，有没有自己进去看吧。还有什么事吗？"

"哦哦，没了，没了。谢谢。"原来她还是能说三个字以上的句子的。我赶紧拿起票，跟随其他人往入口走去。看得出她已经完全丧失耐心，再问下去的话可能要放那头怪牛来撞我了。

进入大门后发现里面空间相当广阔，四米以上的房高，面积少说也有三四百平米。长方形的库房内，两侧是一个个用塑料建材隔开的空间，每个隔间面积约有十几平米，每个隔间都对外敞开着，有观众进进出出，里面应该就是畸形秀的演出吧。

因为隔间外没有标明展览内容，也没有展览手册，只能一个个看过去。我首先进入右手边第一个隔间，看到的是靠墙排列的数张木桌，桌上摆放着一排圆柱形玻璃缸。浸在里面的物体，是一个个皮肤呈现白色或者灰色的畸形胎儿标本。他们有的长着两个脑袋，有的脏器悬浮在体外，也有多出一条尾巴的。因为觉得恶心，我只扫了一眼就出来了。

相邻的隔间里不时传出笑声。挤进去一看，发现是一个侏儒和一个左腿齐根截断的人在对踢皮球。侏儒踢球的动作很熟练，球在他身边几乎从不落地。但真正的看点是在他对面的单腿人。他虽然需要靠一根拐杖支撑身体，但动作却异常灵敏，借着拐杖的支撑凌空跳起接球，用单腿一次次把侏儒踢过来的球顶回去，人群中不时爆发出阵阵喝彩。虽然两人都穿着小丑的服装，踢球时还发出滑稽的叫声，我却完全笑不出来，看了一会儿就转身离去。

这一次去了对面的隔间。那里也围了不少人，好不容易才挤进去。里面有一个精赤着上身的男子，脸上涂着厚重的油彩，让人想起狂热的球迷。身体的肌肉虽然不算发达，但比起一般人要健美许多。他拿起小桌上一根自行车条般粗细的钢丝，放在手里掰来掰去，还叫站在前面的观众检查。等证实完钢丝的真实性后，他突然弯腰把钢丝磨尖的一头往自己的腹部插了进去。伴随着他痛苦的呻吟，人群也发出尖叫声。数毫米粗、四五十厘米长的钢丝，有一半被他插入腹部，钢丝尖端从他的背部冒了出来。观众再次惊呼。在向人群展示完被钢丝穿透的身体后，他又拿起另一根如法炮制，横向穿过了自己的腰部。这样连刺六根后，他成功把自己扎成了刺猬。但表演还没结束，他又在钢丝的前端涂上汽油点燃，急速旋转起来，这惊险的演出赢得了在场观众的如雷掌声。

我擦着满头大汗挤出人群。虽然知道这人的表演肯定是魔术——他一定是在扎钢丝前把原先那根真的换成了可伸缩的——但胃里还是有些涌动的感觉。

"要帮忙吗？"正当我手按胃部蹲角落歇息时，有人拍了一下我的肩膀。

"没……没事，谢谢。"我摆手的同时抬头，然后被吓了一跳。这人的手也太长了吧！简直就像是吊桥的铁锁，而挂着铁锁的吊桥本身也让人叹为观止。这个面容和蔼的青年高度接近两米五，我站直身体也在他的胸口以下。

"没事就好，请继续参观。"说完这句后他缓缓移动脚步走向人群。大概是因为重心不稳的关系，身体晃动的幅度比一般人大了许多。这是巨人症吧？应该也是畸形秀的内部人员，可能因为没什么才艺，被安排在场内维持秩序。

我已无心再看各处的表演，只想尽快找到那条"美人鱼"。总共二十个隔间都被我走马观花般快速浏览一遍，又瞄到了不少诸如连体者、兽面人之类的表演，但就是没看到美人鱼。快走到尽头的时候，终于在左手边一个隔间里看到了那个巨大的水族箱。箱子跟微博照片上看到的并无二致，但里面却是空的，不见那个患有美人鱼综合征的女孩子在内。

这算怎么回事？我大老远赶来还花了二十块钱就看个空箱子吗？当然不能就此罢休。想起刚才路上遇见的"巨人"，我用目光扫描全场寻找他的踪迹。那么高的个头简直就是一个移动的塔楼，就算想不被人找到也难。我穿过人流，朝不远处的巨人挤过去。

"抱歉，想跟你打听点事！"虽然站在他面前，但我不确定他是不是能听到我这个来自底层的声音，不由得加大声音。

"什么事？请说。嗯……倒是不用这么大声，我只是比一般人高一点，耳朵没有毛病。"青年低着头看我，面带微笑地说。

我降下音量问他："呃……我想问一下那个有空置水族箱的展位，里面原先是不是有'美人鱼'可以看？今天没有吗？"

"哦，你说美人鱼啊，那是娜娜。她这几天都不参展了，很抱歉你看不到她。"

"为什么不参展？我可是她的超级粉丝，特意来看她的！"为了强调自己想见到人鱼的迫切性，我开始骗人。

巨人歪着脑袋看我，眼光里透出怀疑。看样子他只是个子高，智力并不比一般人低。"至于原因……是我们内部的问题，没必要让外面人知道。所以很抱歉，呵呵。"

"那我要什么时候才能见到她？"

"这个……现在还不知道……呵呵。"

巨人青年继续呵呵傻笑着，滴水不漏地把我的问题弹回来。

"那她现在人在哪里？"

"她就在后面的生活区休息。"他用手指了指展厅尽头一扇对开的铁门。

"好的，我去看看她。"说完我就直奔那个方向而去。但是走了几步却发现两只脚在地面上像踩水车般空踏，身体没有前进反倒在后退。

抓住我西服后领的巨人像老鹰抓小鸡般把我拖回到原位，依旧客气地说："不好意思，这恐怕不行，生活区是禁止观众入内的。"

我知道摆脱这个手长脚长的家伙有一定难度，便摊了摊手，遗憾地叹了口气说："是吗？那真是可惜啊！我还是去看看别的吧。"说完便朝周边人多的展位走去。这次巨人没再阻拦我，但我还是能感觉到身后他的视线。

五分钟以后，我从人堆里钻出来，再次确认巨人的位置。但不幸的是，刚才的行动已经引起了他的怀疑，我刚一出现，移动塔楼上的探照灯就射向了我，还朝我微笑着摇手。看样子是在打招呼，隐含的意义明明就是"你逃不过我的目光"吧！

我只能灰溜溜地潜入一个隔间，希望他的警戒期早点过去。进来后发现来过这个地方，就是刚才那个油彩脸的魔术表演场。我忽然想起，或许可以利用一下他这个魔术。新一轮的表演已经开始，油彩脸向众人展示第一根真钢丝完毕后，往后退了几步到放着伸缩钢丝的桌边。我往隔间最里侧挤去，同时紧盯着他的手部动作，果然见他用很隐蔽的动作把手中的真钢丝和桌上的假钢丝对换了。我又往前凑了一点，迅速伸手把那根真钢丝抽到手里。此时场中的油彩脸深吸一口气，举起钢丝要开始往肚子上扎。

"哎呀！谁挤我啊，挤什么挤！"我大叫着从人群最前端冲出，假装一个趔趄撞到了油彩脸的胳膊上，把他手中的钢丝撞落在地。

"抱歉抱歉！打扰你表演了！"我抢在油彩脸之前弯腰把钢丝捡起来递给他。当然，这已经是我藏在怀里的那根真的。

关键时刻被我打断，油彩脸瞪了我一眼，但没有起疑，又摆开架势举起了钢丝，同时嘴里发出"嘿"的一声。

下一秒，我听到了那一声杀猪般的号叫声。

紧随其后的，是观众爆发出的巨大尖叫声，还有人在大喊："杀人啦——"

我额头冒汗，不知道谁的想象力这么丰富，最多也只能联想为自杀吧……

这时候我倒开始有些后怕，心想他不至于把自己扎个透心凉吧？偷眼看地上手捧腹部四脚乱蹬的油彩脸，从钢丝外露的长度判断应该只扎进去了一两公分。反应这么大是因为这家伙怕痛吧！

场内的喧闹很快引来很多外面的观众，维持现场秩序的巨人自然也来了。我躲在门边，在他弯腰钻进门口后从人缝里挤了出去，完美摆脱监视。

因为这边出了事情，人流开始往这个方向涌过来，通道空了出来，我很顺利地来到展厅深处，推开了那扇通往生活区的铁门。

门后连接的是一个过道，两侧都是一长排的房间。房间都没有窗口，房门紧闭，唯一的区别是房门上的 101、102 这样的数字标号。但我不知道那个女孩子是在几号房，敲门打听又太过冒险，只能往深处走走看碰碰运气。房间的墙壁似乎很薄，一路走过去听到了几段微弱的音乐声，当我走到 115 号房门口时，听到里面传出大音量的说话声：

"你倒是告诉我你的决定啊！再这样拖着，团长不可能一直让我们住下去的啊，娜娜！"

娜娜？这不就是巨人说的人鱼女孩的名字吗？我第一反应就是像只壁虎一样趴到门缝上去细听。但是被问的那个"娜娜"没有说话，还是那个男的在继续："到底怎么回事啊？上次你不是还说会签的吗？到底发生了什么?！"

"什么原因你难道不清楚?！"一个尖厉的女声突然响起，就算隔着门板还是觉得有些刺耳，"你做的事自己不知道吗？"

"我……我做什么了？"

"为什么要把那个人推下河?！你那样做不是要害死他吗？"再次提高的音量让我吓了一跳。看来娜娜已经处于愤怒状态。他们说的恐怕就是邱石落水的事吧？这样一来这女孩子就是邱石看到的人鱼没错了。

"我……我还不是为了你好……被他发现你这个样子的

话，最后还不是……"

"不要说为了我好！从始至终，你都是为了自己——"

"娜娜，你怎么可以这样说？我明明就是……"

声音忽然变轻，我把耳朵紧贴在门上，恨不得化身为一张膏药。

"喂！你在干什么？"突然传来一声大喝，通道深处不知何时站了一个身材微胖、因为"地中海"所以把一侧头发往头顶梳的秃顶中年人。他面生横肉、气势汹汹，身上的白衬衫好像料子不错，但穿在他身上就像个厨子。

"我……我是……"正想着如何编瞎话，入口的铁门突然被推开，巨人青年弯腰钻了进来。他一抬头就看到了我，伸出手指着我大叫："团长！老七在外面受伤了！可能就是这家伙搞的鬼！"

团长自然不会是在叫我，那就是身后的中年人了。几乎同时，我身边的房门也打开了，一个留着中分头发的瘦弱男青年探出头来。"乔亮，这人在偷听你们说话！抓住他！"团长当即对他下令。

我早知情况不妙，没等对方动手，人已经蹿了出去，往巨人那里猛跑。我选择了原路返回。

巨人见我冲来，摆开相扑般的架势前伸双臂，拦截我的去路。即使这样我也没放慢脚步，加速跑到巨人面前约两米的距离，突然放低重心屈曲左腿伸直右腿，以一个标准的飞铲姿势钻过了巨人的胯下，爬起身来冲出生活区的大门。要不是在中学踢后卫时放倒过无数前锋，这一下飞铲也不是随随便便就能使出来的。

外头大厅里还是乱哄哄一团。幸亏这里不是很正规的展览，维持秩序的只有巨人一个，再也没有人挡我的去路。我推开窜来窜去尖叫的观众，直奔展厅入口。

"别让那个穿西装的跑啦！"身后传来一声大叫。团长、巨人和瘦青年已经追出生活区，团长更用响彻全场的声音大喊。但乱哄哄的场内并没多少人注意到这声喊，我撞开挡路的人群夺路而逃。

终于冲出展厅入口，看到外面阳光的那一刻，我深深体会到了我就是电影《肖申克的救赎》里的主人公安迪。只是有点奇怪，太阳好像在旋转……明明看到的是天空，但是眨眼间转换成了地面，紧接着是背部接触坚硬实体的剧痛，以及脑袋边泛起的灰尘，还有不知从哪里传来的"刺啦"一声响。

还没从疼痛中缓过来，胸口又有沉重的压迫感，一张眯起眼油光满面的胖脸出现在视线里。是刚才的女售票员！她眼中寒光一闪，张开鲶鱼大嘴大喝一声："往哪儿跑?!"

终于理解发生了什么。是售票员在我突破门口的那一刻揪住我衣服来了个过肩摔，然后像摔跤比赛那样扑到我身上压制。她的体重大概有两百多斤吧？压上来简直要人命啊，我就算想投降都发不出声。

因为售票员来对付我，那头怪牛便没人看管，低着头对着我们两人瞪眼睛，不知道是在生我的气还是售票员的。

慌乱之中我乱蹬还能活动的腿部，踢翻了卖票的小桌，黑色桌布也翻转过来，里子是红色。我用脚尖钩起那块桌布，用力挑到她身上，红色那一面朝上覆盖在她屁股上。

不出意料，怪牛一看到红布就红了眼睛，低头"哞"地叫了一声朝售票员屁股一头撞过来。然后她在"啊"的一声惨叫中从我身上翻落，在地上连打了几个滚才停住。但她的抗打击力似乎很强，很快翻身起来。虽然没弄明白发生了什么，但目标不变，又朝我冲了过来。我没有再逃，捡起地上的红布朝她迎了上去，接近时一猫腰把红布系到了她圆滚滚的腰上，快速打了个死结。

"干什么？"售票员冲我大叫。

我向旁边跳开，迅速和她拉开距离，指了指边上那头正用前蹄刨地的怪牛。看到牛向自己冲来，她才理解所处的状况，撒开腿就逃。

那一人一牛从眼前消失后，感觉世界终于清静了。刚要离开，身后传来团长一声大叫："小美！你怎么啦？"

小美？是胖阿姨的名字吗？还是那头牛？

售票员正往园区的空旷区域逃命，身后那头怪牛对腰缠红布的她猛追不舍。此时的团长已经顾不上再追我，连声叫着"小美、小美"追了上去。瘦青年和巨人也抛下了我追随他们团长而去。

数分钟后发动汽车经过那个展会场地时，我看到那团红色的火球还在远处跃动，跟在后面的一牛三人形成了高高矮矮的队列，像在追逐宝珠的龙灯。

5

开车回去的路上，我回想了一下刚才的这次行动，要说收获当然是有的——确定了美人鱼的真身，也弄明白了是什么人推邱石下河，委托好像完成了一大半。但是从另一方面来说，这次真的很失败。最关键的美人鱼，我只听到了声音，连影子都没见着。这叫我怎么往报告里写呢？还有那个瘦青年，推邱石下河似乎有什么隐情，但我也没机会搞清楚。如果我最初就光明正大地去找那个团长，要求和那一男一女谈话，可能一切都好办了。但不知怎么的我就决定了"秘密潜入"，还让油彩脸老七受伤，售票员被撞，到现在连死活都不知道。想要再次去找他们查证已经没有可能，我必然已成为他们追杀的目标，再去就是自投罗网。当然这些都不是最重要的，最重要的是……我的视线下移，看了眼身上这件惨不忍睹的西服——右侧一只外袋被拉掉一半耷拉下来，还连带着撕开了一个大口子，露出白色里子。这一定是被售票员过肩摔时弄破的。深色衣服上出现白色破洞，要多惹眼有多惹眼了。这可是花了四位数买来的衣服啊！完成委托的酬金都不够买一件呢！

车开进本市境内时已近黄昏，我查了一下手机地图，发现越前街距离我回家的路线不是很远。秦东消失的贵门路原本是要在夜里再去调查一遍的，我掉转车头，驶向了那里。

夜幕初降的贵门路上路灯已经打开，和白天来的时候景致差别很大。路上有两三个行人，我装作若无其事的样子在路上慢慢走。

不知道过了多久，路上传来节奏极慢的脚步声，轻轻地由远而近。路人之前走过了好几个，我坐下来闭着眼没有理会，反正走过去就清净了，但这次好像有点特别，因为这个步速实在太慢了，走了半天还没走到我面前。

万般无奈下睁开眼看去。走来的是一位个头矮小的老太太，穿着件深色的长袖褂子，裤子宽大得像长裙，头上挽着老式的发髻。如果脸上多擦点粉化个烟熏妆的话，倒是很像动画片《天书奇谭》里的老狐狸精。

大概五分钟以后，她终于龟速走到我身旁，停下开口说："年轻人，遇上伤心事了吗？"

我……我有那么像在哭吗？大概是刚才双手抱头的样子让她误会了吧。

我摇了摇头，堆起微笑回应老人的关心："没有没有，老奶奶，我只是觉得有点累在路上坐坐而已。"

"哦，那就好。"说着她点了点头，继续往前走去。但走了一会儿后又想起了什么，停下脚步回头找我。其实根本不用回头，因为她还没从我面前走过。

"年轻人，歇会儿就走吧，这地方不宜久坐。"

"啊？为什么呀？"

"你不是这附近的人吧？是的话应该都知道的，这条路啊……名声不太好。"

"什么意思？名声是指……"

"这条路叫贵门路,不过周边的人都叫它'鬼门路'!"

这话题勾起了我的兴趣,忙追问:"为什么叫'鬼门路'?老奶奶您能跟我说说吗?"

老太神秘兮兮地放低声音:"大概从半年前开始,每天晚上8点左右,你如果守在这条马路上,就会听到好像鬼在拍门的声音!咔嗒——咔嗒地一直响,一直响。"说这话时老太还抬起双手做出拍门的动作,看得人瘆得慌,感觉她更像老狐狸精了。比较让人在意的是,她说的晚上8点和秦东消失的时间竟然相符。

"哪来的声音?是怎么回事?"

"没有人知道。"老太瘪着嘴摇了摇头,"不过啊,就在半年前的一个下雨天,有个女人死在这条路上这个地方。"

"死在这条路上?车祸吗?没见有车在这路上走啊……"说话间我看向老太手指的方向,这才明白了她的意思。是的,如果是这里的话是有可能的。

"那……是意外?"

老太点头表示没错,对我细说了当时的情形。

"原来如此……"话刚随口说出,我的脑袋好像突然遭受了巨大的冲击!等一下!如果是这样的话……那秦东的"消失事件"不也一样吗?真这样的话所谓的"瞬间消失"实在是太平淡无奇太不值一提了!我的脑海里闪过之前某个无意间看到的画面。是的,有这种可能!

老太的身影以蜗牛般的速度从我面前慢慢挪开,在她身后的我激动得双手发抖。如果真是这样的话就太不合理了,所有的疑点都指向了某人……是的，只有这样才能解释后面发生的事情！见鬼！当初我竟然无条件相信了！所以才会陷入今天的困境！那接下来要考虑的就是动机了。我需要坐下来边补充能量边思考剩下的问题，弄清"鬼门路"和这次事件之间的联系。

匆忙对付完一顿后，我不顾店员阿姨们嫌弃的目光，又在店里坐了许久，直到快8点的时候再次回到贵门路。这时候路上的人更少了，到了8点过几分的时候，只剩下我一人独自晃悠。

8点10分刚到，我真的听到了那个声音。就像老太说的那种咔嗒声，连续不断地传来。我弯下腰靠近声音来源，确实就是老太之前指出的地方。听了会儿后心里有了初步的判断。接下来我不顾快要用完的流量，用手机连上网络，登录了某个企业网站。当我终于找到那个页面并且核对过数据后，"鬼门路"在"秦东消失"事件里起的作用也一清二楚了。

我翻出手机拨通蓝岚的电话，对着电话那头困惑的声音说："不要激动，请听我说，所有的谜团都已经解开了。"

"什么意思？在看动画片吗？"蓝岚给出的竟然是这样的反应。

"那我换一个吧。……这世上没有不可思议之事。"

"这世上不可思议之事多的是好吧！说人话！"

"好吧。"我咳了一声后说，"其实是想让你联系到那天看到骷髅的那对母子，说我接受他们的委托了，现在就去和他们见面。对了，你可以找小纯问一下，因为他们是一个小区的，她应该能打听到。另外你也一起过来一下好吗？"

"打听个电话号码没问题啊，但是为什么我也要过去？都这么晚了。"

"行了，你就别多问了，来了以后我再跟你细说。你在学校宿舍是吧？我现在就去校门口接你，回头见！"我不容分说地挂断了电话。

两案同破

1

时间已过午夜 12 点，算是新一天了。我和蓝岚靠在背后的小树干上，默默等待。就在两个小时前，我把她接出学校一同来到静娴雅苑，和蒋小纯三人一起见了林月如和她的丈夫，并在她家签下调查"行走的骷髅"的委托书。我告诉林月如明天晚上就会展开调查，到时候会给高小晟吃安眠药，促使他梦游，再全程跟踪监视。今晚上希望他们全家都好好休息，把大门在屋内加锁，确保高小晟不溜出去。夫妇两人都答应下来。看得出他们精神状态都不太好，大概这几天为了孩子一直没好好睡觉，今晚上对他们也算是解脱了。

离开后我和蓝岚跟蒋小纯道别，两人往小区大门口走去。

"真是的！这点事为什么还要拉上我？我又不是你的助手！快点送我回学校！"蓝岚边走边发牢骚，对于不了解内情的她来说，这一趟跑得确实没有来由。

"别往门口走，我们还不回去。调查行动已经开始了。"我压低声音叫住她。

蓝岚急停住脚，瞪着我问："什么？不是说明晚吗？你是不是搞错了什么？"

"不，那都是幌子。跟我走，就是现在！"

"你……你为什么要骗那对夫妇，刚才接委托都是假的吗？"

"嘘！没空跟你细说。跟我来。"我带着她往小区中央的小花园走去，钻进了那个曾经调查过的小树丛。

"来这里干什么呀？你……你想干什么？"蓝岚没跟着我进来，站在树丛外两手抱臂警惕地看我。

"放心，我不是对你有什么企图啦。快进来躲起来！"

"就算你这么说，我也……"

我心里一急，不由分说地抓住她胳膊把人拖进来。"先埋伏起来，被看到就麻烦啦！"

她一进树丛就甩开我的胳膊，往后跳了一步和我保持距离。"被……被谁看到？到底调查什么？"

"嘘！嘘——别说话。到时候你就知道了。"

"到底怎么回事？你有什么事情瞒着我？"蓝岚再三追问，我只是竖起食指让她噤声。她最终放弃，在杂草丛中跺了几下脚后不再作声。

我探出头朝林子外望去，从这里可以畅通无阻地看到小区东侧那个边门，位置相当理想。缩回去后低声对蓝岚说："现在几点？过 10 点了吧？我有点累，要歇会儿。你替我注意着那个边门的动静，一有什么可疑的人物出现马上喊我。"

"什……什么可疑人物？不会是……骷髅要从那边进来吧？"

"不要多问啦，看到你就知道了。"我靠在小树干上闭上了眼睛。这一天真够劳累的，连跑了几个地方调查，白天被追杀，夜里还要搞伏击。

"我们到底在躲谁？为什么不告诉我具体情况？"

"嘘、嘘、嘘——"我连用手势让她住嘴，"都说了是埋伏了，有边埋伏边聊天的吗？从现在起，一个字都不许说了。"说完这句我就闭上了眼睛。接下来的一个小时里，蓝岚果然很听话地没再出声。再次睁开眼借着月光看表已是 1 点多，现在距离"目标"可能出现的时间段越来越近了，不能再合眼了。

大约又过了几分钟，林外的小区道路上响起轻微的脚步声，伴着枝叶的摩擦声由远而近，慢慢地朝我们这边接近。这么快就回来了吗？我转过身朝树丛外路的那一侧看去。就这样，毫无预期地，我看到了那一幕透着恐怖气息的场景——沉浸在夜色中的柏油路上，一具白色的"骷髅"垂着手臂，佝偻着背朝这边慢慢走来。

虽然在脑海里想象过这样的情景，但实际见到，我还是不禁倒吸了口凉气。在"骷髅"的头颈上拴着一根两三米长的黑色绳子，另一头牵在紧跟在后面的一个人手里。看清那人的脸后，我知道一切就像我推理的那样，这一系列诡异现象的幕后人就在眼前了。

我拨开树丛跳到路上挡住"骷髅"的去路，对后面那人大喝："站住！就到这里为止吧！"

"骷髅"停住了脚步，身后那人也是一惊，空出的手放到嘴边，无声地惊呼。紧接着，蓝岚出现在这人身后的路口。她大概是走到附近时听到声音赶来的。那人察觉后也回头朝她看去。

"小纯?！怎么是你?"这一次发出惊呼的是蓝岚。

2

时间是凌晨1点半，静娴雅苑内只有通往南侧大门的道路上亮着路灯，我们所在的这片区域笼罩在暗影之中。头上的月亮是唯一的光源，在这条昏暗的小路上洒下微弱的光亮。

蒋小纯脸上的惊讶表情渐渐淡去，最终无力地垂下手，苦笑着说："被你们发现了，好失败。"

她手中牵着的那具"骷髅"此时也有了动静，动作缓慢地抬头看我，然后浑身像筛糠般颤抖起来。"骷髅"下垂的手腕是用胶带缠在一起的，因为嘴被堵住，只能在喉咙深处发出"嗬嗬"的低沉声音。

"这……这'骷髅'是……"蓝岚快跑着过来，靠近"骷髅"时放慢脚步。当她转到正面直视"骷髅"时，"啊"的一下尖叫出声，捂着嘴连退了好几步："难道他……他是……"

"是的。"我对着她也对着蒋小纯宣告，"高小晟看到的

'骷髅'，并不是真正的骷髅，而是瘦得只剩下皮包骨头的秦东！行走的骷髅和秦东瞬间消失之谜，我已经一并解开了！"

面前的秦东几乎已经没有人样。他的眼窝深陷颧骨高凸，头发大量脱落后一眼就能看到白色的头皮。身上只穿了一条和肌肤颜色混为一体的白色内裤。可以用皮包骨头来形容，四肢就像四根木棍，肋骨的间隙都深深凹了进去。我想高小晟大概没在图上见过干尸，如果见过的话这应该是更形象的形容。

我走上前，拉掉了秦东嘴里的球形口塞，他立即喘着气发出微弱的声音："救……救救我……"

"这……这是怎么回事？他怎么会变成这个样子？"也许是秦东的这副样子实在太过可怜，蓝岚的声音也有些发颤，她扭头望向仍然手拉着秦东颈部绳子的蒋小纯，"小纯，这……这都是你做的吗？"

答案自然不言而喻。蒋小纯丢掉了手中的绳子，回答时看的方向却是前方的秦东，声音冰冷："没错，是我。他根本没有消失，而是被我关了三个月。囚禁他的地方就在我家。"

"就关在一楼某间锁着的屋子内吧？所以那天我们一到客厅你就打开了音响，是怕万一他发出声音引起我们的注意吧？"

蒋小纯默默点头，但看向我的眼光里似乎透着寒光。这样子的蒋小纯和以往印象中的她截然相反，有种从暖春掉入寒冬的感觉。我不知道现在的她是处于异常状态，还是不加掩饰的常态。

"小纯，你这是怎么了？你为什么要这么做？你知不知道这是在犯法？"蓝岚冲到蒋小纯的面前。

"你走开！"蒋小纯突然尖声大叫，一把推开了蓝岚，伸手指着秦东说，"我只是在让他兑现承诺！对不对秦东？对不对？！"

秦东的身体一直在瑟瑟发抖，被蒋小纯点名质问后，他更是露出惊恐的表情，嘴里喃喃说着什么，挪动脚步和蒋小纯拉开距离。但他实在太过虚弱，一个踉跄差点摔倒。我伸手扶了他一下。干瘪的手感，就像摸到了树皮。

"小纯你在说什么？"蓝岚依旧在质询。

"我知道她的动机是什么。"我踏前一步，两个女孩子的目光都集中到我身上，连秦东也像木头人般在一点点扭转脑袋。我看向蒋小纯问："前天在你家的时候，你拿出来给蓝岚换的那些大码的衣服，其实不是你表姐的，而是你自己的吧？"

"你……你怎么知道？"

"我不知道你是不是真有一个大块头的表姐，但就算她真的去年暑假来过，也不会买那些衣服的。暑假是七八月份的大热天，但你拿出来的几件都是四五月份穿的衣服，没有一件是短袖的，这实在太奇怪了。"

"就算不是短袖，那些衣服夏天也能穿不是吗？"

"不要再狡辩了。就在今天上午，我去找了柳苏，问了她秦东的人际关系。她说秦东经常利用女孩子们对自己的感情来获益，最后再抛弃她们。其中有一个被骗的胖女孩，后来因为转学而离开。秦东现在读大二，高三就是前年，你上次也说前年搬家离开过本市，考到这边大学后才回来。前年转学，家里又有钱，还有那么多大码旧衣服，所以，那个胖女孩不就是你吗?!"

一直昂着头质问我的蒋小纯，此刻终于像泄了气的皮球般塌下双肩，眼望着地面说："是嘛……看来你都知道了。没错，我以前是很胖，身高一米五七，体重竟然有一百六十斤，走起路来就像一个球在滚，太丢脸了，实在是太丢脸了。家里开餐馆，父母又对我比较纵容，所以才会失控到这个程度吧。但是，就算是这样子的我，高二向秦东表白的时候，他竟然也接受了。当时他已经知道我家里有钱，所以才说什么'外表不是最重要的'这种话吧？我竟然被感动得稀里哗啦，把他当最亲近的人，把自己所有的零花钱都给他，满足他的物质需求。他读大学后我还在给他写信，后来他说学业压力大，和我的联系渐渐终止了。但我一直没忘记他，为了再次见到他，对学医毫无兴趣的我高考和他报了同一所医科大学。高三时我开始减肥，因为从他看别的女孩子的眼里看得出来，他还是对苗条的身材更憧憬。减肥有多苦你们知道吗？那段时间我必须极力克制想吃的欲望，每天只喝稀粥，只吃蔬菜和含糖少的水果。我最怕去的地方就是食堂，怕自己去了会忍不住买东西吃。晚上还要去操场跑步，跑得头晕眼花也不能停。刚开始的那段时间，我好几次因为低血糖晕倒。就算这样，我还是挺过来了，读完高三考上医大的时候，我的体重降到了九十斤，足足减掉了七十斤！进入大学正式站在秦东面前的时候，我想给他一个惊喜，装作并不认识他。没想到他竟然完全没认出我，还上来跟我搭讪，问我的名字。当我把名字告诉他，期待看到他惊喜的样子时，你们知道发生了什么？他……他竟然对我的名字毫无印象！"

蒋小纯低头说话时浑身散发着失落和沮丧。蓝岚大概是为了安慰她慢慢靠过去，听到这里时不禁出声："怎么可能？难道你以前没告诉过他名字吗？"

蒋小纯摇着头苦笑："当然告诉过，但他好像一次都没叫过我的名字。和我在一起的时候他都叫我'宝贝'。哼，可能他同时交往的女孩子太多，根本记不住每个人的名字，都叫'宝贝'的话省去很多麻烦。还有，你们知道他跟别人提起我时是怎么称呼我的吗？我也是在大学以后才知道的。他常把交往过很多女孩子这一点拿出来炫耀，逢人就会说起那些旧事。在大学里，他把我当作陌生的女孩子来追求，跟我谈起过这些。他说在高三的时候有一个肥婆追求过他，什么东西都给他买，后来肥婆转学了，他的摇钱树就这么没了，好可惜。肥婆！哼，我对他那么好，但在他的心里，我只是一个充当钱包的肥婆！你们知道我当时是怎样的感受吗？我好想杀了他！"

说这话时蒋小纯的眼光变得怨毒起来。蓝岚原本想搭在她肩头的手也缩了回来。但很快蒋小纯笑了，哼了声后说："当然那也只是我一瞬间的想法，我可没有胆量去杀人。我只想当面告诉他我是谁，然后给他一个耳光。于是我问他，要是那个肥婆真的很喜欢你，为了你减肥，追你到这学校怎么办？他完全没觉得这是暗示，竟然笑着说这怎么可能？和肥婆相处了一年都没见她掉过一两肉，减肥哪有那么容易？如果连肥婆都能瘦下来的话，那他就能减掉双倍的体重。他这么说的时候，我一直在紧紧咬牙，减肥时的那段炼狱般的生活又重现在我眼前。我决定暂时不告诉他真相，要让他也体验一下我所经受的痛苦！不，是双倍的痛苦！既然是他自己要求的，那我有什么理由不满足他呢？"

蒋小纯说完看向秦东。在夜风中瑟瑟发抖的秦东被她目光盯上后加剧颤抖，抬起被绑的双手像祈求般对我说："她……她是个疯子！报警，快报警！"见我们都没有动静，他似乎想一个人离开这里，但跑了两步就无力地摔倒在地，像条蠕虫般扭动身体，却无法站起。

蓝岚把目光从地上移开，眼眶里泪光闪闪地看向蒋小纯问："所以说，秦东的失踪都是你一手导演的？"

"没错。寒假时我假装终于接受了他的追求，并提出和他一起出去到外地旅游，但不能让别人知道。他当然求之不得，谁都没告诉，整理完东西后提前几天就在家留下字条来找我了。我当时都还没来得及准备，就先安排他住在我家。第二天的时候我问他对 SM 是不是有兴趣，有的话我们在旅途中可以玩。他说他很想尝试，当时那一副急色的嘴脸看着都想笑。于是我给了他'迷情世界'的地址，让他去买手铐脚镣这些拘束用具。买这些当然是为了囚禁他之用，但那家店离我家太近，我怕去了给人留下印象，便让他去了。为了以防万一还让他戴了墨镜，但没想到，万一的情况还是发生了……"

终于到了关键的时刻，我看到蓝岚的眼中似乎有亮光一闪："你是说……被我撞上了吗？我就知道是他没错。那他究竟是怎么瞬间消失的？"

　　她盯着蒋小纯的目光充满期待，脸上写满对于答案的迫切。蒋小纯瞄了她一眼，嗤笑了一声，接下来又忍不住连声笑了起来。

　　"怎么了？你……笑什么？"

　　"我来告诉你吧，因为那根本就不是什么'瞬间消失之谜'，而是一次蠢到家的意外！"

　　"意外？什么意外？秦东被车撞飞了吗？"蓝岚愕然瞪大眼睛看向说话的我，"那是不可能的吧？那条路那么窄，几乎都不见有车开进去。我冲过去的时候，路上确实什么都没有啊。"

　　"当然不是车祸。那条路像你说的那样，给人的印象很普通，普通得就像……"我注意到了脚下，指着小区中的这条柏油小路说，"跟这条路很像吧？只比这里宽一点。"

　　"确实。你想说什么呢？"

　　"我想说的是，就是因为第一印象觉得太过普通，而忽略了一些原本应该注意到的东西。比如说这条路上，除了我们这几个人以外，你觉得路上还有什么？"

　　"这条路上……除了我们以外，还能有什么呢？"蓝岚按着我手指的方向，往她来的路上看去。

　　"确实什么都没有啊！和那条路很像，路边有垃圾箱，还有远处路灯什么的……"

"不，你盯着地面仔细看，一寸寸地看过去。那里有什么？"

"地面……"蓝岚说了这两个字后就没了声音，专心把目光像探照灯般对着地面照射。很快，她发出了一声尖叫："啊！你说的是……窨井盖？"

"嗯。好像终于发现了问题的关键点了。"我点了点头，看向几米外柏油路面上镶嵌的一个黑色窨井盖。在贵门路上老太把手指向地上的窨井盖时，我当时的反应也像蓝岚一样惊讶。陷于路面之中随处可见的窨井盖，人们很自然地把它看作了路面的一部分，于是便视而不见了。

"你难道想说秦东打开窨井盖钻进去躲起来了？这……这怎么可能?!"蓝岚再次大叫。

"当然不是这样子，没工具他怎么打开？他也不可能带工具，带了也来不及用。那只是意外，他是无意当中掉下了没有窨井盖的窨井里面。"

"意外？不可能吧？那窨井盖哪去啦？"

"窨井盖去哪儿了？这个问题对于经常看新闻的人来说不成问题吧。几天前，我在事务所接受'寻找人鱼'的委托时，刚好从新闻频道里看到了这样的讯息。说是东区的'窨井盖被盗'事件频发，贵门路不就在市内东区吗？金属制的窨井盖被人撬走后，自然被卖到回收废铜烂铁的那里去了。那里应该不是第一次发生这种事件，半年前就有一个女的在雨天时掉进窨井里被淹死了。"

"但是也不对啊，秦东去'迷情世界'的时候应该也走的那条路吧，去的时候他没发觉吗？难道你想说窨井盖是在他走过后才被盗的？这也太巧了吧？"

"我没这么认为，窨井盖应该在他走那条路前就已经被盗。他掉下去的窨井口位于小马路的一侧，他靠右走过来的时候离得较远，加上夜色影响，并没有注意到对侧那个黑洞洞的窨井口。而往回走的时候再靠右走，窨井口就正好在行进路线上了。"

"但我还是觉得牵强……他怎么可能会掉进去呢？你别忘了那条路上是有路灯的，比这里明亮多了，那么大一个黑洞，他不可能看不见。"

"你也别忘了他是戴着墨镜的！再加上后面有你在追他，哪有时间仔细看路？现在争这个也没什么意义吧？直接问本人不就好了？"

说完，我和蓝岚都把目光投向地上的秦东。他显然已经听到我们在说什么，口齿不清地喃喃说着："我……我完全没注意到……那里有个洞……就……就掉下去了……"

蓝岚终于不再争辩，看向蒋小纯问："那小纯你看到他掉下去了？"

蒋小纯低头不语，可能是完全没有心情说话。我替她回答："当然看见了。她应该是从家里出来接应秦东的，走到路的一半时看到秦东拐弯奔过来，突然落入了窨井。当时应该也吓了一跳吧，正要赶过去查看时你出现在了路口。这时她明白秦东跑的原因了，为了隐瞒秦东和她在一起的事实，她跨过那个窨井迎上你，装作什么都没看到的样子劝你走。"

"但是……就算这样，我也没有扭头就走啊，我记得还往前走了几步查看呢，如果地上真有个洞，我怎么可能没看到？"

"这就要说到另一件事了。你有没有听说过那条马路又叫'鬼门路'？"

"'鬼门路'？什么意思？我没听过。"

"据说从半年前开始，每到晚上 8 点多的时候，那条路上就会发出像鬼在拍门的声音，砰砰砰的连续轻响。我听说后到路上观察，发现正是井盖震动所发出的声音。我怀疑跟井内构造有关，进入污水处理公司的网站查看，发现这段管道因为老化半年前重新铺设过的。页面上还有一张排放污水的时间表，正是每天晚上 8 点。排水时快速通过的水流在管道内生成的风加大了气压，到这一段时可能因为新管道过于狭窄，导致高气压向上冲击井盖发出声音。而秦东掉下去的时间刚好赶上这个时段。"

"这两者又有什么关系呢？"蓝岚依旧不解地看着我。

"你还记得秦东当时穿的衣服吗？"

"这……是灰黑色的防水外套？"

"对，你说是很薄很宽大的那种，在他掉下去时衣服可能从身上掉落，而此时上升的气流迎上来，就把衣服冲了上去。"

蓝岚瞪大了眼睛看我："所以说，我看不到洞口是因为被衣服堵住了？"

"没错，那种灰黑色应该是和铁制窨井盖的颜色类似吧，你如果走上去细看的话当然能看出区别，但你的目标只是路面上的人，根本没想到人会在路面之下，所以就算再怎么找也是找不到的。"

"真的是这样吗？"这次她冲地上的秦东问道。

"差……差不多。不过衣服不是掉下来的。那个窨井比较大，井壁上还有钢筋扶手，衣服钩在那上面了，然后被不知道哪里来的风吹上去堵住井口的。等风过去后衣服才落下。我虽然掉在水里，但……只受了轻伤，等我从扶梯爬上去的时候，你们都已经不在了……"

"那个时候你已经被蒋小纯拉到别处去了，第二天白天，市政部门发现那个窨井盖被盗，很快给安上一个新的，于是我们去的时候就看不到任何异常了。"

至此，"人体瞬间消失"之谜已经全部解开。蒋小纯似笑非笑地看着做出总结性陈词的我，不知道是不是恨意多过赞赏。蓝岚用失神的目光看着她，拖着脚步走近后问："是这样吗，小纯？……"

"嗯，是这样没错。没想到你雇的大叔这么能干，真的看穿了这场连我都觉得诡异的'瞬间消失'。接下来是我的'坦白时间'吗？哼哼，告诉你们也无妨啊。我带着你在外面绕了一圈后回家，看到秦东已经在等我。虽然他摔下去弄湿了衣服受了点擦伤，但丝毫改变不了他好色的本性，竟然急着跟我试用那些 SM 道具。

"虽然比预想的提前，但这本来就是我的目的。我用手铐和脚镣把他锁在客房里的铁床上，还给他戴上口塞。可笑的是毫不知情的他以为这都是游戏的一部分，很顺从地脱光了全身的衣服，任由我把他手脚铐起来。等到把他完全禁锢以后，我向他道出我的真实身份。为了让他得偿所愿，最后还用他买来的鞭子狠狠抽了他一顿。当然，这只是个开始，从那一天起，他艰苦的减肥之旅才正式开始。

"呵呵，他身高一米八二，体重一百七十斤，要减掉我减去的双倍也就是一百四十斤，最终目标是三十斤，这可是相当宏伟的目标啊！当天我就没给他吃东西，只给他喝了点水。我连续饿了他好几天，才开始把蔬菜瓜果打成汁，让他吸食。那时候他已经没力气再反抗，脸上全是鼻涕和眼屎，出于求生的本能，像一条快要病死的狗一样吸我拿在手上的东西。想想那个画面，还真是解气啊，哈哈哈——"

"不要说了！"蓝岚大叫一声打断了蒋小纯的笑声，声音痛惜地说，"小纯，我简直难以相信，你会做出这样的事……"

对于友人的话，此刻的蒋小纯已经无动于衷。她的目光落在秦东的身上，脸上带着满足的笑意。

"所以说，你在关秦东之前，提前把佣人们都辞掉了吗？"我咳嗽了一声问。

"是啊，大叔你记性真好。"蒋小纯笑着看过来，"为了不被人发现，我在计划好以后提前一个月把爸妈雇的阿姨辞掉了。为了在三个月内让秦东减掉一百四十斤，给他吃的食物只有维持他生存的量，但减得还是太慢，和计划有点脱节。于是我去私人美容医院买了减肥针，打了以后能让他的肌肉萎缩，加快降体重。这针我减肥时也打过，他的目标是我的两倍，所以给他打的量也翻倍了。三个月下来他也只减到五十斤，剩下的二十斤就算不给他吃东西也减不下去了呢……大概他本身的骨骼和内脏就差不多这点重量吧。我开始觉得无聊了，再这样关他下去也没有意义了，但是又不能放了他，放了他的话他肯定会报警抓我吧？当初实施计划的时候只是一时气愤，光想着报复，没想过怎么把事情了结，现在不得不考虑这个问题了。不能放他的话就只能杀了他，但是杀人这件事……我是做不到的。就算拿起刀子走到他身边，还是不敢刺下去，谁让我是个连鱼都不敢杀的弱女子呢？不过就在几天前，我在二楼阳台上的时候，想到了一个处理他的办法……"

我已经知道了她想要说什么："是小区右边那片工地吧？"

"哈哈，大叔你还真是聪明啊！跟我想到一块去了。那块工地是一周前开工的，现在进行到填入地基的阶段，地上挖了很多沟沟壑壑，边上堆着建筑材料。只要把秦东带到那里，推到填地基的沟里面，再把混凝土什么的推下去就可以埋掉啦。第二天新的建材堆上去，他这个人就神不知鬼不觉地筑在地基里面，这次是真的永久消失了。呵呵，很棒的想法不是吗？"

"于是……就有了半夜里'行走的骷髅'吧？"看到蒋小纯现在还能笑出来，我难以确定她的精神状态是否正常，心里感到了莫名的悲哀。

"你在大前天晚上实施了行动，用绳子牵着秦东出门。为了防止尸体被发现留下痕迹，你连衣服都没给他穿。我不知道你是怎么让他乖乖听从指示的，大概是告诉他出了小区会放他走吧，因此他还急切地走在了前面。你们的目标是东侧的小门，因为那里没有保安看着，只要刷卡就能出去。但是还没到达就遇上了正在梦游的高小晟。当时高小晟是睁着眼的，你并不知道他是梦游，在拐角处透过树木看到他后，本能地把走在前面的秦东拉回来，可能找个树丛躲了起来。当时应该是想等高小晟离开再行动吧，但梦游中的高小晟在小区内无目的地乱走，你摸不透他的路线，为了安全起见最后还是放弃计划，改在前天再次行动。前一天碰上高小晟虽然是意外情况，但你还是很小心地把这一次的时间推迟了一两个小时，选在半夜2点多的时候出发。但是很不幸……穿过树丛去到池塘边的时候，你们又碰上了。当时你也吓坏了吧，只能再次取消行动。然后昨天我去你家做客，遇上了高小晟母子来委托调查。最初你还怕被小晟认出来，利用煮咖啡的机会躲在一边，后来知道这是梦游后，还建议给孩子吃药，为的是晚上让孩子不出来溜达。昨晚你并没有行动，因为不确定小晟到底什么时候梦游，而且他在父母的看管之下，被护着他的父母看到你就全完了。这几天你大概也很煎熬吧，因为工地上的地基快要铺完了。直到几个小时前，我叫蓝岚通知你联系小晟的父母，希望今晚他们锁门，你心里的石头才落下来——这下，终于可以不受干扰地带秦东去活埋了。"

"所以说，接下委托的那事儿，其实只是大叔你引我出来的计策吗？"

"是计策，但主要是不想错过那笔委托费……"不知不觉间我实话实说了。

"那么，你们接下来要怎么办？报警吗？"蒋小纯扯动嘴角笑了笑，扬头看我和蓝岚。

"小纯！去自首吧！我现在就陪你去！"蓝岚冲上前，神情激动地劝说，同时抓住了蒋小纯的双臂。对于她，这应该是唯一能帮朋友的了吧。

"谢谢你，蓝岚。不过……好像已经太晚了。"蒋小纯渐渐恢复以往的样子，她看着蓝岚，笑容惨淡地说。

我扭头看去。在不远处的路口，有好几盏手电光束往这边扫过来，后面还跟着黑幢幢的数个人影。

3

下午2点，我在家里的床上醒来。

因为清晨才睡，生物钟有点紊乱，醒来后头还是晕。

蒋小纯是在凌晨快2点的时候被赶来的警察从静娴雅苑带走的，秦东则直接送了医院。我和蓝岚作为案件相关人员上了另一辆警车去接受问询。这是我第一次坐警车，虽然知道是例行公事，但还是会有种好像犯了罪的感觉，在车上低着头眼看脚尖不敢说话。被带进区派出所后，我和蓝岚分别被一男一女两个警察带去做笔录。我这边是一个20出头的小警察，大概值班太累，一边走路一边还在打着哈欠。进了一间只有一张桌子三把椅子的小房间坐下后，我试探着问他做笔录大概需要多久。他像做早操般扭着胯部，舒展着双臂，告诉我说天亮以前就别想回去了。

望着出租小屋里只刷了白色涂料的天花板发了会儿呆，大脑渐渐清醒了，卧室里手机铃声响了起来。原本打算不理它，却一直响个不停，就算自动挂断后又再次响起。我只能用毛巾胡乱抹掉脸上的泡沫去接。

"喂？庾先生吗？我是邱石啊，委托你调查河道美人鱼的那个。"宅男委托人略显客套的话音响起，"今天打过好几次你的电话了，打事务所的一直没人接，就按照名片上的打了手机。上次你说一周内会出报告对吧？今天已经是第五天了，不知道事情有什么进展？我能在后天拿到报告吗？"

我这才想起已经临近最后期限，原本应该是两周，却答应了人家一周出报告，我可真是自找麻烦。但口头上还是不能让他感受到我的情绪的。"邱先生啊，对对，我当然记得了。其实呢……事情已经有了很大进展了，这可真是个重大发现啊！后天拿报告是肯定没问题的，本事务所向来说到做到。"

"是……什么样的重大发现呢？"

"就是说，其实你看到的并不是真的美人鱼。哈哈哈，当然是真的才怪对不对？你看到的只是一个得了一种稀有疾病'美人鱼综合征'的女孩子而已啊……"我跟他大概说了一下昨天下午的发现，但是大闹展会被人追杀等影响我个人形象的事就自动删除掉了。他听了以后半天没说话，我对着手机大叫了好几声。

"喂，庾先生，我在的。既然是这么一回事，那报告什么的都不重要了，你写不写都无所谓。我想知道她现在在哪里？我过去的话能当面和她说话吗？"

哎？当面说话？这是要表白吗？虽然这不关我的事，但还是要跟他说清楚的："这个……恐怕有一定难度，因为这几天她都没有现身表演，里面的生活区一般不让人进，他们团长……咳咳，脾气也不太好的样子，估计很难让你如愿。"

"但是……我一定要见到她！庚先生，拜托你帮我这个忙吧。想办法让我们见上一面，如果能达成我这个额外愿望的话，我愿意提升委托金的酬劳，在原来的基础上再加一千块怎么样？"

"这个……"对于这种自动提升酬劳的要求，本事务所一向是很提倡的。虽然这事情有点难办，但看在钱的面子上我无论如何也要想想办法，"嗯……真的很让人为难啊……不过顾客就是上帝！既然邱先生提出了这样的要求，我一定会替你想办法的！放心吧！包在我身上！"

"那实在是太感谢啦！谢谢你庚先生！你可真是好人，太谢谢啦！"

莫名其妙还被发了张好人卡。我在宅男的连声道谢中挂断了电话。

接下来该怎么办呢？放下电话后，我开始考虑这个问题。我是不可能再去那个展会自投罗网的，但是美人鱼娜娜小姐本尊必须要见，这样才能谈后面的事情。这时候要是能有个助手替我去办这件事就好了。咦？这样说来的话……其实可以找蓝岚试试。我拨通了蓝岚的手机。

电话等了许久都没人接，然后自动挂断。今天是周二，蓝岚应该是上课的。但她半夜还在刑侦队录口供，现在应该和我一样刚睡醒吧。我决定再打。这次响到快要断掉时终于被接起，电话里蓝岚用疲惫的声音说了一个"喂"字。

"呃……你还没睡醒吗？今天没去上课吧？现在是在宿舍还是在……"

"什么事？快说。"她粗暴地打断我，像发命令般简短地说。

"这个……是这样的，其实有事找你帮忙。美人鱼的事你还记得吧？昨天去那里的时候闹了点矛盾，我不能在那个地方再现身了，所以想请你替我去找'美人鱼'谈谈。不知道你……"

"不去！"她不容分说地截断了我的话，然后电话里只听到呼哧呼哧的喘气声。

"咦？为什么？你对事件的真相没兴趣了吗？"

"不是没兴趣，是没兴致！你是不是失忆啦？因为你的揭发，昨晚上我最好的朋友被警察抓走了！

"这个……倒也……是的。"我这才明白她是在生我的气。我跟蒋小纯的交往不深，不像她这样有感情，这时候请她帮忙确实不是时候，但是……这也不能完全怪我呀！"可是……我只是当面揭穿了她而已，报警的也不是我，是小区那个像复读机一样说话的年轻保安啊。再说我之所以调查这件事情，不就是因为你的委托吗？我只是在完成你交给我的工作而已……"

电话那头一下子没了声音，过了会儿才听到嘤嘤的哭声，闷声闷气的声音有些遥远。

"喂！蓝岚！你在听吗？你听我说！不要因为别人的过错责怪自己。小纯之所以被捕是因为她做了触犯法律的事，跟你有没有委托我没关系，跟我有没有揭发她也没有关系。如果昨天没截住她，那秦东不是要被杀了吗？那她不是要成为杀人犯了吗？所以我们什么都没做错，反而做了对她有利的事。你明白了吗？"

我在电话里义正词严，脸上的肌肉也不禁紧绷起来。蓝岚没有回话，但她的哭声渐渐轻了，看来是听到了我的话。带着哭腔的声音后来还是响起："可是……可是你既然已经看穿了她，至少应该给她一个自首的机会。"

"我就算看穿了她没有实际证据也说服不了她啊，说不定还会促使她加快对秦东的灭口行动。错在……呃……我说话太大声，引来了其他人吧……"

"……这还差不多。"蓝岚的声音终于缓和了些，她吸了两下鼻子，清了清嗓子说，"你刚才说要我帮忙的事是什么？"

啊，好像终于回心转意了呢。我忙回到最初的话题："是这样的，我需要你替我去齐安市的畸形秀展会找那个人鱼症女孩了解情况。"

"为什么我去？你昨天不是去过了吗？"

"这个……昨天发生了一点事情，我不便出面……"

"什么事情？打起来了吧？你打输了，被追着打？"

"哪有这种事？我明明是打赢了！你在那里的话就知道到

底是谁在满场逃……"

"行了行了，别吹。你一个人怎么可能打得过他们一个团？"蓝岚冷笑着打断我，顿了顿又说，"知道了，我今天在家没去上学，但是还不想出去。明天吧，明天下午你送我过去，我替你去办。"

"哎？真的？哈哈，我就知道你会答应的，真是够朋友啊！"

"但是有一个条件。"

"条件？什么条件？"这突然的要求让我从狂喜中清醒。是啊，天下哪有免费的午餐，她一定是想敲诈我一顿吧。

"我还没想好，明天再说。"

说完她连声"再见"都没说就挂断了电话，让还在盘算请客会花销掉多少的我愣了许久。

再访展团

1

吃完饭后我开车等在蓝岚家小区的大门外,远远看到她挎着一个大号旅行包、踏着满地的阳光过来。经过了昨天事件的洗礼,脸上面无表情,也看不出伤悲。

"要送你去机场吗?"我为她打开副驾驶座的门,开玩笑说。

直奔我面门而来的是那个大包。"这是今天的必要道具!放好。"蓝岚在车外叉着腰说。

"真是的,不会自己放后座上吗?"我嘀咕着把包丢到后面。

"我还没怨你不帮我拿东西呢。"她一屁股坐到副驾驶座上,面带不满地说。

说是没怨,但朝我扔东西本身就是在发泄不满吧。我没有再跟小女生怄气,发动起车子。

上车后蓝岚的脸就偏向右侧，似乎是在看车窗外的风景，也可能是不想让我看到脸吧。从我的角度还是可以瞄到一点。也许是隔了一天的关系，她的眼袋并没有明显的红肿，只是一侧额前的头发斜披在脸颊上，看上去有些颓废。

　　"干吗老看我？"大概是用眼角余光瞥到了我，她忽地转过脸问我。

　　"哪有看你，我在看你那一侧的反光镜。"

　　"哼！"她再次转过脸去，但很快回头，"你说你不方便去调查是怎么回事？"

　　"这个……"对于合作方还是坦诚一点比较好，我把昨天的遭遇如实告诉了她。

　　"哈哈，我就知道是这么回事！"

　　"你怎么会知道？"

　　"你以为我没看到那只被撕破的西服口袋吗？"

　　原来如此。昨天我没换衣服就去学校接了她，虽然有意掩饰衣服上的口子，但还是被她发现了。

　　"今天你怎么打算的？"她又问。

　　"我不能进去当然你进去喽，所以才叫你来的嘛。你买票进场，然后溜进休息区去115房找到'人鱼'娜娜，然后……就直接告诉她实情吧。她昨天还提到过邱石，一定记得他。就问她愿不愿意见见那个人，愿意的话我们再想后面的办法。"

　　"真的只要我去就行吗？委托的事我可是局外人，不一定能说清楚哦。要是她因此起疑心不听我的话可是会打乱步骤的哦。"

"这……应该不至于吧……又不是特务接头。不过我能在场的话当然最好了，有些事还是想跟她当面谈。"

"所以说嘛。那就照我的方案来吧。"

"什么你的方案？"

"嗯……等到了地方再说。"蓝岚冲我挤了挤眼睛，脸上终于露出有些诡异的笑容。

车子驶出本市开上高速后，蓝岚的心情似乎开始变好，不再把后脑勺对着我，而是面朝正前方哼起歌，下巴微微轻点。我也因此放松下来，随手按下车内音响的按键。

"你说我俩长相依，为何又把我抛弃。

你可知道我的心里，心里早已有了你……"

慢节奏的舞曲从音响里缓缓流淌出来，仿佛这里就是那个中年人聚集起舞的小广场。

"你听的这是什么？"蓝岚立刻扭头过来，眉毛都拧在了一起。

"呃……这……这是……"这是我昨天傍晚出去溜达时，在马路边一个卖刻录 MP3 光盘的小贩那里买的盘。昨天放车里听了一遍，忘了取出来，今天一按就开唱了。我知道被年轻女孩子知道这方面的嗜好会是怎样的结果，但现在为时已晚。"这……这是一个借我车的朋友留在里面的。真是的，什么品位啊！"说话时还要故意流露嫌弃的表情，我恶狠狠地关掉了音响。

"哦？是吗？总觉得有点耳熟呢……好像小时候我爸妈也听。"

果然。要是被知道我也爱听，那不是要被看作他父母一辈的老年人了？

"那人年纪是挺大了，随随便便就用我东西……现在的老年人真是我行我素呢。"

"不过再次听到好怀念，其实也挺好听的。不是吗？"

这话倒是意料之外。我偷偷擦了把额头的汗，傻笑两声。谁知道她是不是在故意逗我，保险起见还是不要说实话吧。

"昨天连着解决了两项委托，酬金应该收获不少吧。"

为了不触及她的伤心事，我刻意没提昨天的事情，但她先提起的，我便照实说了："哪有那么多！林月如的委托只收了五百块预付款，当夜就解决的委托，我也不好意思再跟她多收钱，改天把报告写完给她就正式完结了。另外一项委托还没收到钱呢，我记得委托人是……啊？不对！"

"干吗？高速上呢！看路！"

在蓝岚的高声提醒下，我的双手紧握方向盘，用快要哭出来的表情斜眼看她："你提这个是故意的吧？寻找秦东的委托人不就是你吗？到现在你连预付款都没给过我呢！怪不得每次见到你我都会觉得好像忘了什么……"

"哦，好像是的。最开始是忘了嘛，后来你没提，就一直忘下去了……"

"你……"我用充满恨意的眼神扫向她，"那你打算什么时候给钱？"

"钱？哼哼，当然是不会给你啦。"

"你!"

正要想去掐她脖子，后脑上已经挨了一下："注意开车!开车!"

我咬着牙忍着痛，估计脸上是一副想杀人的表情："为什么不给钱？你到底想怎样?!"

"什么为什么？没钱所以不给呗。不过，你还是有机会弥补损失的。"

"什么机会?"

"你还记得我最初去找你是为什么吗？是应聘助理。你现在还没有合适的助理人选吧？这用膝盖想都能知道。要是有的话也不会来找我了。现在给你一个聘用我的机会，这样你既解决了人手问题，还可以从我的工资里面扣除那笔委托酬金。这不是一举两得吗?"

"混蛋！不但不给我钱还要我给你钱啊?! 哪有这么好的事?! 我才不干!"

"哼，这可由不得你了！没忘记之前说过我来帮忙有个条件吧?"

"这……还真是的。你的条件不会就是要我雇你吧?"

"显然是啊！不然我给你做白工啊?"

我觉得自己完全被她玩弄了。难道她最初提出委托的时候就已打算好用这个办法强迫我聘用她？这样的话我完全是在按照她设计的路线一步步往坑里跳啊！女人太可怕了!

"要……要是我不同意呢?"

"这还用说吗？本次合作取消，我要回去了，给我掉头！"

"喂！这可是高速公路！叫我怎么掉头？"

"反正你看着办吧。为了把损失减到最低，为了不影响这个委托，你知道该怎么做的。"

"你……"我看向转过脸去闭目养神的蓝岚，开始权衡利弊。

大概五分钟后，我用力咳了两声，眼望着前方快速拉近的路面说："好吧，我雇佣你做助理了。"看到她睁开眼眉飞色舞的表情，我毫不客气地又加了一句："但是酬金我没说只要五百就够了哦。你需要付给我的酬金是一千五，从你的工资里扣除的话，我头一个月只要给你一千块钱就够了。"

"什么？！比洗碗小妹都低？我不同意！"

"哼，酬金多少可是我说了算的，由不得你。"

"我不干了！"

"你干不干跟酬金没关系哦。委托书上你可是签过字的，是有法律效力的。这么难办的委托收这点钱公道得很好不好？"

"你这么做实在很过分啊！就不怕影响员工的工作热情吗？要么少收一点？"

"最多减一百。"

"两百？"

"八十。"

"一百五？"

"五十。"

"去死！"

2

车开到园区门口时，我一度怀疑那个展会是不是还在。不过开进去一段后远远看到了排队的人群，我的心放了下来。

把车停在上次的地方，我掏出钱包，从里面掏出二十元钱递给蓝岚让她去买票排队。

蓝岚没接，眼光扫了眼后座说："我有更好的方案，把我的包拿来。"

我把包抓了过来，想看看她葫芦里卖的什么药。

大包的拉链拉开，里面是一堆五颜六色的东西，好像有一条绿色的碎花长裙，还有米白色的上衣，透明塑料袋里还塞了双高跟鞋。

"你带换洗的衣服干吗？打算住这里啊？"

"这不是我穿的，是给你穿的。"说这话时蓝岚的嘴角浮起不怀好意的笑。

"啊?!"

"刚才不是说过吗？我一个人去怕有闪失，你最好同去。既然怕被人认出来，乔装打扮一番不就好了吗？"

"这……这是女装啊！要我扮成女人混进去？我不干！"

"为什么不？不过是穿上女装去兜一圈而已，又不是要你变性！为了完成委托连这点牺牲都做不到？实在是太让人失望了！"

“这……”

“话说侦探变装探访什么的不是家常便饭吗？你怎么一点都不专业？”

“那种变装只是穿风衣戴墨镜的程度吧？哪有随随便便装女人的？这也太没下限了。”

“反正你看着办吧，实在不愿意我一个人进去也行，不过这次再失败的话大概就没下次机会了。”蓝岚把绿裙子丢给我，就要开门下车。

“等一下！”我咬了咬牙，紧紧捏住手中的裙子说，“好吧！为了额外的酬金，变装就变装吧！”

“话说，你确定这些衣服的大小适合我吗？”我低头翻了翻包里的衣裙问。

“那当然。都是我的衣服，你跟我差不多高吧。”

“谁……谁说的？我有一米七二呢！”

“一米七的人都爱说自己一米七二，都懂的。也就比我高两厘米而已嘛，没问题的。”

“哪有这回事……”

“行啦，我们开始吧。”蓝岚扒开包，从里面取出一个红色的皮制小箱托在手上。

“这是什么？”

“没见过化妆盒吗？粉饼、眉笔、唇膏里面应有尽有哦！”

“还要给我化妆？”

“那当然了，你不会以为穿个女装走出去就有人相信你是女的吧？来吧，先用湿巾擦一擦脸，我再给你上个粉底。对了，你是油性皮肤吗？"

"是……是的呢……"当她的手伸上来时，不知不觉间我说话的声音也变柔和了。

半小时以后，等在车外的蓝岚不耐烦地敲起车窗："喂！好了没？可以出来了吧？怎么换个衣服比女人还慢啊？！"

"来了，来了。第一次穿不习惯嘛。"我推开车门，拎起长裙，从后座上轻轻把左腿放到车外。七厘米跟的高跟鞋，踩在地面上有点重心不稳，还伴随着被包裹的脚掌部位传来的疼痛。这就是美丽要付出的代价啊。

我在车外站直身体，用手撩了一下垂在胸前的栗色波浪卷长发，对着灿烂的骄阳扬起头问她："怎么样？"

蓝岚用评委般的眼光从头到脚扫了我几遍，最后用喜忧参半的声音说："还好啦。至少第一感觉是个女的。不过……伸腿下车的时候看到腿毛了，有点恶心……"

"你怎么盯着人家的腿看？简直大叔视点嘛！"我往前走了两步习惯一下鞋子，稍提长裙，微屈双膝，弯腰看映照在反光镜中的自己。

画过眼妆后眼睛大得有点惊人，形状完美的红唇也相当性感，鼻子虽然有点大但是用粉底很好地掩饰起来。荷叶领九分袖的米白色雪纺衫盖住了过于平坦的胸部，浅绿色的碎花长裙和栗色长发一同摇曳着，整体看上去相当的"女人"。如果在大街上看到，应该会有很高的回头率吧！稍嫌美中不足的是眉毛粗了点。

我一只手拎着裙摆，轻轻转动身体，对镜中的自己看得入了神。

　　"喂！走啦！别臭美了！"身后的蓝岚没好气地拉了一下我的假发。不会是嫉妒我太美吧？

　　"讨厌！"我用兰花指戳了下她的背影，把假发摆正，锁上车门跟上。"喂，你干吗走那么快啦！"不知不觉间说话也变成了女人腔调。

　　"闭上嘴！穿女人衣服发出男人声音什么的好恶心！"

　　"那有什么办法？人家天生就是……哎呀，好痛！"高跟鞋实在是不习惯，一不留神就把脚崴了。

　　"啊！快让我看看！鞋没事吧？这可是我妈的高跟鞋啊！"

　　"真是的！一般这时候都是关心人家脚的吧！"我揉了几下脚腕。总算脚和鞋子都没事。

　　"拜托别娘娘腔了……步子小点，这样子走路一点都不女人！"

　　"哦好的。不过你现在是我的下属了吧？怎么老是'喂'啊'喂'地叫我，能不能有个合适的称呼啊？"

　　"那我叫你'嘘'好不好？"

　　"什么叫'嘘'？"

　　"买票的地方就在前面啦，你再说话小心露馅！"

　　我赶紧住嘴，把专注于双脚的目光移向前方。果然前方就是售票处了。

　　我从队伍里探头张望，发现卖票的还是上次的胖售票员，好像是叫小美吧。不知道是那头牛的攻击力太低还是她的防御值太高，竟然安然无恙。身边那头牛倒是不在了，希望没有进屠宰场。不过走近点发现她还是有变化的，额角和下巴上多了两张创可贴，坐的塑料小凳子也换成了有坐垫的皮椅。我大概猜到她伤在哪里了。

快要轮到我们时，排在我前面的蓝岚伸手从我这里要走了四十块钱，还打手势警告我不许说话。

"下一个，几张？"小美头也不抬地问在队伍最前排的蓝岚。

"两张，我们一起的。"蓝岚把钱递了上去，手指朝身后的我比画了一下。

小美的目光扫向了我，例行公事般看过一眼后又抬头盯着看。这让我心里一惊。按理说化到这个连我爹妈都认不出来的程度，她是不可能看穿的。

"你……是不是上次来过？"小美伸手朝我点了点。

我张开嘴要开口否认，肚子上遭到了蓝岚的一下肘击。"哈哈，怎么可能？我们两姐妹都是第一次来。"蓝岚抢在我前面回答道。

"怎么觉得像在哪儿见过……真没来过吗？你！"

"都说了没来过了。你这个卖票的好奇怪！"蓝岚再次替我回答。

"没问你，我问她呢。为什么不说话？"

只要一开口就会露馅，我紧闭着嘴憋得满脸通红。

"她……她不会说话！她是个聋哑人！"

"哦？是这样吗？"小美这才放下手，又反复打量了我几眼。我张了张嘴，对着她胡乱打了几个类似哑语的手势，来证明蓝岚的话是真的。

小美一脸迷惑地看着我，显然没看明白我手势的意思。最后她收回了目光，伸手朝展厅内招了招。两个肌肉彪悍的大汉从门内走出直奔我而来，一左一右架住我胳膊就走。我的头上冷汗直冒，没想到花了这么大的功夫最后还是被识破了。

"喂！你们干什么？放开她！"蓝岚拉住一个大汉的衣服大叫，对小美怒目而视，"你们有什么权利这么做？就算他在这里……"

"别误会，小姐。"小美站起来和颜悦色地说，"我们这里有个规矩，凡是残疾人来看展一律免票。他们这是带她走绿色通道进场呢。"

两个肌肉男眯起眼堆着笑，用空出的一只手对我啪啦啪啦打着手势。看样子他们都是聋哑人，在对同是聋哑人的我打招呼。反正我的胳膊被架住，不用担心手势，只要对着他们傻笑就可以了，扭头对蓝岚示意没事。

"哦、哦，是这么回事啊……那真是太人性化了。"蓝岚笑着想跟过来，但被小美一把抓住胳膊，"小姐，绿色通道只向残疾人开放，你还是要买票的。另外，你刚才说就算她在这里什么？"

"好的好的，我买票。我刚才说什么了吗？她不就在这里吗？哈哈哈……给你钱，谢谢。"蓝岚迅速给钱拿票闪人，总算过了小美这关。

所谓的绿色通道其实就是入口边上的一扇小门，两个大汉用钥匙把门打开，然后站在门两旁对我做出"有请"的手势。我挺起胸膛迈着高傲的步子从两人之间穿过，和从入口进来的蓝岚会合，朝展厅深处走去。

　　展厅的最深处，几乎没什么观众过来，距离那扇门只剩下几米距离时，身后的空中响起了声音："喂——两位女士，那里不是展区，不可以进入哦！"巨人晃动着身体拨开人群朝我们这边赶来。

　　进来时一直都没见到他，我还以为关卡难度调低了，这时候偏偏出来了。

　　"哎？不可以进去吗？为什么？"蓝岚把手放在嘴边，装作一无所知的样子问正走来的巨人。尽管表面上一副镇定，但我心里绝望无比，因为这次行动已经宣告失败。我们不可能在已经被发现的情况下进入的，剩下的只是看能不能全身而退了。

　　"行了，大李，我来解释吧。"前方传来一个声音。团长大人不知何时站在了打开的门边。他朝巨人摆了摆手，示意由他接手。

　　我们转身面对这名真正意义上的 BOSS。

　　"两位好，欢迎观赏本团的展演。我是这里的团长，康流海。这门后是团员们生活休息的地方，不提供参观的。两位还是请往回走继续看展吧。"大概是因为面对的是两位"女孩子"的关系，团长说话客客气气的，脸上一直带着微笑。

　　"但是……我们对其他的展演不是很有兴趣啊。有朋友几天前来过这里，说有个腿长得像美人鱼的女孩子，在鱼缸里的样子很美，但又很忧伤的样子，看上去好特别。我们这次来是要看她的，但她偏偏没出现。一定是在这里面吧？既然你是老大，能不能破例让我们见见她呢？"说到最后，蓝岚捏着两只手放在下巴前面，摆出企盼的造型望着康流海。

"这个……实在让人难办啊……"康流海用手挠着两侧残存且颇为茂盛的头发，表情变得不知如何是好。

蓝岚抓住对方动摇的机会，两手握住康流海的一只手腕，伸直了胳膊，摇晃起自己的身体，嘴里发出娇柔的声音："好不好吗团长？让我们见一见她嘛！嗯？"

这……这不就是在撒娇吗？这种状态的蓝岚我可是第一次见到，完全不是她的风格啊！在生活中遇到这种问题她不应该是直接拿刀子逼上去的吗？演技好逼真啊！

这甜腻的声音听得人骨头都要发酥，康流海的防线即将崩溃，嘴角歪斜尴尬地笑着，眼光四处游移。

既然蓝岚都做到这一步了，那我还有什么不能豁出去的？我也走上一步，像蓝岚一样抓住他另一只手腕，嘟起红唇，左右摇晃了起来，还学着电视里那样微眯双眼，朝他抛出如丝媚眼。

"啊呀，好了啦！"团长发出一声音调奇怪的娇嗔，然后跺了下脚，甩脱我俩的手，"真受不了你们！要进就进去啦！娜娜的哥哥出去了，她一个人在115号房间。但是时间只给你们十分钟哦！"

咦？这就可以了吗？这么简单就放人进去了吗？那我上

次冲破重重险阻算什么？胜利来得太轻易了，都没有一点真实感！蓝岚蹦了起来笑着说了声谢谢，然后拉着我往门里走去。我茫然回头，门边的团长眼神迷离身姿扭捏。

3

轻敲 115 号房门后，里面传出少女的声音："请进。门没锁。"

蓝岚转动门把手，小心翼翼地跨入房内，我也紧随其后。

屋内陈设极其简单，正前方靠窗一张书桌一把椅子，左右两张单人床。窗框上牵出的晾衣绳上挂着没有晒干的男式衬衫。门后面还有脸盆架和储物柜，倒是很像条件简陋的学生宿舍。

其中一张床上坐着一位长发少女，穿着白色的圆领 T 恤，外露的胳膊显得有些瘦弱。下肢用薄被子盖住，无法得见。进来时她正在看书，几缕阳光透过没完全拉上的窗帘照进来，洒在被子上和她身上。我们进来后她抬起头，突然见到陌生人让她瞪大了眼睛。瘦弱的她显得脸好小，细细的眉毛和小巧的鼻子都给人一种柔弱的感觉，但薄薄的嘴唇透露出倔强。

"你们是谁？"她出声惊呼。声音听上去也比较幼小，是一种独特的女童音质。

蓝岚退后把门关上，扭头示意我去解释。我抬起高跟鞋往床前跨了两步，"呃……这个……话说你是不是就是……"

话还没说完，少女脸上的惊恐更加明显，她丢下书拉起被子盖到胸口，就差尖声尖叫了。我这才意识到问题出在我的声音上。蓝岚抢在我前面冲到床边，捂住她的嘴说："别怕，他不是变态。"

"是啊是啊，我不是变态。化装成女人混进来就是为了找你啊。"我也极力解释，虽然穿着女装说这话好像没什么说服力。

女孩渐渐冷静下来，蓝岚放手后，她的目光轮番看着我们问："你……你们是谁？找我干什么？"

"你是叫娜娜吗？"蓝岚在床边坐下，轻声问她。

"我叫乔娜。你们是谁？"

我抓紧时间解释："我们是专门帮人调查奇异现象的，有人在贡河上看到了'美人鱼'，委托我们查找真相。其实那就是你在河里游泳吧？委托人叫邱石，你可能不知道他名字，不过人应该有印象吧？就是在岸边为你放下百奇的那个。还记得吗？"

"是的，我记得。"乔娜呆滞了几秒后，点了点头回答。终于把她就是"美人鱼"的事实确定了下来。此时的她应该已经相信我们不是坏人，抬起头目光关切地问："那个人还好吗？我哥哥把他推下河后没事吧？"

"当然没事了，要不然怎么来委托我们呢？我想问你的是……你那些天为什么会半夜出现在贡河里？还有，你哥哥为什么要推邱石下河呢？哦还有，这几天你怎么没去外面表演？"

"我为什么在河里……这问题重要吗？"说完这句她停顿

下来，看来不想回答这个问题。见我和蓝岚静待她说下去，便翻开被子，露出一截像并排的树干般合并生长的小腿。我还是第一次真正看到她的病腿，完全没有预想中的美感，只觉得触目惊心。

苦笑着的乔娜又说了下去："我的腿天生这样，我和哥哥乔亮三年前和这个展团签约，每天坐在鱼缸里扮演'美人鱼'来获取报酬。当时我只有 15 岁，哥哥是我的监护人，协议是由他和团长签的。就在不久前，我年满 18 周岁，是完全行为能力人了，然后合同在几天前到期，需要我自己来续签。但我还没决定续签，所以这几天没去外面。至于我哥哥把那个人推下河……我想他是以为对方对我有什么企图吧，当然这么做是很对不起人家的，我也跟他吵过。哥哥对我迟迟不跟团长续约很有意见，出门前还在为这事跟我吵呢。"

"那你为什么不愿意续签呢？"

面对我的提问，她的嘴角似乎闪过一丝嘲弄的笑意，最后只冷冷地回答我："这件事跟你们没关系。"

看得出她心里还有很多秘密，但这我无暇过问。团长说给我们十分钟，时间紧迫，还是先问最迫切的："那你愿意去见一见守望你的那个青年吗？他很想见你一面。"

乔娜再一次抬头，惊奇地看我："他想见我？为什么？"

"不知道，你可以当面问他。"

其实我倒是能猜到，不过直说的话可能吓坏她。娜娜再次低下了头，似乎在考虑。我只能静待她的回答。

"……就算我想去，哥哥也不会让我出去的。"她轻声说。

"你愿意的话，我们可以帮你……"

我的话还没说完，身后就响起巨大的声音，门被人重重推开了。

"想什么办法?!"上次见过的那个瘦弱的男青年大步闯入室内，冲我和蓝岚大叫。显然他就是娜娜的哥哥乔亮，刚在门口听到了我们的话。"你们是谁？为什么要带走我妹妹?"当他把手指指向我的时候，突然扭头看向左右，"咦？刚才说话的那个男的呢?"

"咳咳，你是说我吗?"虽然有点尴尬，我还是举了下手。

乔亮被惊得身体后仰，反应过后皱着眉朝地上吐了口唾沫："呸！原来是个人妖!"

"喂喂！人妖不是这样的好吗？我只是化了装混进来而已。"

他又上下打量了我几眼，目光一下子无法移开。大概是觉得男人不可能这么漂亮吧。很快他闭上眼晃了晃脑袋，冲我大叫："随便你是什么吧！你混进来接近我妹妹想干什么?"

"别激动啊乔先生。我们其实见过的，关于你妹妹的事，坐下来谈谈好吗?"

"呸！我怎么不记得见过你?"

那没办法了，反正到了这一步化不化装都无所谓了吧。我走到门后的脸盆架前，低头掬起盆里的清水往脸上泼去。我擦去脸上的水珠，微笑着对乔亮说："怎么样？现在想起我是谁了吧?"

"啊——你就是前天来捣乱的那个人！团长！上次那人在

这里——"乔亮的举动出乎我的意料，竟然打开门对着外面放声大叫起来。

冲上去捂住他的嘴都已太晚，声音响彻走廊，外面随即响起几声呼喝。他一把将我推开，顺手在我腮帮子上打了一拳。两个女孩子同时发出尖叫。

"啊！你怎么打人？"这暴力袭击来得太过突然，我完全没想到防御，弯腰捂着脸，痛得快要哭出来。

"哼！打的就是你这种人！"虽然乔亮比我还要瘦点，但打架比我厉害，撸起袖子靠近过来再次攻击。当他第二拳打来时，我本能地想逃。

"住手！"身后传来一声大喝，蓝岚不知何时已经靠近，挡在我的面前抓住对方手腕，一拉一扭。乔亮爆发出一声大叫，身上发出骨骼摩擦的声音，那条手臂无力地垂下。但他还不罢休，咬着牙对蓝岚的腹部蹬出一脚。

蓝岚灵巧地侧身避过，左脚踩住乔亮踏地脚的脚面，右膝盖在乔亮的髋部一顶。凶悍的青年再次发出一声大叫，整个人轰然倒下。蓝岚在他倒地前拉了他一把，将人平放地上。

床上的娜娜见哥哥倒下也发出惊呼，蓝岚看向她说："没事的，只是让他先躺一会儿。"

地上的乔亮还在试图起来，但能动的只剩下了单臂单腿，似乎还伴随着巨大的疼痛，龇牙咧嘴个不停。

看到蓝岚几下就制伏了一个大男人，我惊讶得嘴巴都合不拢："蓝岚，你好厉害啊！这是什么武功？"

"不是跟你说过打架我来还差不多吗？这武功是我家祖传

的'大乘摔碑手'！嘿嘿，当然是不可能的。这是制敌御骨术，算是擒拿术的一种吧，击打关节使其脱位，让人暂时失去行动能力。你闪开！"

她突然一把将我推开。原来我身后的门口又冲进来几人，为首的正是团长康流海，他见到我也是一愣，一挥手，身旁两个聋哑大汉冲上来。蓝岚抢先攻击了前面那个大汉的肩关节，又踢对方膝盖致人倒地。第二个也是如法炮制，对着关节部位一阵击打后放倒。团长见状不妙转身想逃，但还是被她一把拖过来，将他双臂扭脱位后把人架在身前，对门外正要涌进来的其他团员高喊："不许进来！不想让你们团长受到伤害的话就别进来！"

她用胳膊紧紧勒住康流海的喉咙，眼睛都变红了，看样子像是要动真格的，我有点担心她一不小心把团长勒死。

"别、别进来了！"康流海也害怕起来，对围在门口的团员大叫。

包括巨人青年在内的一帮团员群龙无首乱作一团，暂时没人冲进来。

"团、团长！你没事吧？"这时一个尖细的声音自人群中响起，不知为何有点耳熟，但看到那人的脸时我觉得很陌生，但很快注意到了他烫成方便面般的长发，原来是卸了妆的油彩脸啊。看来他很关心团长，在奋力往前挤，但是这样的动作引起了蓝岚的紧张，手上更用力了。康流海被勒得满脸通红，话也说不出来，只能尽量摇动脑袋。

"都闪开！"一声大喝自走廊里传来。人群像摩西面前的红海般自动分开，一脸焦急的女售票员来到了门前。她一把将面前肌肉发达的油彩脸推开，对康流海大叫："老公！你怎么了？"

我这才弄明白原来售票员和团长是夫妻关系，怪不得当初那一声"小美"听上去充满了关切。

"他……他没事。你们不要冲进来就是了。"

看到我后她先是一愣，很快露出一副受骗上当的表情咬了咬牙，瞪着挟持人质的蓝岚冷笑一声："嘿，这算什么？警匪片看多了吗？"回头对刚从地上爬起来的油彩脸吩咐："老七！打电话报警！"

"你就不怕我伤害人质吗？"蓝岚紧了紧手臂大叫。看得出她也很紧张，原本是潜入作战的，现在一个人要抵挡这么多的人。

小美的神情泰然自若，见油彩脸老七摸了半天没摸出手机，一把将人推开，掏出自己的手机开始拨号。

"等……等一下！小美，不要报警！"这次出声劝阻的竟是康流海本人。因为脖子被勒，他说话时龇牙咧嘴的。

小美马上停止拨号："为什么？老公你怎么了？"

"你们先退下吧，这事我来处理。"康流海眼珠往蓝岚这边转了点角度，"说吧，你有什么要求？可能的话我们尽量私底下解决。"

蓝岚用衣袖擦了把额头的汗，转头看我。局势终于没有进一步恶化，我松开捏了把汗的手，板起脸说："放心，我们不是强盗劫匪，只是有点事情需要跟你和乔亮兄妹谈谈，其他的人都关上门出去吧。"

小美看了看老公的脸色，最后顺从地给我们关上房门。经过一番周折，总算又回到了可以进行谈话的阶段，只是地上还多出来两个哼哼唧唧躺着爬不起来的聋哑大汉，这倒也不影响谈话。

蓝岚把康流海推到我面前，她回到了娜娜的床边。乔亮依旧躺在地上没人理。既然要谈话还是需要和谐气氛的。我把团长推到桌前的椅子上让他坐下。由于刚才的打斗，他那地中海发型有点散乱，中间盖住光头顶的几缕头发耷拉了下来遮在前额，显得有些狼狈。我实在有些看不下去，便伸手帮他把头发拨了上去。不过由于坐下的时候受到震动，头发又垂了下来。我有些犹豫，是不是要再帮他拨上去。

"谢谢，就这样吧。"已经面对事实的康流海垂头丧气地说。

"哦。"说话间我刚把他头发又拨上去，我用手一抹，头发再次耷拉下来，盖在团长一只眼睛前。

康流海瞪了我一眼，但最终没说别的，进入了话题："在开始谈事之前，能先告诉我你们的身份吗？前天就在这门口偷听，今天又混进来，你到底想干吗？"

不愧是一团之长，思路还是很清晰的。我拿出名片递到他面前，但他眼珠转动几下没接。我意识到原因，捏着把名片让他看过后塞进他衬衣口袋，口头说明了自己的身份和从事的业务，以及来这里的原因，最后问他："所以说，现在我面临的问题就是——委托人想见娜娜，不知道你愿不愿意放行？"

"哼哼，不就是几面之缘嘛，还要见面什么的，真是奇怪的委托人啊。"康流海笑了笑，正当他张口要说下去时，地上的乔亮大声喊道："团长，别让娜娜见那个人！谁知道他安的什么心？我不许娜娜见他！"

康流海的话被截断，无奈地看我："你看到了吧？我只是一个经营者，没权决定这些事情。当事人的亲属兼监护人不同意，那我也没什么好说的了。"

"娜娜已经年满18周岁了，她可以自己做决定！"站在床边的蓝岚突然出声，低头看向乔娜，像在鼓励她做出决定。

"是啊，虽说身体不好，但娜娜也是完全行为能力人，而且年满18，这种事不需要经过监护人了。那么娜娜你的决定是……"我自然是想促成两人见面，这样千元报酬才能到手。现在只等她点头就能搞定。

"这……"

不知道出于什么原因，她还在犹豫，说了一个字就没再继续，实在让人心焦。

"那个人我只见过背影，他是干什么的？见娜娜的原因到底是什么？你们老实告诉我！"乔亮再次扭动身躯大声说。

"嗯……我的委托人名叫邱石，26岁。人品可以放心，绝对不是坏人。他的工作……最近好像待业在家吧。不过这跟见面的事没关系吧，呵呵……"

"听到了吧娜娜？"乔亮扭头对妹妹大叫，"我知道你怎么想的。你是想有人能给你做手术，解救你离开这里吧？但不可能是这个人的！这人26岁了连个工作都没有，八成是个成天蹲在家里对着电脑打游戏的宅男？能救你的人必须很有钱，但是真有钱的人找你干吗呢？外面漂亮健全的女孩子那么多！娜娜，你醒醒吧！不会有人来救你的！只能靠我们自己！"

"别说了！"娜娜闭着眼发出一声尖叫，含泪望向哥哥，"那我能指望你吗？指望你赌博赢够二十万做手术？你只是在拿我们的生活费打水漂！"

"但……但是不这么做的话，就凭那点收入，是不可能短时间里凑到钱的……"

"算了吧！你不是在为了我努力，只是在追求刺激逃避现实！"

"娜娜！你……"

原本是我和康流海的对谈，现在演变成了两兄妹的争吵。我向蓝岚使个眼色示意制止。

"娜娜，你冷静一下。"蓝岚马上会意，把手轻放在娜娜的肩头柔声说话。

娜娜好像这才意识到边上还有人在，擦了把眼泪说："有劳你们跑这一趟了。不过不好意思，我不想去见那个人。我谁都不想见！你们都走吧！"说完她拉起被子把整个人都盖住，被子包裹下的肩膀不住颤动，看样子依然在哭。

蓝岚叹了口气，替她拉了拉被子，轻拍了几下以示安慰。

冷眼旁观的康流海翻了翻眼珠看向我说："怎么样？现在你没啥好说的了吧？请你们离开吧。以后也不要再出现在我面前，别来扰乱我们展团的正常运作了。"

"我不太明白。"我无奈耸肩，"手术是指针对娜娜身上疾病的手术吗？那笔手术费，你们团里就不能替娜娜先垫上吗？"

"这……团里演出获得的收入除去发放各人的工资，再扣除运营的花销，余下的就很有限了。你别看我是团长，但基本没赚什么钱，很多时候还要赔钱……"

"别听他的！"蓝岚从康流海身边走过，冷冷对我说，"他就算有钱也不可能替娜娜看病的，因为他需要这样一个畸形的娜娜出去展览，如果她病好了，对他只有损失，没有丝毫的获利！"

"喂！你这个小姑娘怎么……啊！"康流海话没说完突然大叫。是蓝岚抓住他的胳膊一拉一送，把肩关节复位。两边都复位后康流海已经疼得满脸是汗，大概是怕被蓝岚报复，没再说什么。

地上的乔亮也在发出几声惨叫后颤颤巍巍站起身来。给两个壮汉复位后，蓝岚打开房门，一大堆趴在门上偷听的团员倒进屋内。被压在最下面的小美手脚并用把身上的人拱出去，扑到康流海面前查看。

"走吧。"蓝岚回头叫我。

心情极度失落的我拖着脚步朝门口走去。

4

开车回去的路上，我一直没什么精神。大老远跑这一趟，最终还是失败的结果，实在是令人沮丧。

"怎么了？心情不好吗？"蓝岚的脸转向我问。

"废话，行动失败报酬无望，怎么可能心情好啊！"

"哦，是吗？这么回事啊……"她好像刚知道般点了点头，若无其事地说。

"所长业务上遭受损失也等于你遭受损失懂不懂？至少做出点悲伤的表情嘛！"

"不一定哦，委托不是还没失败吗？"

"都已经被人拒绝了，真不知道你还在想什么。"

"我说没失败就是没失败。等一等，别急着离开，先在市内逛一圈吧。"我原本要把车开到通往高速公路的方向去，却被她伸手阻止。

"你想干什么？我们又不是出来玩的！"

"拿来！你的手机？"她毫不理会我的质问，还伸手到我面前。

"为什么要用我手机？"

见我没给她，她竟然自作主张地把手机从我西服口袋里挖出来抢在手里。

"喂！你干什么？手机可是私人物品，你怎么可以乱看？！再说我可是所长，你这样做不是以下犯上吗？"我忙于驾驶，只能出声抗议，无暇跟她去抢。

"就算是私人物品，但我现在办的也是公事。你别干扰我，开你的车，先在市内转转。"说着她点出我手机的短信界面，手指灵活地啪嗒啪嗒输入文字。

虽然不明其意，但我还是暂时照做，把车开上了环城的一条大路。"真是的……给谁发消息呢？为什么要用我手机？"

"给我的手机发的。"

"啊？什么？"

说完她就盯着手机屏幕不动。说是给她手机发的消息，但我并没有听到有其他手机接收消息的声音。

过了许久不见动静后，蓝岚挑起眉毛说了声"不会吧"，再次编辑了一条发出去。这次好像收到了回信，但她还是叹了口气说："果然是这样。"

大概是见我好奇，她把手机凑到我面前。收到的消息竟然是仅有两三个英文字母的乱码，而对方发件人的名字正是"蓝岚"。

"喂，你在搞什么呀？"

"还没明白？唉——"长叹了一口气后，她终于说出实情，"我在离开娜娜房间前假装给她盖被子，把我的手机塞进了她被窝里。现在我的手机应该就在她手上，我刚用你的手机发消息到我的手机上，目的就是和她取得联系。"

"哦？亏你想得到啊！没想到关键时候还能起死回生啊，哈哈哈——"

"那当然。知道请我这个助理有多合算了吧？关键时刻帮你挽回败局，还能当保镖！"

"是，是，合算，真合算……不过，她回的字母是什么意思？"

"这不是很明显吗？第一次迟迟不见回复，然后是字母，我估计……娜娜根本就不会用手机吧……"

"哎？现代社会还有这样的人吗？"

"手机说到底是通信工具，像娜娜这样子应该连学校都没去过，'工作'也只是像模型那样供人观赏，根本就没什么朋友吧。如果一个人没有朋友也没什么人际交往的话，要手机有何用呢？"

"那……我们怎么和她取得联系？"

"没事，直接打电话就得了。看到屏幕上出现'接听'两个字，然后点下去，这点总做得到吧？她应该不是文盲，刚进去时还看到她看书呢。"

"你就不怕被她哥哥听到吗？"

"不会的。为了不影响平时上课，我手机的电话和短消息提示音都只开振动。这时候她应该还在被子里吧，轻声说话试试。"说完她开始拨打电话。

这次没有等太久，她用手势告诉我说电话接通了，然后很小声地开始和对方通话。说着说着声音渐渐大起来，她把手机拿远凑近我说："她哥哥出去了，我借这个机会劝劝她，希望她能回心转意。"

我点了点头，现在死马当作活马医，希望她能成功。

于是我开车，她打电话。开始的时候似乎讲话还有些拘谨，后来就感觉她是在和闺蜜聊天一样了。

将近半小时后，蓝岚终于放下了手机，打算揣进兜里。

"喂，那是我手机！"

"这段时间归我用。"她老实不客气地把我手机塞进自己口袋。

"好吧……那成果如何？被拒绝的话这通电话由你掏钱。"

蓝岚白了我一眼："她说要考虑一下，但是态度明显是松动了，应该有希望。"

"你怎么把她说到松动的？对此我有点好奇。"

"这个啊……其实一点也不难。她拒绝时就在气头上，并非发自内心，跟人说说话，气消了冷静下来后自然会重新考虑。不过啊，这属于女人之间的谈话，就算换你也说服不了她。"

"你好像一直在强调自己这个助理的必要性嘛！"

"那当然，在内能打字在外能打架的助理不多吧？"

"话说你的御骨术是跟谁学的？"

"这个……"说到这里，原本你来我往的对话出现停顿，蓝岚几秒后才接下去说，"是我爸在年轻的时候练过擒拿术，当时十来岁的我要他教，但他不肯，后来上高中以后我自己买了本教学的书自己看着练的。"

"这么厉害？买本书看看都能会？"

"那也要看是什么人在学了吧。"

"对了！之前在小公园救蒋小纯的时候，你对柳苏也用了这招吧？"

蓝岚用那种"这还用说"的眼神瞥了我一眼，然后换了个话题："话说现在时间不早了，晚饭你请就不用多说了吧？"

"啊？话题也太跳跃了吧？事情还没办成你有什么资格要求我请客啊？"

"其实也没什么特别的原因，只不过刚才开过的那条街上好多火锅店，让我忽然想吃火锅了。"

说到火锅其实我也很久没吃了，现在又快到晚饭时间，这个提议我基本赞成，除了结账方式。"去就去吧。不过，要是在买单前娜娜同意见邱石的话我就请客，要不然就 AA。"

这家川味火锅店位于这火锅一条街的中部，生意好像挺火爆的，我们在等候区坐了半小时才被领进店内。

"请问要哪种锅底？我可以叫厨房先做起来。"见蓝岚一时没选定，服务员凑近她问。

"辣的。"

"不辣的。"

我和蓝岚几乎同时回答。

我瞪了她一眼："怎么了？吃火锅一定要吃辣的吗？"

"当然奇怪了！这里可是川味火锅店哎，不吃辣的太奇怪了好不好？"

服务员笑着插嘴说："我们这里也有鸳鸯锅的，半个锅辣的半个锅不辣，这样两位就能吃各自喜欢的了。"

"好啊好啊！"

"好什么好?!"蓝岚忽然嘴角下拉，表情像吃了苍蝇般难看，"谁……谁要和你吃什么鸳鸯锅?!"

"不过是一个名字而已嘛，真是的……"

鸳鸯锅很快端了上来，像太极图般被隔成两半的汤锅里，一半是红油覆盖的辣汤，一半是漂着葱叶的清汤，样子倒是相当养眼。蓝岚果然很知趣地没点很贵的东西。坐在桌对面的两人开始互不干扰地在自己那一边的锅里开涮了。

吃了店里的特色菜撒尿牛丸。外层的牛肉口感相当筋道，咬在嘴里都能感受到弹性。里面的虾浆汤汁鲜浓润口，直接吃下也不觉得烫嘴。

"其实吧，我对于想和娜娜见面的委托人……"蓝岚夹了个滴着红油的笋片放进嘴里，"……有些好奇。"

我忍不住皱眉，夹了几片午餐肉放进清汤里涮着。"你说邱石吗？有什么好奇怪的……"

"他为什么这么执着地想见娜娜呢？"

"你没见过他吧？你是不知道他委托我找'美人鱼'时的神情，凭我的感觉……应该是爱上了吧……"

"呃……远远地见几次面就能爱上吗？"

"当然咯，一见钟情嘛！尤其是年轻的时候，感情冲动。这种事不是很多吗？你没有过一见钟情？"

"没有。"蓝岚挺了挺腰，用鄙夷的目光扫了我一眼，"……我才不信有什么一见钟情。"

"年轻人不要这么现实嘛……"

"但是……你不是已经告诉他娜娜是个病人了吗？他们根本不可能的啊！为什么还要见呢？"

我夹起一片煮得软趴趴的午餐肉放进嘴里，"嗯嗯，好吃。为什么没有可能？有病不是可以治嘛！"

"哪有那么简单？能不能支付得起高昂的医疗费不说，美人鱼综合征的手术成功率本身就极低。而且病人很多都有各种程度的器官缺失，比如膀胱、肠道，还有女性的子宫……

所以说就算治好了，娜娜还是……还是不完整的。"

"啊？连生殖系统也……"我算是明白了蓝岚的意思，原来问题这么严重。虽然不太清楚娜娜是不是也是如此，但从她略显幼稚的声音和发育不明显的胸部判断是很有可能的。

"怎么？你难道不知道吗？你后来没去查那病的细节？"

"我哪有时间去细查这种事……可能邱石也像我一样不知道这方面的细节吧，所以还这么坚持……喂！你怎么从我这边捞午餐肉吃啊！"

"嗯，午餐肉的话我觉得还是吃不辣的比较好。"蓝岚丝毫没有悔意地捞走了第二片。

"但是你筷子沾上辣油了，这样伸过来不是污染了我的清汤锅吗？"

"那为了公平起见，我也让你伸过来污染一下好了。"

"你……真是欺人太甚！"

蓝岚像没事人一样继续在自己锅里涮羊肉，看着筷子说："所以呢，我一点都不看好这次见面。那些细枝末节一摊开的话，就像网友见面，不会再有第二次了。"

"你是说'见光死'吗？但明知道会这样，还是有很多网友会去见面吧？因为心里已经有了羁绊，见了面就算没机会发展，也是一个断得彻底的契机不是吗？或许他们两个就是这么想的。"

蓝岚没对我的话表态，只是微皱着眉，表情严肃地涮另一片牛肉。

"怎么？你没有网恋过吗？"

她手上动作依旧没停，瞪了我一眼说："什么网恋……成熟点好不收？无聊！"

话音刚落，熟悉的电话铃声响起。那是我的手机响了。蓝岚丢下被浸得通红的肉，从口袋里掏出手机按在耳边接听。"嗯"了几声后，她不动声色地挂断了电话。

"是娜娜的电话吗？她怎么说的？"

蓝岚没有回答我，把手机放在桌上后顺手抄起桌上还没撤下的菜单。

"你还要点啊？这些不够吃吗？"

"我觉得……好像是有点不够呢。刚才服务员推荐的那些特色菜，有必要尝试一下，反正都是你买单嘛，因为，娜娜已经同意见面了。"

刚放进嘴里的一个鱼丸差点卡在我喉咙里，一下子不知道这算不算好消息了。

横生意外

1

约定去接娜娜的时间是半夜 12 点 30 分。她电话里告诉蓝岚，她哥哥 12 点时会去附近一个午夜地下赌场赌博，一般要到 1 点 30 分才回来。团里的人早上要练习所以休息很早，夜里 11 点就都睡了，我们去接她出来也不会受阻挠。生活区其实是有后门的，她会叫信得过的人帮我们留门。

吃完火锅是 9 点多，买了那张价格昂贵的单后，我打电话通知邱石，叫他要见面就马上过来。他几乎没做考虑就答应了，说很快会打车过来。果然一个半小时后这位委托人就跟我们会合了，一起坐我的车前往园区。

大概是由于个性内向不善与人交际吧，邱石只对蓝岚点了点头就窝进了后座，看着他右手边的窗外，一路上也没有主动和我们聊天的意愿，似乎心事重重。

"大概……在紧张吧？"蓝岚瞥了眼身后沉默的人，很小声地对我说。

"应该是吧……"

因为这个沉默的存在，我和蓝岚也变得拘谨起来，一路上也没怎么说话。

尽管我开得很慢，到园区门口的时候还是没到 12 点。我在园区斜对面一条僻静马路上停车等候。

夜色和高墙的黑影让车很好地隐藏在黑暗之中，从这里还可以看到园区敞开的大门口。时间在寂静之中过得格外缓慢。感觉过了好久以后，从园区大门口驶出一辆白色的皮卡，这应该就是乔亮开的那辆。车内没开灯，从车外也无法判断里面是不是他。

车子在下一个路口拐弯后，手机铃声响起。蓝岚从口袋里掏出我的手机接通，又很快挂断电话。她告诉我说是娜娜打来的，说哥哥走了，叫我们进去接人。

正当我发动汽车时，一直沉默不语的邱石忽然咳嗽了一声，用一贯低沉的嗓音说："等一下，庚先生。我们现在就要去……见娜娜了吗？"娜娜的名字我刚跟他说起过，尽管他们见过，第一次念出来还是有些生疏。

"是啊，这不是你一直期盼的吗？"

"可是我有点……不，是相当紧张。我能不能在这里等，你们把她接过来见面呢？"

我能够理解这种类似相亲的紧张感。我点头同意，任由他开门下车。入夜后半荒废的园区内连路灯都没打开，一路上只能靠车灯和月光照明找到展会入口，又绕了大厂房半圈后找到后门。我把车停在门口，去轻推那扇双开的铁门。我和蓝岚猫着腰，像做贼般溜进去。

过道里亮着灯，但不见一个人影。找到115号房间并不费事，轻轻推开半掩的房门后，看到坐在床上的娜娜正盯着门口，见进来的是我们才神色缓和下来。

"快，把她抱出来。"蓝岚像是下命令般在我背后推了一把。双腿合并的娜娜没法背，只能抱着出来。娜娜对于让人抱起需要做的准备似乎很熟练，掀起被子，露出白色长裙遮盖下的腿部，扭腰向我伸出双臂钩住我脖子。我很顺利地就把她抱了起来。她身高估计一米六出头，但只有八九十斤的样子，好轻。两条腿虽然融合在一起，但能感觉到还保有腿部的基本形状。

"快走啊！想什么呢？"蓝岚在我身后低声催促。

"哪……哪有……"我只是惊讶于娜娜的体重，被蓝岚这么一催倒有些尴尬了。我问神色依旧平静的娜娜："没忘记带什么东西吧？"

"没有，手机我放身上了。"她用眼光指向长裙口袋。

"那我们走吧。"

出去后蓝岚帮我们带上房门。快走到出口时，身边一个房间的门突然吱呀一声打开，一个长发披肩的白衣女子突然出现在门口。我当时就呆住了，我们被抓了现行！全身僵住，不知道怎么移动脚步了。后面的蓝岚撞到我身上，也傻了眼。

女子定定地看着呆立在一米外的我，好像下一秒就会发出"啊"的一声尖厉大叫，然后整个生活区的人都被惊醒把我们按倒在地。可是女子没有发出任何声音，在我们面前转身，朝幽深的通道深处走去。

"不用担心，那是杜阿姨，她的眼睛看不见。"娜娜轻声说着，脸上露出难得一见的笑容。

我这才大大地松了口气，抱着娜娜脚步不停地走出了后门。把娜娜放到后座后，我发动了汽车。"娜娜，你哥哥……他常出去赌博吗？"

"嗯，差不多每周要出去一次吧。反正输的多赢的少，我的工资就是这么每个月流走的。"娜娜虽然话里有气，但语气保持着平静。

"拿妹妹的血汗钱去赌博，真是过分！他身体好好的，怎么不自己出去工作赚钱！"副驾驶座上的蓝岚变得义愤填膺，气呼呼地说。

"他……不工作是因为他要照顾我。我不能走动，大小便的方式……也和常人不同，所以他需要时常陪在我身边。"

"就算这样……不去赌博，就做个一心照顾妹妹的好哥哥不行吗？真是的……"蓝岚还是轻声嘀咕了一句。

娜娜静默片刻，用她那特有的童稚声音轻声低语："其实他以前一直都是这样的好哥哥的，只是最近……有点变了。在我很小的时候，爸爸就因为不想要我这个残疾女儿跟我妈离婚了。哥哥是判给了爸爸的，但他还是常来帮我妈照顾我。我小时候做了好几次手术才把命保住的，我妈也因此花光了积蓄，日子过得很艰难。我一直想报答她，但在我14岁的时候，妈却先病死了。哥哥那时候已经工作，就接手照顾我。

一开始是雇阿姨照料我的生活，但是因为我的病和一般病人不同，比较麻烦，请来的人对我都不太有耐心。哥哥干脆辞掉出租车司机的工作，在家附近的小店打临工，一有空闲就偷跑出来打理我的事情。但这样赚的钱不多，做完一次手术后日子变得很艰难了。大概在一年后，团长找到了我家……"

"哦，原来是那个吸血鬼找上门来的……"蓝岚哼了一声插嘴道。

"团长他……其实不是你说的那种人。不知道他从哪里打听到我的情况，问我愿不愿意随团表演，每天只要在一个大水缸里坐着就行，收入比哥哥打临工更多，只是必须随团去各地。做这工作的话哥哥可以同行照看我，还能有更多的收入，我们两个商量后答应下来，一起来团里过起了各地漂泊的日子。前两年哥哥做得很好的，我在表演时他就守护在边上，阻止对我动手动脚的人。只是最近这一年……我的病情在加重，有时候没什么预兆就会晕过去，医生说必须做大手术才能挽救我，但我们的钱又不够。哥哥就开始投机取巧地去赌博，想靠这赚钱，但是这只是让钱的缺口越来越大……"

我和蓝岚都陷入了沉默，不知该说什么是好。过了会儿蓝岚才发声："那你是怎么看待这次会面的？"这倒也是我想知道的问题。

"我……我只是……想清楚地告诉那个人……我是怎样的人。"连自己的悲惨身世都能平静诉说的娜娜，话音里忽然泛起涟漪，"因为不能散步，所以游泳是更适合我的放松方式，表演太累的时候，哥哥常在半夜借了团长的车带我去当地的河道里游泳。最初见到他那天正好是我生日，哥哥因为沉迷赌博，把我放入河就开车走了，完全忘了这事。但是我却意外地收到了礼物，就是他放在岸边的那包零食。他好像没被我的样子吓到，后面几天还常来看我，给我送东西，但又尊重我，和我保持距离。白天哥哥说我想找个有钱人做手术，其实不是那样的。我只是很感激他，同时觉得他是个好人。我的朋友里面没有和我年纪接近的普通社会人，我也很少有机会去看外面的世界，所以我希望能和他做朋友，从他那里知道外面世界的样子。当然这只是我单方面的想法，可能他知道我是病人后会讨厌我。所以想和他见一面，说清楚自己的情况。如果他不愿意和我做朋友的话，那也是……没有关系的。"

"不用担心。"几乎是在娜娜说完的一瞬间，蓝岚接上话说，"我和你年纪一样，不管他愿不愿意，我都愿意做你的朋友。对了，你知道我名字吗？我叫蓝岚。"

好像听到娜娜吸气的声音。后视镜中的她伸手掩了一下嘴巴又放下，声音哽咽地说："那……那太好了！谢谢你，蓝岚。"从我的眼角余光看过去，蓝岚的眼里有光点在闪烁。

"傻瓜！朋友之间怎么随便说谢谢。"

蓝岚说完这一句，两个女孩子一同破涕为笑。

我没有打扰她们，专心看着车前方。年少时的友情，往往比在社会上混迹时获得的更弥足珍贵。这段路很短，已经开到了那条僻静马路。邱石从暗影里伸出头冲我们摇手。

2

"顺利接到了，她就在后座，你上来吧。"把车停好后，我对车外的邱石说。

宅男把伸到后车门上的手停住，歪着头语带歉意地对我说："这样要求有点不太好意思，能不能……让我们单独谈谈呢？"

我这才意识到这场合有第三者在纯属多余，忙连声说好跳下车。蓝岚也跟着从另一边下来。

"那么……你们在车上聊吧，我们去……去周边转一转。差不多的时候你打我电话就行。"说完我就示意蓝岚一起离开。蓝岚虽然动起来但还是恋恋不舍地回头，大概是舍不得新交的朋友。

"走啦走啦，想留下来当电灯泡啊？"

"但是……就这样把一个女孩子留下好像……"

"没事啦，邱石是个老实人，不会有什么无礼举动的。"

再三劝说下，蓝岚才打消疑虑跟我朝街道的尽头走去。

熟悉的电话铃声响起。蓝岚从口袋里掏出我的手机，看了眼屏幕说："哦，是娜娜的来电，看来他们谈得差不多了。"

电话接通还没拿到耳边，里面突然传来一声大喊："快说！在哪里?!"声音大到我都能听见。那显然不是娜娜在喊，但印象中的邱石也从没这么大声说过话。

蓝岚被吓得把手机拿远，当她再次把手机贴近耳朵想出声问询时我阻止了她："等一下！别说话，开免提！"

她在迷惑中照做。手机扬声器里传出声音，这应该就是邱石在说话，只是声音变得尖厉后有点陌生："快告诉我！那东西在哪里？你说还是不说?!"

随后传来娜娜口齿不清的声音："唔……嗯……我……我真的不知道……"

"怎么回事？他们在干什么？"蓝岚张大眼睛轻声问我。

已经没有时间解释，我朝来的路上狂奔而去。

这通显然不是正常来电，一定是娜娜有意或者无意地按下了拨号键自动拨打到了我的手机。邱石正在逼问娜娜！虽然不知道怎么回事，但听声音娜娜正处在危险之中！

这一段路跑过去只要两三分钟，远远就看到了我那辆车，我边跑边高喊："邱石！你在干什么？放开娜娜！"

喊话声在清冷的路上远远传开。很快，我看到前方车子上有一个人影跳下，但并没有马上逃离，而是打开前车门又跳了上去。

不好！我加快脚步冲上去，但还是晚了一步。车子被邱石发动起来，一下子蹿了出去。他绑架了娜娜想逃跑！

我大喊着"停车"，虽然只差了数十米的距离，但怎么追赶都无法再拉近，车在清冷无人的街道上越开越远了。

"喂！你留下娜娜——"脚步不听使唤地渐渐停下，我只能喘着粗气挪动步子，对着车子离去的方向不断呼喊。

"娜娜——"身后也有喊声响起，是蓝岚追上来了。但她也一样，两条腿是怎么也追不上四个轮子的。

我呆站在原地。事情为什么会成这样？邱石为什么要绑架娜娜？他追问的"那东西"是指什么？难道这才是他此行的目的吗？雇佣我找娜娜也是为了这个吗？他还对我隐瞒了什么？

　　在我被问题围困之时，前方传来嘶吼般的刹车声。一辆皮卡突然从纵向马路上冲出，急刹车停在路口。我那辆比亚迪刹车没刹住，一头撞上皮卡的车斗部位，两车相撞爆发出惊人的响声。我看得惊呆，身边的蓝岚见状又跑了起来。

　　白色皮卡应该就是乔亮开出去的那辆，不知什么原因他提早回来了，大概是听到了我们喊娜娜的名字，他用车把比亚迪拦下了。

　　长达数米的刹车印，这得磨掉多少轮胎橡胶啊！引擎盖也拱起来了，还冒着黑烟，虽然还没走近，远远看到就已经够心疼了。车门这时候打开，邱石跳了下来。他好像没什么大碍，走上前拉开皮卡的门把乔亮拽下来自己跳了上去。看样子我那辆已经不行了，他想换车逃跑。

　　乔亮可能是晕过去了，被拖下车也不见反抗。很快皮卡上响起发动机点火的声音，邱石顺利把车发动了。然后他又下车把娜娜从我车上拖下来，往皮卡车斗处拖去。

　　"站住！别跑！"这时候蓝岚已经冲到近前，人未到声先至。

　　车祸后的邱石头发有些散乱，额角还有血迹。见我们赶到，他放下娜娜，从裤子口袋里摸出一把弹簧刀抖开，明晃晃的刀尖对着我们，边喘气边对我们大叫："哈——你们别靠近！哈——哈——靠近的话，会是什么下场不用我说吧？"

"邱石！你到底想干什么？"见到擅长擒拿的蓝岚站住，我也乖乖收住脚步，大声质问这个突然发狂的委托人。

"少废话！都退下！"邱石挺了挺脖子大声发话，语气强悍了不少。

"你究竟……"话说到一半，我的舌头僵在了嘴里，因为我眼睁睁看到邱石的头发从脑袋上滑落了。当然不是他瞬间秃顶，他脑袋上还有一层头发，掉下来的显然是个假发头套。

邱石也注意到了这点，但他没弯腰去捡，而是用空着的一只手从口袋里掏出一个鸭舌帽压低帽檐戴在头上。因为他站的地方没有路灯，距离又有些远，我没来得及看清他的面貌，但再迟钝也意识到了问题所在："你……你难道不是邱石？"

话问出口我就察觉到了自己的错误。邱石一直都是这样一个发型，戴的大框眼镜也遮盖了脸上的部分五官，也就是说他从一开始就是隐藏了自己面貌的！

"你究竟是谁？"我再次发问。邱石没有回答这问题，但当视线停留在他的帽子上，再看到他手中的弹簧刀时，我想到了某个人。脑袋像瞬间遭到重击，嘴里只能发出"啊啊"的声音："难道……难道你就是那个'蝉蜕杀手'？"

"什……什么'蝉蜕杀手'？我不知道你在说什么……"

虽然邱石在否认，但慌乱的语气泄了他的底。

"你怎么会不知道我说什么？那次在事务所看电视时我不就跟你提起过吗？"

"少废话！"邱石从地上一把拉起昏迷中的娜娜，把刀架在她脖子上冲我们大吼，"退后！人质在我手里，再靠近我杀了她！"

形势进一步紧张起来，我一把拉住跃跃欲试的蓝岚，示意她一起退后。

邱石在我们眼前把娜娜丢进车斗，然后用弹簧刀指着我们，退入驾驶室内发动汽车。我对蓝岚使了个眼色，这是拦截他的最后机会了。但没等我们行动，原本躺在地上一动不动的乔亮竟然爬了起来。他比我们离车更近，一下子扑到了车门上扒住车窗。等我们赶到时车门上挂着人的车子已经开了出去。

虽然看不清乔亮的动作，但显然是腾出一只手在跟邱石抢方向盘，车子开得东倒西歪。这时突然听到乔亮连呼几声，放开双手摔在了路上。与此同时皮卡也失控，朝路边的电线杆上撞去。

这是今夜我听到的第二声巨响。车子把电线杆都撞歪了，最后顶在上面不动了。传来两下发动机打火的声音，但终究没点起来。邱石跳下车，独自一人朝黑暗的道路深处逃去。

"站住！"我和蓝岚已经追得离车相当近了，我大喊着往黑暗中追去。

"别追了！那人有刀！他把乔亮刺伤了！不要去追他！"身后的蓝岚大声喝止我。我回过头，见她跪在地上的乔亮身旁。

我原本已是强弩之末了，就算要追也追不上，便跑到蓝岚身旁询问乔亮的伤势。

"他伤得很重！你快去看看车上的娜娜怎么样了，还有马上叫救护车！"说话时蓝岚两只手始终都按住乔亮被扎伤的胸口，在帮他压迫止血。

我忙跳上皮卡，发现娜娜虽然闭着眼睛但身上并没什么外伤，呼吸也很均匀。知道情况后，蓝岚又冲我喊："快打电话叫救护车！乔亮的伤很重！要赶紧送医院！"

"好、好，我电话……我电话呢？不是在你那里吗？"正要爬下车，蓝岚又喊："笨蛋！娜娜身上有我手机！"

"哦，对、对……"我七手八脚地从娜娜裙子口袋里翻出电话，"是114对吧？还是……112？"

蓝岚眉头紧皱，看样子又要骂人。但我不是故意的，脑子里真的一片混乱。

"发生什么事了？！"后方突然传来有点熟悉的人声。从园区方向奔过来几个人，为首的正是昼梦展团的团长大人康流海。同行的还有他老婆小美、两个聋哑大汉、长发背心露出肌肉的油彩脸老七。

"乔亮被刺伤了，很严重！快叫救护车！"蓝岚改向康流海叫道。团长行动迅速，掏出手机在跑动中就完成了任务。

"快过来两个人帮我按住伤口！我来给他包扎止血！"蓝岚像指挥官般对着那帮男人下命令。为了救助同伴，团员们好像都没什么怨言。两个大汉趴在地上按伤口，蓝岚撕下乔亮衣服上的布条替他包扎起来。

躺在车斗里的娜娜忽然"啊"了一声，睁开了眼睛。

"娜娜！你怎么样？"团长一个箭步跳上来，看了眼娜娜后瞪着我喝问："是你们把她接出来的？到底想干什么？这车祸又是怎么回事？谁刺伤了乔亮？"

这么多问题我实在无暇回答，自己都满腹疑问呢。我搭上娜娜的肩膀问："娜娜，刚才邱石……不，刚才绑架你的那个人跟你说了什么？他到底怎么讲的？快告诉我！"

娜娜似乎还有些迷糊，按着脑袋摇了几下才回答："那个人……我也不知道怎么回事。我一上车他就问我把'那东西'藏哪儿了？我都不知道他在说什么，就说不知道。然后他开始很凶地逼问我，还用手掐我脖子，我因为害怕偷偷按下口袋里的手机向你们求救……那人到底是谁？还有……我什么时候在这车上的？这……这不是我哥开走的车吗？"

我也没时间解释这些细节，继续追问："你不认识那个人吗？他不是在岸边给你留下百奇的那人吗？"

"不是啊，发型就差别很大，戴的也不是这种眼镜，虽然离得远，脸部的轮廓还是看得出的，完全不像这个人。"

"那你看清这人的长相了吗？"

"没有。车里没开灯，他的脸被头发盖住了很大一部分，还戴着那么个眼镜……他到底是谁？你们要带我见的邱石在哪里？"

"这个……还是等等再说。"那人的身份其实我已经知道，额头开始冒汗，想不通为什么"蝉蜕杀手"会找上娜娜，"他没说'那东西'是什么吗？你真的不知道他在说什么？"

娜娜愣愣地看着我，用力摇着头，惶恐的眼神里看不出一丝作假。她的目光落到了车外，看到倒地的乔亮，大叫了一声："哥哥！我哥哥他怎么了？"

康流海喊了声，围在乔亮身边的油彩脸走了过来。康流海把娜娜抱起递给油彩脸。

"哎呀，好重。"油彩脸苦着脸叫了声。

"让开！"小美快步上来，伸臂轻松接过娜娜，把油彩脸一脚踢开，将娜娜抱到乔亮的身边。

"哥！哥哥！你怎么了？谁把你伤成这样的？"看到几乎满身是血的乔亮，娜娜痛哭出声，呜咽不止。

原本双目紧闭的乔亮在妹妹的哭声中竟然醒来，他缓缓睁开眼睛，看到娜娜后嘴角露出笑意，用气若游丝的声音说："娜娜……你没事就好。总算是……没白挨那几刀。我是不会……让他把你抢走的……"

"你伤得很重，最好不要说话等救护车到，要不然伤口会流血的。"蓝岚像医生般警告。但乔亮好像没听见，继续对妹妹说："娜娜，你说得没错……我只是在逃避现实。你的病……一天天加重，我……害怕有一天会……会永远失去你。但我却什么都做不到……对不起，我不是个称职的哥哥。"

"哥哥你别说了！求你别说了——"满眼是泪的娜娜号啕大哭起来，趴在地上手托着乔亮的脸哀求着。

"谢……谢谢你白天点醒了我，所以这次我提前回……回来了，刚好遇……遇上，阻止了那人。能保护你，我……我很高兴。"

"别说了哥哥！你是个好哥哥，一直都是！安静等救护车吧，我会陪你的。"

这次乔亮终于不再说了，含泪抬起手想摸娜娜的脸，但无力的手只抬到了一半。娜娜俯下身，把沾满泪水的脸埋在哥哥的手上。

我和康流海都跳下车，没等我过去，他一把将我拉住，用异常威严的语气问："看看你们都干了什么？把我的人伤成这样！车也撞得不像样子了！这是怎么回事？快告诉我！"

没办法，事情到了这个地步只能实话实说了。我把应邱石的要求把娜娜接出来见面，后来出事的情况简短说了一遍。康流海盯着我的目光里还是带着几丝怀疑，皱着眉问："如果真是这样，那个人原本是为了见面而来，怎么又成了跟娜娜要东西？"

"这也是我的疑问啊！不过我已经掌握了一点情报，是关于邱石的身份。不，不能再叫他邱石了，'邱石'原本就是假冒的！他还有另一重身份，就是连续犯下杀人罪行的那个'蝉蜕杀手'！"

现场在我说完话的片刻变得寂静无声，然后身旁的康流海最先惊叫出声："什么？就是……就是那个在宜凉市连续杀了三个人，还在死者身上留下蝉蜕的杀人狂？他找你委托调查？就不怕暴露吗？"

"不，他没有暴露。他那遮住大半张脸的头发、粗框眼镜，很好地掩盖了真容。相处时刻意和我保持距离，说话声音也一直压得很低，如果他现在改头换面出现在我面前的话，我可能完全认不出来他。"

"既然这样，那还不快报警？我的手机拿来！"蓝岚快步走过来向我伸手。

"我觉得……不用报警了吧。"正当蓝岚打算拨号时，团长大人发声了，"就算报了警我们也提供不出什么有效的线索吧？只会带来麻烦。"

"你开玩笑吗？"蓝岚高声叫起来，指了指地上的乔亮，"这可是杀人未遂啊！"她又开始拨号。

"不行！不能报警！"康流海一把夺过蓝岚的手机板着脸说。

蓝岚也被激怒了，挺直头颈对团长高声道："为什么？你给个理由！"两个人的身高原本差不多，现在变成了蓝岚居高临下在喝问。

"因为……"团长看了看在场的众人，面有难色地对蓝岚说，"你也知道，虽然我们团是合法经营的，但这类表演还是会遭到社会上一些人士的非议和抵制，我们演出的时候都尽量低调，不做太大的宣传。如果报案就和'蝉蜕杀手'扯上了关系，必然会引起媒体的关注，进入公众视线。这样就算警察不拿我们怎样，演出也会因为媒体介入受到影响。更糟糕的情况是大批人员前来抵制，那就无法营业了。到时候要走的话警察不让，要留也无法演出，会消耗大量经费，时间久了可能员工工资都发不出，对于团里的每个人都是相当不利的啊。"

康流海的话说完，团员们都低下头来，似乎都在考虑自身的利益问题。在这无声时刻突然响起"啪"一声脆响，我扭头看到的是气愤的蓝岚扬起的手，以及团长惊愕的面容上发红的那一块。

"说什么对团里的每个人都不利，其实你考虑的只是自己的利益吧？"蓝岚紧接着连珠炮般咄咄逼人，"如果演出被禁止，进你腰包里的钱就少了！这才是你关心的！竟然靠残疾人展现身体的缺陷来吸引观众赚取收入，简直就是吸血鬼！"

"你！"康流海大喝的同时也抬起了胳膊。我想阻止也已经来不及，但他落下的手掌在几乎要碰到蓝岚的脸时停住，最终食指点着眼前的女孩子大声说："你凭什么这样说我？演出赚来的收入有多少用于经营，有多少进了我的腰包你知道吗？不清楚的话我可以叫我老婆把收支的本子给你看！残疾人表演赚钱怎么了？你以为他们在家靠那么一点救助金就能过上多好的生活吗？你以为会有很多公司厂家不介意他们的缺陷雇佣他们吗？我团里大多数都是残疾人，每一个人都是自愿和我签下劳动合同的。为了让来的观众不失望，他们演出外的时间都在艰苦训练！你说他们是在利用自身缺陷吸引人们的眼球，为什么不说他们是在尽自己的努力生活呢？这也是劳动，难道不应该得到尊重吗?!"

这番爆发般的怒吼把我镇住了，不说的话我也以为康流海是个自私自利的黑心商人，没想到他对这个团抱有的是这样态度。蓝岚显然也呆住了，一副不知如何是好的样子。

"是啊，团长不是坏人，他对我们都很好，吃饭都和我们一起的。"油彩脸诚惶诚恐地走过来，把康流海拉开，"团长，你消消气，别和这小丫头一般见识。"

我也拍了拍蓝岚的后背，让她挪动僵硬的身体。场面变得有些尴尬，受伤的乔亮发出的哼唧声也没把这氛围冲淡。街道尽头开始有红色蓝色的光在闪烁，警笛的呜咽声由远而近。打电话到现在十分钟不到，救护车就来了。

"喂，你经营的是一家叫什么的调查所吧?"康流海忽然回头问我。

"啊，对。"

"那你考虑一下我的建议吧，不报警行不行?"

"这个……"其实我也不想报警，因为是我把杀手招来引发事端的，不知道会不会因此承担什么法律责任。上次去派出所作证就觉得够麻烦了，要是把警察引上门来对事务所的名声可是大大的不利。反正我也没什么有助于破案的信息提供给警方，那不报案也无所谓吧。

我看了眼蓝岚，见她并没露出那种"坚决不行"的眼神，便咳嗽了一声说："嗯……对我来说不报警也没问题。不过我撞坏的车还是要通过正当渠道维修的啊……"

"你的车先放这里，我叫人把它推进园区去，明天再报修吧。和今晚上的事错开就行。那就这样说定了吧? 大家看好吗?"一团之长这么问，手底下的人当然没问题。我也点了点头表示同意，剩下的蓝岚依旧一声不吭。

此时救护车已开到近前，红蓝的灯光在这片空间里不停闪烁，看得人有些眼晕。

"对了，但是我要怎么回去?"忽然想起还得回家，另外要送蓝岚回学校，没车是不行的。

"我借你辆车吧，就停在园区内。明天还给我。"团长朝我丢过来一把车钥匙，又用沉稳的话音说，"放心回去吧，这里交给我了。"

我点头表示感谢，想拉蓝岚离开。蓝岚打开我的手，跑到娜娜的身边安慰了几句，这才朝我的方向走来。她的脸色疲惫中带着忧虑。

3

康流海借给我的是一辆同样半新不旧的蓝色卡罗拉，可能大修过多次，车的内饰都是七拼八凑的。回去的路上蓝岚许久没有说话，上了高速后才幽幽地问我，是不是相信团长的那些话？

"嗯……看他说得理直气壮的，应该是真的吧……"

"那我是不是错怪他了？"

看她心情不好，如果直说的话怕她进一步受打击，我嗯啊几声没做正面回答。

"就算这样我也不会道歉的。没有人愿意拿自己的缺陷来取悦别人的对吧？"

"是、是吧……这件事就别再提啦，现在已经 1 点多了，到你们学校大概要 2 点了，你不如睡会儿，别影响明天学习。"我很少语重心长地劝慰别人，这就算是对下属的一点体贴吧。

"明天下午还有个测验呢……"说完蓝岚不再吭声。

把蓝岚在校门口放下后，我准备开车回家。今天真是劳累，扮了女人又大战一场（虽然主力不是我），接人会面却冒出来个杀手（还有人险些丧命），娜娜没出事已算是不幸中的万幸，但她也够倒霉的，原先认识的人却被假冒……嗯？不对！我忽然察觉到其中的问题：那个守望娜娜的青年是真实存在的，但来委托我调查的人却是假冒的，这样的话……那个本尊在哪里？

　　假邱石来委托的时候留过地址，我还送过他回家，那地址离贡河不远，杀手不可能明目张胆地把自家地址留给我吧？这么说的话……那里就是本尊的地址？

　　车子很快驶上了同安路，路旁的贡河静静地流淌着，再也不会出现什么人鱼了。邱石在委托书上填的地址是 29 号602 室，我费了好大力气才摸到这个地址。幸运的是这个小区的物业管理很差，楼道的大门竟然敞开着不锁，我搭电梯顺利来到 602 室门前。

　　我试着敲了两下门，颤声问："里……里面有人吗？"

　　果然，没有任何回应。来也来了，问也问了，心里好怕，我想我是不是该走了。刚要转身，忽然听到门内似乎传来"唔唔"的声音。这么微弱的声音也多亏夜深人静才能听到。我的神经瞬间紧绷，等声音弱下后再次敲门。声音再次响起，而且显得更加急迫。

　　我把心一横，在门锁位置狠狠踹了一脚。这一脚在寂静的夜里听上去格外响亮，大门发出震动，但并没有被踢开。看来电影里演的一脚端开房门啥的都是假的。我又贯足全力连端三脚，木门终于在轰的一声中朝内弹开。进入黑洞洞的屋后我又把门虚掩上。

我摸到门口墙上的开关把大厅的灯打开。这里一看就是个租来的房子，装修简单设施简陋，大小跟我那里差不多，五六十平米的样子。我先把卧室、厨房、卫生间的灯都打开，确认没有其他人在才松了口气。我循声进入小卧室，终于找到了声音的源头——房间角落里一个正在微微晃动的木制衣柜。

柜门似乎上了锁，我大叫"里面的人退后"，再次一脚踹了上去。薄薄的柜门被我一脚踹烂，扒掉木门碎片，从里面拉出一个被绑成粽子脸上贴着胶布的青年。我撕掉他嘴上的胶布，摇了摇对方肩膀问："告诉我你是谁？这里发生了什么？"

青年穿着皱巴巴的棉布衬衫和裤子，他的眼睛大概还不能适应光线，只能眯着，用近乎嘶哑的声音回答我："我……我叫邱石……"

面对这第二个自称"邱石"的人，给他解除束缚后的第一件事就是要他出示身份证。但他说身份证被关他的人拿走了，最后翻出了社保卡给我看。通过比对照片，终于确认他是本尊。跟那个冒牌货相比，他们的身高差不多，都在一米七五左右，只是这一位较瘦弱。本尊的头发一个多礼拜没打理过，看上去油光光的，眼睛也有点小，还好戴上近视眼镜后遮掩了这个缺点。因为一个礼拜没刮胡子，他下巴上长了一圈络腮胡楂。社保卡上显示的年龄是 26 岁，冒牌货应该也是以此为依据报的年龄吧，很后悔当时没看他的身份证。

半小时以后，正牌邱石把这些天他的经历对我讲述完毕。

事情很容易就能理清。邱石目击美人鱼都是真事，在被人推入河的隔天夜里，邱石再次来到贡河边找人鱼，徒劳无功打算回家时头上遭到重击后晕厥。下手的自然就是"蝉蜕杀手"。他把邱石拖到僻静无人处弄醒，像对娜娜一样逼问他有没有看到"那东西"。邱石同样不明所以，杀手又问他半夜来河边的目的，结果供出了"美人鱼"。杀手以为被耍还打了他一顿，但最终相信了他的话，追问邱石地址后把他押回家，仔细盘问目睹"美人鱼"的细节后冒充他委托我调查真相。

"蝉蜕杀手"为了打探"那东西"的下落在这里住了一周，可见"那东西"对他有多重要了。我不禁对邱石好奇地发问："他说的'那东西'究竟是什么？他是怎么问你的？"

一个礼拜没有沾床的邱石获救后忙着活动手脚，活动完了脱下鞋坐在椅子上休息。因为一个礼拜都穿着同一双鞋，这脱下来后的味道可想而知，我差点被熏得倒在床上，但他本人却好像没什么感觉，还把脚架起来捏来捏去。对于我的问题，他摇着头回答："没有明说是什么，但是倒跟我比画过，是这样子的……"说着他弯曲右手的拇指和食指给我比了个"C"字。

"这……这是什么？每日 C？多……多 C 多漂亮？"我凑近他的手细看，但是一股脚臭味扑鼻而来，忙后仰身体。但怕我看不清的邱石反倒把手推到我鼻子跟前。

"好的好的，我知道了。"我忙把他的手推开，心领他的好意，"那你能说说他的样子吗？"

"样子啊……"邱石抬手摸起自己下巴，旁观的我不由得皱起眉头，"从见到他的第一面起，他就是戴着大口罩和鸭舌帽的，还戴着手套，平时把我关在柜子里以后他可能会脱下透气吧，但我从来没见过。每次出门前必然会把我关起来，我一直不知道他长什么样。"

原来杀手始终都没露出过真容，怪不得他离开时没有杀死邱石。但他在这里住了一个礼拜，至少会留下点痕迹吧。我再次询问："那他平时都在这里干吗？穿过的衣服用过的东西呢？"

"多数时候我都被关着，不知道他在干什么，只是在吃饭上厕所时有机会看到他。我见过他用一台笔记本电脑，但那不是我的，应该是他带来的。"邱石说着开始翻箱倒柜，但最后对我摇着头说："什么都没留下，他把穿过的我的衣服、裤子、拖鞋都带走了，甚至床单也卷走了……"

看来这杀手相当小心，获得线索的希望变得越来越小了。我离开床边去翻房间里的垃圾桶，发现也都是空的，他连垃圾都带走了。屋子里的不属于他的摆设都整理过，地上打扫得干干净净一尘不染。

"这人究竟是谁啊？他到底想干什么？"

正站在房子中央发呆，邱石反过来问我话了。外面发生了这么重大的事，只有他一个人还蒙在鼓里实在是很不公平。我便将这一周来和"美人鱼"事件相关的都告诉了他。

得知杀手这段时间都在冒充自己，邱石惊讶不已，知道

"美人鱼"的真相其实是患病的娜娜，他的表情显出了忧虑。当说到几小时前杀手冒充他把娜娜的哥哥刺伤时，他惊叫出声，问我对方的伤情。

"现在人已经送医院了，应该还在抢救吧。"回答完问题，我问他："那你接下来打算怎么办？"

邱石稍做犹豫，很快用热切的眼神望着我说："那……那个'美人鱼'……是叫娜娜吧？她……她在哪里？我想见一见她。"

没想到不论正牌还是冒牌，对于和"人鱼公主"见面一事上都一样执着。

因为刚发生了那样的事情，再次面对这样的请求我多少有些犹豫。邱石眼神真挚地看着我说："庚先生，我不知道你这个事务所的存在，如果知道的话，我也会像那个人一样委托你去调查'美人鱼'的真相。你能找到娜娜我真的很高心。'蝉蜕杀手'应该不会再跟你履行合约了吧？那这样吧，他没付清的酬金由我接手，就算是我委托你找娜娜的好了。我只有一个要求，就是见一见娜娜本人。"

"好啊！没问题，全包在我身上！"一听到有报酬可拿，我的疑虑顿时一扫而空，立马答应下来。

"太好了！"邱石脸上笑容绽开，"那时间地点呢？"

"呃，明天我就要去齐安市一趟把车送修，可以顺路带你过去。对了，这是我的名片，请收下。"

把名片递出去的时候，我隐隐觉得有什么地方不妥。可惜等我意识到的时候已经太晚，邱石以迅雷不及掩耳之势紧紧握住我递出名片的双手。他两手上的脚气味道正在向我的鼻尖升腾。

4

和邱石约定上午 10 点等在他家门口，但没想到一大早 7 点他就来到了我事务所的楼下，打我手机报到。

大概是打理过一番才出的门，比起昨晚，邱石的头发蓬松了许多，胡子也刮干净了，戴着眼镜的他甚至隐隐散发出一股书卷气。但可惜一身格子衬衫工装裤的打扮散发出浓浓"宅气"，把一切都摧毁了。

他见到我时脸上洋溢着笑意，挠着头说昨天晚上没睡好，就早起了，希望没影响到我休息。我心里暗骂，但嘴上说着"哪里哪里"，替他打开了副驾驶座的门。

邱石说，在最后一家公司工作的时候，他喜欢过一个在里面做美术设计的女孩子，当时正在开发的一款网游里有个美人鱼的 NPC 角色是她设计的，他一直觉得和她本人很像。工作时因为自卑没有表白过，辞职后就和女孩失去了联系，在家没事做的时候，他注册了这款成功上线的网游，每次登录游戏，都会坐船去一个海岛上看那个人鱼 NPC。到现在他沉迷于游戏快有一年，那次半夜购物回家时看到了河道中的娜娜，觉得就像是游戏中的人物在生活中降临，因此深深着迷。

我忍不住提醒他，娜娜在现实生活中是病人，忍受着常人难以理解的痛苦，跟他幻想中的人鱼完全是两码事。

"我知道，我昨晚就上网查了这个病，知道了是什么情况。"邱石重重地点头，眼望着前方说，"我只是想知道，是什么支撑着她面对现在的生活的。"

车到园区附近的时候接近9点，手机接到一个电话，是陌生号码。接起来一听竟然是康流海打来的。团长的语气似乎相当焦急。

"有事吗？我现在快到你们团驻扎的园区了。"我对着手机说。

"别去那里了！快来尚禾医院！就是沿着你在的那条路一直往西开，过三个路口再拐弯就到！榆树街126号！"

"啊？干吗去医院？出什么事了？"

听到康流海抛过来的答案，我差点连手机都捏不住。

"怎么了？出事了？"身旁未听到电话内容的邱石也紧张地发问。

"是……娜娜的哥哥死了，还有，娜娜失踪了。"

把车在医院停车场停好后我们直奔住院部大楼而去。康流海提着手机已在那里等候多时，看到我和邱石过来，他也没问后面人的情况，直接逮住我怒气冲冲地说："乔亮天没亮的时候死了！娜娜这孩子现在变成孤身一个了！要不是你把她偷接出来事情不会变成这样！你一定要帮我找到她！"

"当……当然要找到她！但是……这究竟怎么回事？乔亮怎么死的？娜娜不能走路怎么会失踪的？会不会……被那个'蝉蜕杀手'劫走了？"我擦着额头上不断出来的汗，至今还没搞清楚状况。

康流海叹了口气，把昨晚上我们走后发生的事跟我简短讲了一遍。我和蓝岚走了以后他们五人就把乔亮送上了救护车，手术没有做很久，医生摇着头出来宣告，由于腹腔内脏器破裂伴有大出血，他们没能把乔亮抢救回来。知道哥哥的死讯后，娜娜变得呆滞，但是没有哭，只说要静一静，便由小美陪她。后来小美去了趟厕所，回来时娜娜竟然不在了，于是他们便在医院四处寻找，并打了我电话。

听完我的心稍稍放宽了，这样的话未必就是杀手来把人劫走的，可能是娜娜自己利用轮椅躲到了哪里。正想着该去哪里找时，老七晃动着一头方便面长发从住院部大厅冲出来，大喊着："团长！找到了，找到娜娜了！她在楼顶！"

我一马当先冲向大厅的电梯口。

乘电梯直达顶层的十二楼天台，一走出电梯，高空的风就扑面而来。只见天台上空旷无物，最前方的楼顶边缘两个人僵持着，离我较近的一个是小美，前端坐着轮椅背对我的是娜娜。

"过来吧娜娜！别想不开，事情过段时间总会慢慢好起来的！"小美冲前方十几米外的娜娜伸手，并试图悄悄靠近。

"不要过来！哥哥死了，我最后的亲人也没了，活着也只是给别人添麻烦。小美姐你别管我，让我解脱吧！"娜娜回过头大喊，脸上满是泪水的痕迹。此时轮椅距离楼顶边缘不到一米，小美空有摔跤绝技也派不上用场。

我没时间多想，也走上去开始劝说："娜娜，我知道你活得很辛苦，但这不是不珍惜生命的理由。"

娜娜回头看我，脸上掠过一抹冷笑："呵呵，珍惜生命吗？珍惜每天都在加重的疼痛吗？珍惜连大小便都不能自理的羞耻吗？我这样的生命，有什么值得珍惜的！你知道在宜凉时我为什么要哥哥带我去河里吗？不是因为我想游泳，每天在水里泡着，谁会想去游泳？我是想淹死自己！这样的生命，我早就受够了！"

"但最后你不是放弃了吗？要不然也不会在第二天遇见邱石了，更不会在这里了。既然这样，现在也……"

"那次是我太天真了！因为下不了决心而去了第二次，又因为一点小惊喜对生活又产生了幻想，以为真的会变得美好起来。但是没有！现在我知道了，生活不会变得更好，只会变得更糟！所以，现在就结束最好！"

说完娜娜双手转动轮子把轮椅朝楼顶外滑去。小美捂着嘴惊叫出声。要冲上去已经来不及，我只能大叫："等一下，问你最后一个问题！"

轮椅在贴近天台边缘处停了下来，前端的踏脚部分悬于半空。娜娜惨然回头，像听临别留言般看我："说吧。"

"我想问你，仅有一次的人生就这么完结了，没觉得不甘心吗？生下来身体就不健全，没有跑过笑过，没有喜欢过爱过，没有体验过人生的幸福与快乐，就这么死了，你甘心吗？"

听了我的话，娜娜无力地垂下头去，泪水瞬间落下打湿了长裙。她的手紧紧捏住两个轮子，说："不甘心……我好不甘心！真希望生下来就拥有健全的身体，像个普通人那样幸福地过一生……但是，只能这样了啊……这就是我的人生了……"

"呵，拥有健全的身体又怎样？健全人的人生就会万事如意吗？太天真了吧？老天从来不长眼，所以没让每个人都在相同的起点上。就算是健全人里也有丑的、矮的、胖的，对自己的身体不满意的人多的是吧？就算是老天眷顾你，给你一个完美的身体，也一样会经历人生中的痛苦。失恋、失业、遭遇病痛、亲人亡故，这是绝大多数人都会经历的事，这就是人生！承受痛苦的同时别忘了向往幸福！既然已经来到这个世界上，拥有了唯一一次的人生，为什么要轻易放弃？！"

"不要拿那些微不足道的缺陷和我相提并论！我不怕面对人生中的痛苦！"娜娜以同样的高音量来反驳我，但说完这几句后声音又软了下去，"但是……就算这样，我这样的身体也支撑不了多久，没有可能撑到获得幸福的那一天的。"

"既然这样为什么你还在这里？既然剩下的时间不多了为什么还要自寻短见？"我走上前一步，朝娜娜伸出手，"过来吧娜娜，虽然我无法保证你的病能治好，但我知道，活着就有机会。"

娜娜的眼泪再次滚滚而落。她抬头看了我许久，但似乎还未决定要回头。

"娜娜，过来吧。"背后传来男子的声音，是邱石正在缓步走来，在他身后的电梯口还站着康流海跟老七，"我是邱石，是那个在河边给你留下百奇的人。"

"是你?"他的出现让娜娜的脸上显出惊讶,微张着嘴说不出话。

邱石的脸色不知何时变得这么难看,边走边用快哭出来的语调说:"我原来……只把你看作是虚幻的人鱼,从没想过真实的你过着这么艰难的生活……和你比起来,我简直……我简直……"说着他竟然抽了自己一个嘴巴,然后抬头,挂着泪水的脸望向娜娜:"既然你这么多年都坚强挺过来了,那就再坚强一次面对生活吧!我也会学着像你一样面对自己的困境,当然,对你来说那种程度的事完全不值一提。虽然没有了亲人,但你看这天台上,站的都是关心你的人,你面对的困难,大家一定会帮你想办法的!"

娜娜用泪眼把天台上的五个人挨个望过去,像在确认我们的心意。大家不约而同地点头,老七更是把长发都快甩得飞起来。娜娜的脸上终于露出笑容,点了一下头,转动轮子让轮椅后退。

"我来我来!"小美快步冲上去帮忙,把轮椅拉离了楼顶边缘。大家走上来把娜娜围住,都是长出了一口气后的欣慰表情。

"谢谢,谢谢大家!"说话间娜娜的泪水再次滴落,话语因为哽咽数次中断,"我……我不应该……这么……这么任性,让大家替我……"

话还没说完,她的头突然一偏,身体像失去支撑的玩偶,软倒在轮椅上不动了。

"娜娜——"邱石的呼声最先在楼顶响起。

新的委托

1

今天周五，我 12 点才到的事务所。走上那道夹缝中的楼梯时，发现上头蹲了个人。

"你怎么来了？"我问邱石的同时掏出钥匙开事务所的门。

"很多原因。"邱石点了好几下头，表情变得严肃起来。

"不会是娜娜出事了吧？"我边从挎包里拿出东西边问。

"不不，娜娜挺好的，昨天经过抢救后病情稳定了，现在躺在医院里，团长派了好几个人去看护她。"

昨天在楼顶劝下娜娜后，她突然昏厥，医生说她小时候移植的一点点肾脏功能已经利用到极限，需要做肾移植才能维持生命。现在只能暂时通过腹膜透析维持生命，人也处于意识模糊的状态。

想起来真是讽刺，我们刚在楼顶上给了她生的希望，老天爷就又把她推向死亡边缘。在不可知的命运面前，人类的意志是多么的渺小无力啊。不过邱石好像并没受很大打击，他说自己这几天都会守护在娜娜身边。医生说娜娜还有救，手术成功的话应该能像正常人一样站起来，但需要做好几套大手术，全部费用近百万元。邱石打算以娜娜的名义设立一个募捐项目，到网上去筹集款项。

那么多钱怎么可能筹得到啊？这是我想说的心里话，但是年轻人的热情我还是不忍心浇熄，只是拍了拍他的肩膀表示鼓励。

"那你……来这里是什么事呢？"我靠在老板椅上再次问道。

"首先，是来交付寻找娜娜需要给的酬金的。"

这话听得我心花怒放。这一个多礼拜下来我到手的只有两笔预付款总共一千块，但是多了蓝岚一张嘴，每个月要多付出两千五百块，简直就是入不敷出啊，这笔收入对我太重要了。

"那……庾先生，我应该付给你多少呢？"宅男把背上黑色的双肩包搬到膝盖上，从里面拿出一个迷彩布钱包打算付钱。这套装备跟冒牌货的也很像。

"这……"我一下子难以决定起来，但是想到我那件四位数的西服，还是狠一狠心伸出一根手指说，"要么你就……给一千？"

"好的，没问题。"邱石二话没说从钱包里抽出一叠百元纸币，数了十张给我。

没想到他这么爽快就答应了！而且钱包里还余下不少的

样子……我后悔了。

"嗯，一件事情完成了，然后是第二件事。庚先生，我想委托你查案。"

"啊？又要查？这次是查什么呢？"

"要查的就是……那个'蝉蜕杀手'的真实身份。"

果不其然，就知道是这么回事。我开始在心中暗暗叹气。但邱石完全没注意我的脸色变化，继续说："是这样的。昨天你走了以后，我还留在医院里。傍晚出去吃饭的时候，在医院的大门口看到一个戴着口罩鸭舌帽的人，很像关我的那个'蝉蜕杀手'，那人看到我后就混入人群不见了。我怕他是来对娜娜不利的，赶忙回去和团长说了。因为团长不打算报警，要解决这事就只能靠你了。所以这次是我和团长共同委托你的，请一定要查出那个'蝉蜕杀手'的真面目！让警方逮住他！这样娜娜才能过上安稳的生活，同时娜娜哥哥的仇也有个了结。"

说完他恳切地看着我的眼睛，等待我接受委托。我把目光移开，咳嗽了两声说："咳咳，事实上……我这里是'异象调查事务所'，调查目标一般是不可思议的现象，这类查案找凶手的事，好像超出了业务范围啊……"

"哎？是这样吗？"宅男大吃一惊，忙掏出口袋里我的名片看了看，"哦"了一声后又说，"但是……都差不多吧？请接受这个委托吧，酬金的话不会少给的。事实上团长也说过这委托难度比较大，他说我们可以多付给你一般委托一倍的酬劳。"

多一倍的酬劳？那起步价就是一千了啊，说实话我真有点心动。但比起这项委托的高危险度……要知道我要追查的是犯下三起案件杀死四人的连环杀人犯啊，搞不好就把自己的命搭进去了，再多的钱也是得不偿失。我还是挤出无奈的笑容，摇头说："可惜不行啊，这类刑事案件只能由警方查办，别说我这种'异象调查'了，就算是私人侦探社也是不可以插手的。恕难从命啊。"

邱石像是没料到我会拒绝，看了我许久，最终目光垂落，无声地叹了口气："那……只能等警察破了案娜娜的安全才有保证了。"

"目前……只能是这样了吧。"我站起身来，暗示他可以走人了。

垂着头的邱石连走路都显得有气无力，我走在前面把他引到门前。正要打开门跟他说拜拜，手还没碰到，门就突然打开了，而且还是很大力的那种。门板一下子撞到了我的额头上，痛得我抱着脑袋蹲在了地上。

"看我多敬业，今天下午学校没课就来上班了。哎？发生什么事了？"蓝岚说着话从打开一半的门缝里挤进来。看到我蹲在地上，她应该已经明白是自己干的好事，但却还是没事人一样耸了耸肩说："怪不得好像门被挡了一下，呵呵。"这么一声"呵呵"以后就完了，竟然连声道歉都没有。

"我说你啊！就不能先敲门再进来吗?!"我抱着头站起来，忍着痛开始训斥她。这样的下属如果不管教的话最后倒霉的只能是我。

"我又不是来委托的，敲什么门啊！"

"呃……不好意思，这位是……"我身后的邱石大概没搞清状况，指了指蓝岚问。

我恼火地回头："你记性怎么这么差？不是前天晚上刚见过吗？"

"前天？"

"这是谁啊？我们见过吗？"蓝岚也指向邱石问我。我这才想起来前天介绍认识的是那个冒牌货，只能再次跟他们说明彼此的身份。

"哦——原来本尊长这样……"蓝岚听完发出一声长音，退后半步上下打量起邱石。

邱石被看得有些不好意思，搔着头说："你好，助理小姐。"

这一声问候才让蓝岚意识到自己的身份，站直了身体说："那既然是委托人，我去里间给您倒杯茶吧！"

"不用不用，他就要走了。"我忙制止她多余的举动，朝门口抬了抬手示意邱石闪人。

"啊？这就走了吗？委托的事情已经谈完了？"

"他不是来委托的，他是来说娜娜的情况的。"

"对了，娜娜的情况怎样了？她哥哥没事吧？昨天我要应付考试，都没过问这事呢！"

蓝岚说着在门口属于她的职员椅上坐下，拉邱石过来说话。

看来他们一时半会儿是说不完了，我只能摇了摇头由他们去，自己走进办公室关了里间的门。

大约半小时后，办公室的门夹带着一股劲风被人重重推开，蓝岚双手叉腰出现在门口。如果她手里再多块"东亚病夫"的牌匾，这架势简直就是陈真踢馆。

"为什么不接这委托？"说话间她快步冲上来，接触到我的办公桌才停下把两手猛按在桌面上，圆睁双目俯视坐在位子上缩成一团的我。虽然一瞥就移开了视线，但我还是看到她眼里隐隐含着泪水。

"什……什么为什么？原因不是已经都……都说过了吗？这又不属于异象调查。"

"哦是吗？那如果是的话你就会接咯？"说完她扭头朝在门口探头探脑的邱石招了招手。邱石低着头过来，先朝我深深鞠了个躬，然后保持弯腰的姿势头也不抬地说："庾先生，近期市内发生了连续杀人案，凶手杀人后在死者身上留下了意义不明的蝉蜕，对此异象我百思不得其解，所以想委托你调查。拜托了！"

"这……这……你！"我一时说不出话来，最后伸手指向蓝岚。这如出一辙的变相委托方式太熟悉了，除了蓝岚以外还有谁能想得出来？

"怎么样？"蓝岚脸上挂着冷笑问我。

"我……我需要考虑考虑……"

"不用考虑了。有三大原因，你必须接下这项委托，这只是其中之一。"

"三大原因？哪三大原因？"

"第二个原因是——前天晚上是你没弄清冒牌邱石的真实身份就让他见娜娜，这直接导致了乔亮的遇害跟娜娜的病情加重，你必须对此负责并揪出凶手！"

"说什么我导致娜娜的病情加重……那明明就是……"

"不许狡辩！你觉得娜娜好好待着会晕倒吗？乔亮会死吗？这可是一条人命啊！负起你最起码的责任来！"

"我……"

"然后第三个原因，就是——你今天还没看过电视吧？"她没有继续说下去，抓起桌上的遥控器打开电视。屏幕下端的新闻标题上，赫然显示着这行大字：蝉蜕杀手再次行凶，一男子遇刺身亡。

"这……他……他又犯案了吗？"再一次在屏幕上看到"蝉蜕杀手"这几个字，完全没有上次时的隐隐兴奋感，更多的是震惊与愧疚。如果前天夜里我能抓住他的话，就不会有这一条生命被抹杀了。

蓝岚点头接着说："是的。昨晚作的案，已经是第四名受害者了。现在各大电视台都在播相关的新闻。如果不抓住他，可能还会有第五个第六个人被杀，作为除了警方外对杀手知情最多的人，你袖手旁观真的合适吗？"

冷冷的目光凝视着我，虽然语气不激烈，但她的话包含着沉重的压力，就算缩到角落依然感觉千钧在肩。已经无处可逃了。

"好吧，我知道了。"我从椅子上站起身来，看向蓝岚和邱石，"我接这个委托，查出'蝉蜕杀手'的真面目，为了替死去的乔亮讨还一个公道，也为了不再有无辜的受害者出现。"

听到我的决定，两人的脸上都展露笑容。蓝岚笑的同时还用衣袖擦了把眼泪，真是感情外露的女孩子啊。

"那么……祝你们顺利，我先走了，娜娜那边人不能少。"邱石呵呵笑着冲我摇手。

"等等，先把委托书签了吧，预付款可是一千块哦！"自从有了蓝岚上次的教训，我对预付款的事格外上心。

邱石走后，蓝岚一副摩拳擦掌的样子凑上来问："那么，就要开始了吗？追查那个'蝉蜕杀手'！接下来我们怎么办？"

我把签好的委托书塞进抽屉，摊了摊手，说了心里话："接下来怎么办？我也毫无头绪……"

蓝岚手托下巴做沉思状，倒是很快有了主意："既然新发生了命案，不如先从这件案子查起。"

"去凶案现场吗？现在那里记者成堆了吧？能不能挤进去还是个问题呢，还能指望获得什么线索？"

"最先到达现场的警方应该有不少线索吧？"

"那当然，人家有现场调查的警员、验尸官、生化检验员……那么一堆人哪是我们可比的……哎？你去哪儿？"转头发现身边没人，在我说话时蓝岚竟然转身离开了。

"我去个地方收集点线索。你就在家乖乖等着吧！"声音隔了一层墙面传来，随后便是关门声。

这算什么助理啊？连外出单都不填就这么说走就走了？

目前能做的只能是在回忆里搜罗"蝉蜕杀手"的线索。说起来我是唯一一个在近距离和不戴帽子口罩的"蝉蜕杀手"有过接触的人了，虽然看到的也是经过伪装的样貌。

首先可以确定的是"蝉蜕杀手"是一名男性。其次是年龄。从他的言谈举止判断，不像20岁左右的小年轻，应该不低于24岁吧，但也不至于比我年纪还大，除非他是那种"天山童姥"般的奇异存在。放宽点范围的话大概在25到35岁之间吧。身高大概在一米七五左右，这点我自己就是标尺，很容易判断。穿着内增高鞋的话他也可能只有一米六五，这样身高范围就成了一米六五到一米七五之间了。身材中等，不胖不瘦，这点倒是没什么可伪装的。最重要的长相部分……他的鼻子和嘴型没有明显的特征，加上刻意和我保持距离，我连他的脸型都无法确定。肤色不黑也不白，普普通通，同样毫无特征可言。

综合下来，就是这么以下几点了：男性，年龄在25到35岁，身高一米六五到一米七五之间，如此而已。哦，还可以加上会开车这一点，我的车就是这么被他撞坏的。本市人口大概是八百万，男性算一半就是四百万，这个年龄段的大概占五分之一，就是八十万。身高范围涵盖了至少一半的男性，那就是四十万。会开车的至少四个里有一个吧？那就是十万。然后……就没有然后了。要在这十万人里面挖一个凶手出来，这简直比在大兴安岭里找出一片特定的树叶还难啊！根本就是不可能完成的任务嘛！我瞬间被巨大的挫折感压倒，抱着头趴在办公桌上一动也不想动了。

2

"喂！你是属猪的吗？大白天躺在工作的地方睡觉？"

迷迷糊糊中听到这么一声大喝。我从半梦半醒中回到现实，睁开视线不清的眼看了下手表，竟然已经是下午3点，一睡两小时过去了。沙发正前方叉腰站着一个人，听声音就知道是蓝岚无疑。

"反……反正也没什么事做嘛！啊——"我从沙发上坐起，伸着懒腰打了个大大的哈欠，揉着眼睛问蓝岚，"你到哪儿去啦？又有女装店打折吗？"

"你少来！我是在忙工作的事！快快！哪里有打印机？"说完她从口袋里掏出手机操作起来。

我说外面小房间的门背后有。她捏着手机转身出去，很快隔壁传来她的埋怨声：

"这电脑配置真低！十年前买的吗？"

"打印机也是半新不旧的，又是二手货市场淘来的吧？"

"打印纸都没有，只能用复印纸代替，成像效果能保证吗？"

说着吐槽的话，但不知道她在忙着什么。我也懒得去管她，午睡过久，脑袋晕得厉害。

大约半小时后，她拿着一沓打印出来的纸张丢到我办公桌上，里面有图有文字有表格。

"这什么呀？用了我这么多复印纸……"我从椅子上直起

腰，随手翻了翻。

"公安局刑侦大队对于昨夜那起杀人案的资料汇总。"

"啊？不会吧？"我的头脑被刺激得一下子清醒过来，抓过几张纸细看。没错，真的是刑侦队的内部文件，证人口供、死者照片、现场勘查记录、尸检报告、证物检验报告……都是用手机拍摄后打印出来。

"这……这种内部资料，你是从哪搞来的？"

"还能从哪儿？当然是从刑侦大队里喽。"双手抱臂站在桌边的蓝岚若无其事地回答。

"你怎么做到的？"

"就是走进办公室，他们在里面的会议室开会，资料都丢在桌上没人看管，顺手拍下来了呗。"

"那种地方能随便进去吗？你肯定对我有所隐瞒！到底怎么回事，你给我说清楚！"

在我的威逼下，蓝岚终于露出"无处可逃"的神情，向我坦白："好吧……我能够进去是因为……我爸就是刑侦大队的大队长。"

"啊！你竟然……"

"没什么可惊讶的。在我上初中的时候，我爸妈就离婚了，我是跟我妈的，虽然我爸已经重组了家庭，我还是常去他工作的地方看他。"

有了这样的解答我总算是能接受了。怪不得上次说她爸练擒拿术什么的，原来是警察啊。

"反正就是这么回事。"蓝岚似乎不愿多谈此事，把话题回归眼前，"这些东西应该对你有帮助吧？"

"帮助当然是有的。不过……你知不知道偷拍这些资料是违法的啊？"

"是吗？那你的意思是不看，原样还回去吗？"

"嗯……我的意思是看完就地销毁，还有你手机里的照片也要全删。就这样。"说完我拿起桌上的一份现场勘查报告看了起来。

经过对这些资料的梳理，我对昨夜的案件有了进一步的了解。

死者名叫姚宾，男，30岁，职业是广告设计师。死因是胸腹部多处刀伤导致失血过多，行凶手法和之前的三人如出一辙。死者衣服上钩住的那只蝉蜕也在暗示凶手是同一人。尸体是由出来早锻炼的一名老人发现的，躺在某个车站边，下半身衣服是湿的，地上有大摊血迹。地上留有死者带有淤泥的脚印，脚印源自车站北侧的一条水不深的小河边。河对岸上坡后是一条僻静的小马路，马路边也有点滴血迹。遇害的时间据推测是凌晨一两点，凶器应该是宽度在三厘米左右的匕首，但并未在现场发现。现场没发现凶手的指纹和脚印，但警方在小河里捞出了死者的手机。

"看样子，可以根据现有的讯息对于案发时的情况做出推断了。"在我埋首于大堆资料时，蓝岚像个侦探似的发言了。

"嗯……首先，根据资料显示，姚宾昨晚在公司加班所以下班很晚，这给了凶手作案的机会。他家离公司很近，都是步行回家的。那条僻静马路边的血滴显示他在那里遭遇了第一次袭击，但是显然伤得不重，要不然也不会跑那么远了。没去路上求救估计是因为他倒地后滑下了坡。爬起来后的第一反应是逃命。作为周边住户，他知道横在面前的小河水不深，为了甩开凶手便蹚水过河。现场只发现了死者带淤泥的脚印，而没有凶手的，说明凶手并没有追下水。姚宾在河中时也发现了这点，想到打电话报警，但慌乱中手机却掉入了河里。手机没落在他摔倒的地方，而是落在了河里，显然是因为他主动掏出来的缘故。凶手没追上去但也没走，应该是先躲了起来。姚宾以为凶手离开了就上了对岸，直线往那个车站走。但等他到车站时凶手追了上来，并实施了致命的刺杀。"

"不过好奇怪，报告上说那条河的水深只及普通人的髋部，就算是旱鸭子也不用怕被淹死。凶手看到姚宾在水中的样子应该就能判断水深了，但为什么没有追上去呢？"

"先说一下你对此的看法吧。"蓝岚放下顶着下唇的手指点了点我，搞得好像有奖竞答的样子。

"我说的话，原因只有一个吧，那人穿的衣服很贵！"

"行啦！"蓝岚对我大喝一声，"不是谁都像你这么财迷，在这种时候还想着衣服会不会损坏的！"

"好吧……那你说是什么？"

"我觉得凶手可能有……恐水症。"

"恐水症？那不是狂犬病吗？你别瞎猜了。我还跟他去过贡河边指认地点呢，他没有很害怕的样子，也没咬我。"

"我说的'恐水症'不是狂犬病的意思。可能他小时候有过溺水经历，对水特别恐惧，哪怕是水再浅也不敢涉足，宁愿绕路。"

"唉，再怎么样都只是瞎猜啦，我觉得与其想这种事还不如查一查四名死者之间的关联。"

"有关联吗？警方到现在为止好像都还没发现死者有关联呢。"

"其实是有的。"

"你怎么知道？"

"呃……是杀手本人告诉我的。"

看到蓝岚对我瞪大眼睛等待下文的表情，我叹了口气。做梦也没想到当初随便的一句问话会在今天成为线索。我把初见冒牌邱石时谈论"蝉蜕凶手"的对话跟蓝岚复述了一遍。

蓝岚最终相信了我，问："那我们要怎么做？先收集之前案子的资料吗？"

"不用找，其实我都有。"我拉过一个凳子，站上去把一叠报纸从资料柜顶上拿下来，吹掉上面的灰尘丢到桌上，"其实我以前对'蝉蜕杀手'就挺有兴趣的，收集了不少相关报道，只是没有进行过调查。还有我收藏的一些网络链接等下也发给你。"

"这样啊……但是发给我是什么意思？"

"这还用说？整理资料这种事当然由助理来做了。"

蓝岚的动作出乎意料地快，只用了半个小时就整理好了资料，把文档和图片发到了我电脑上。从这点上来说她倒是很称职的助理人选。

根据蓝岚的整理，第一个死者名叫葛龙，45 岁的男性，是在一家福利院里面做护工；第二个被害人叫苏景悦，34 岁的女教师；第三个是名叫林恩的医院护士，28 岁。然后是这次的被害人姚宾，30 岁的广告设计师。四个人里面除了葛龙都是本市户籍，就读于不同的学校，工作于不同的行业，生活轨迹和社会关系几乎没有任何交集。当然这只是很笼统的资料，能从网络和媒体上获得的信息大概也就这种程度吧。

　　"怎么样？有发现共同点吗？"不知何时蓝岚来到我办公桌旁，凑过来看我的电脑屏幕。

　　我装作略带遗憾地说："嗯……这种随手能找来的资料，找出线索的可能性还是相当低的……"

　　"你这么说是要我再次潜入刑侦大队去盗取之前案件的资料吗？那些应该已经归档放起来了吧？这有一定的难度啊……"

　　"没有没有，你想多了。就算去了也不一定能找到啥有用的资料，要不然警方就早破案了不是吗？"

　　"那你说怎么办？"

　　"要么试试社交网络的力量吧……"我最大化微博页面，按了下"F5"刷新屏幕。

　　"话说你这是什么时候打开的？原本就一直在刷吧？不会是想找偷懒的借口吧？"蓝岚果然像个监工般指着我的屏幕大叫。

　　"哪有？这是我获得情报的一大渠道好不好？一点都不信任我……"感觉好像又回到了以前做职员的时代，上班摸鱼刷网页被上司逮个正着。

我以 #蝉蜕杀手# 为话题进行搜索，获得的条目之多令人惊讶，出现最多的还是今天刚传开的姚宾一案。一家叫宜凉法制的报社官博，就此案发布了一条图文并茂的长微博，获得了五万多条的转发量，下面的评论也是密密麻麻。

凭着职业嗅觉，我对蓝岚招了招手说："你，记住这条微博。到外面你的电脑上去查下面的转发栏，看看有没有人留下有用的讯息。"

"查个微博还用得着电脑吗？手机就行了。"蓝岚没有听我指挥，拿出自己手机连点。很快，她发出一声惨叫："啊！有五万多条转发！"

"那当然，所以叫你坐电脑前慢慢看嘛！"

"那你干什么？"

"我查评论。"

"不公平吧！评论只有六千多条！"

"哼哼，别忘了我是所长。快去干活。"

最终蓝岚在一声哀叹中离开桌边去了外间。

…………

不过好像蓝岚属于那种幸运女神常会光顾的人，只用了一个多小时，她就有了发现，叫我去看。

"这人好像认识姚宾。这算有用的线索吗？"蓝岚指着屏幕问我。

她手指的那条转发内容是——很难过，被害人是我一名同事，是个好人。做梦也没想到这种事情会发生在自己身边。

希望警方早日破案严惩凶手，还被害人公道！

博主的 ID 叫"JulianaChen"，估计是英文名直接拿来做了 ID。头像不知道是不是本人，是一位淡妆长发的美女。

"有！太有了！我马上给她发私信问一下！"

我回到自己桌上，搜索出"JulianaChen"给她发了私信："你好。好像你和被害的姚宾认识对吧？能不能问你几个问题？"为了表示友好最后我还加了个笑脸的表情。

微博显示博主本人在线，几分钟后，屏幕的右上角出现了消息提示，她回信了。不过只有冷冷的三个字："你是谁？"

这个直说有点麻烦。我在私信框里输入："我是报社记者。"

"什么报？"

"《人民日报》。"

"骗谁？"

"抱歉，刚才手滑。我是《宜凉法制》的记者，看到你转发我们官博的微博，知道了你和姚宾是同事。本报想对此案进行深入报道。你是死者的同事，我想先跟你了解一些他的情况，不知道可不可以呢？"这条我打了很多字，谎话编得天衣无缝，几乎想不出她会拒绝的理由。

"《宜凉法制》的主编是谁？"

没想到她很快发来这一条，看来警惕性相当高。不过这依然难不倒我，我用搜索引擎搜了"宜凉法制"，查到结果后回她："我们主编叫张果果。"

"错！你是问的度娘吧？那上面的信息很久没更新了。我有朋友在《宜凉法制》工作，他们最近主编换人了，早就不是那一个了。再见！骗子！"

"怎么了？垂头丧气的。"蓝岚又从外间晃悠进来，没等我开口就开始嘲笑，"搭讪美女失败了吧？"

"什么搭讪……工作中遭遇的一点小挫折而已。她好像对我有点误会。"

"哼，就知道是这么回事。看我的。"她在我面前拿出手机，手指啪嗒啪嗒地按起触屏。

大概五分钟后，蓝岚抬起头用不无得意的声音说："搞定了。你想问她什么？说吧。"

"咦？你怎么做到的？"我站起身凑过去看，手机微博私信界面上是两个人快乐聊天的记录，混杂着各种表情的卡通图案。

"实话实说呀。"蓝岚白了我一眼，"她听说我们在查凶手就愿意帮忙了。当然，还有出于同性间的信任。"

"好吧……你帮我问一下她对姚宾的了解程度，转发时说的'是个好人'是有什么依据呢还是客套话。"

蓝岚手指飞点，把我的问题发了过去。很快 JulianaChen 的回话来了。

"当然是有依据的。其实我和他不算很熟，在一个大办公室里上班但没多少交流。偶尔在电梯里碰到聊过几句。他说自己每周至少会抽一天去老人院、福利院当义工，帮那些需要帮助的人。现代人工作这么忙，会抽出休息时间帮助他人的很少吧？这都不算好人吗？"

"怎么样？还要问什么吗？"蓝岚扭头问。

"问一下姚宾常去哪里做义工。"

但可惜的是 JulianaChen 对此并不清楚，我示意蓝岚可以结束对话了。

"有什么发现吗？"蓝岚收起手机便问。

"我想我找到了一个共同点了。"

"是什么？"

"刚才她说姚宾常去做义工照顾他人，第一名被害人葛龙也是在一家福利院里面当护工的，在这点上他们做的事情相似，也算是个共同点吧？"

"但是……那也只有这两人啊。"

"还有第三名死者林恩是护士，我总觉得也沾点边……不管怎样这是目前我们唯一的线索，有必要追查一下。要不然不就没事做了吗？葛龙工作的福利院名字被曝光过吗？"

"好像在一家小报上见过，名字还挺好记的，叫晨星福利院吧？"

"快上网查一下地址，现在过去应该能赶在他们下班前到达。"

3

晨星福利院位于市区的北郊，距离事务所有点远。一路上我加快车速，总算在 5 点前赶到。黑色的大铁门敞开着，院内也有人员在走动，看来还不算太晚。门卫并没有出来盘问，我直接把车开到院内一片像是停车场的空地上。令人惊讶的是这里还停着一辆黑色的劳斯莱斯魅影！

福利院的主体是一栋四层高的大房子，咖啡色外墙砖贴面的外装潢很现代，比我想象中的两层木头小楼气派多了。楼前的院子里安装着单双杠、滑梯、秋千等各类体育游乐设施，外围还有跑道和沙坑，简直就像一所小学校。有几个五六岁的孩子在宽阔的院内跑来跑去，但吵闹声比外面小很多，有几个孩子没出声在打着手语。即便如此，孩子们的脸上依然洋溢着和健全的孩子同样的灿烂笑容。

四五个穿着浅蓝色工作服的护理人员在院内走动忙碌，但都没主动上来搭理我们。走上正门的大理石台阶，穿过底层明亮的大厅，出现在我们眼前的是一道横向的走廊，两侧的一个个房间像教室般钉着门牌，一下子不知道该往哪里走了。正巧身旁的房间里走出一个工作人员，双手捧着一堆像小山一样高的白床单。我忙对看不见上半身的他发问："你好！我想打听一下葛龙的事情，不知道找谁合适……"

那人在听到我的声音后停住脚步，叹了口气隔着床单说："你们是记者吧？这事找护理长，左手边最里面一间。"听声音是年轻的男性。被误会是记者也不是什么坏事，我忙向他道谢。

"请让我先走好吗？"床单人说完开始尝试左右移动。由于搞不清他要去的方向，我让了好几次都挡住了他的去路，最终被蓝岚拉了一把才避开，目送床单人的背影离去。

左手最里间的房门上挂着"护理长室"的牌子，敲门后传来略显老态的女声说"请进"。屋内大办公桌后坐着一名50多岁的初老女性，花白的卷发，戴着眼镜，穿着跟刚才的床单人不一样的白色工作服，似乎正用笔在记录着什么。见门口进来的是两个陌生人，她抬起老花眼镜架看向我们："有什么事吗？"

我习惯性地堆出微笑："您好，请问是护理长吗？我们来是想了解一下葛龙先生的情况。"

"哦，是问葛龙的事啊……"护理长听完瞬间对我们失去了兴趣，连我们的身份都没多问，放下眼镜架后背书般说了起来，"葛龙先生工作认真态度诚恳，是本院优秀的护理员。对他的突然离世我院表示深切的痛惜，希望警方早日抓住凶手还受害者公道。至于员工的私生活本院并不清楚，也无从说明。能答复的就是这样，没什么问题就请回吧。"

这也太敷衍了吧？是事先编好了专门对付媒体的说辞吧？我和蓝岚对视一眼，一时不知道如何接话。

"两位没听到吗？没什么别的事就请回吧！"护理长又重复了一句，然后缓缓站起身来，看样子是要撵我们走。

"等一下，我有问题！"我下意识地举了举手，"请问这里是分区域管理的吗？葛龙负责护理的人员有哪些呢？我能不能和他们谈谈？"

护理长走到我们跟前，嘴角带着笑意说："确实是由不同的人员照顾固定几个孩子的，葛龙主要负责的房间是108号，就在这办公室的斜对面。"说着她走出房间，向走廊对面一间门口敞开的房间走去。看样子是在给我们带路，我和蓝岚忙跟在她后面。

护理长指了指面前这扇敞开的房门说："就是这一间了。"

在门口可以看到里面好像病房似的摆了七八张床位，两三个穿着橙色衣服的孩子在床边走动。我说了声"谢谢"，正要进门，门却突然迎面而来，在"砰"的一声撞到门框后关闭了，差点把我原本就不高的鼻尖砸得彻底塌掉。

"喂！你怎么把门关了?!"身边的蓝岚比我先叫出声。

护理长置若罔闻，摸出一串钥匙，咔嚓咔嚓两下把门彻底上了锁。她保持着微笑转头看着我们说："不好意思，这里面多数都是身有残疾的孩子，比健全的孩子更脆弱，所以一概不接受媒体采访。"

"但……但是我们又不是媒体……"蓝岚不禁把实话脱口而出。

"咦？那你们是什么身份？谁允许你们来这里问这问那的？获得过有关部门批准吗？有合法依据吗？"护理长瞬间收起笑容，身体前倾过来逼问。

"走吧走吧。"我忙朝蓝岚打起手势。我们私人调查面对这种不配合的对象是完全没辙的，再不走恐怕就要被保安架出去了。

快到大厅时我回头看了一眼。站在原地的护理长还在用警惕的目光追随我们，看来想再次潜入的困难相当大。

来到院子后才摆脱了背后的视线，我叫蓝岚紧跟着，猫着腰往院子角落处的一大团树丛后窜去。接下来何去何从成了问题，我抠着下巴喃喃自语："怎么办怎么办？……就这样走的话实在不甘心啊，那不等于白来了一趟？但是要再进屋找孩子盘问已经没可能了啊……"

"其实不用进去也可以啊，问住那屋里但现在外面玩的孩子就好了。"身后的蓝岚口气轻松地说。

"咦？你怎么知道外面有那屋里的孩子？"

"刚才没注意到吗？这些孩子衣服的背后都缝有带数字的布片，比如101、102这样的，那显然是他们所住房间的号码，刚才那屋子里的孩子背后是108，房间里有七八张床位，但里面只有两三个人，显然更多的人在外面。"

啊？就这么简单？我从树丛里探出头往院子里张望。果然看到那些孩子外套背后有着三位数字，108的也有好几个。

没等我确认完目标，蓝岚突然在我背后推了一把。失去重心的我冲出树丛，暴露在阳光之下。

"喂！你干什么？"我回头压低声音叫起来，"这样穿着便服出去不是很显眼吗？"

蓝岚光明正大地走出树丛，哼了声说："你观察仔细点好吗？外面穿便衣的多的是！这样神经兮兮地走路，还东躲西藏那才叫显眼！"

再次看向周边，好像的确如此。在院内走动的除了穿工作服的人员，也有和我们一样穿着便服的年轻人，在和小朋友们做游戏。这些人大概就是外面来的义工。

"咳、咳……"我站直身体对身旁的下属吩咐，"那就分头行动吧。找到108号的孩子，然后问他们对于葛龙什么印象。"

在我前方二十多米远的一块空地上聚集着五六个十来岁的小孩，似乎正在商量着什么。其中有两个是来自108号房的，我把目标定在了那里。

走近后听到他们的说话声——

"那谁来当警察？你来吧！"

"不要！警察很没意思的，我宁愿当小偷。"

"是啊是啊，警察跑来跑去很累的……"

我摆出比平时更谄媚的笑容，边说边靠近他们："小朋友，来回答叔叔几个问题好不好？对，就是你，108号房的小……"

还没走到他们跟前，突然有个孩子指着我大叫："啊！警察来啦！快跑！"

几个孩子就像风一样呼啦跑开，只剩下我愣在原地。

"哎？怎么回事？等一下，小朋友！"我没时间多想，朝一个躲到大树后的108号孩子追去。

还没到跟前，树后一下子窜出来两个孩子，大叫着"警察来了"，从我两侧冲了过去，一个疏忽结果两个都没拉住。终于明白了现在的处境，原本是来谈事的，不知怎么的就变成和他们玩"警察抓小偷"游戏了。这帮小子都在躲我这个"警察"，实在是有苦难言。

"小朋友，叔叔等下再陪你们玩好不好？能不能先回答叔叔几个问题？"

"快跑！"

"别跑了，小朋友，先停下来听叔叔说几句话好吗？"

"别信他的，逃啊！"

不管我奔到哪里，他们都不给我逮到的机会，四散奔逃，我都快分不清要找的目标在哪里了。终于，我发现有一个108号小孩在沙坑里跑掉了鞋子，蹲在那里系鞋带。

哈哈，这下你跑不了啦！我快步冲上去向他挥手："不要跑了，小朋友。叔叔就想跟你说几句话，小……"眼前突然一黑，嘴里感受到了微咸的颗粒状物体。竟然把沙子往我脸上撒！虽然眼睛自动闭上逃过一劫，但嘴里还是吃进了沙子。这下我可真生气了。

"小兔崽子！呸！呸！看我不抓住揍扁你！"

正要发力狂奔，身后响起一个冷冷的声音："你在干吗？不是来调查的吗？怎么和小孩子玩起了游戏？"

蓝岚不知何时站在了我身后。我一下子不知道说什么好了，有种好委屈的感觉。

"怎么一脸苦相？难道还被欺负了？"

"哪有?！呸！呸呸！"

"那就别玩了。走吧，我这边找到一个。"说着蓝岚把一个躲在她身后的小男孩推到我面前。

"是吗？这真的太好啦！呸呸！"

"在小孩子面前你文明点，别老说脏话！"蓝岚皱起眉，把孩子拉远了些。

蓝岚领来的这孩子剃着短短的圆寸头，面颊宽大但身材瘦小，眉毛也很淡，眼睛小而无神，看上去就像一棵倒长的大头菜。

"小朋友，你叫什么名字啊？今年多大啦？"我弯下腰凑到他面前。但这孩子似乎有点认生，身体往后缩了缩没说话。

"他叫多多，我问过了。"蓝岚插嘴说，"你想问什么赶紧问，别浪费时间。"

我瞪了她一眼，再次看向多多："你还记得葛龙叔叔吗？就是经常照顾你们的那个人。"

多多愣愣地看了我几秒，把视线投向在远处喧闹的孩子们，好像完全没听懂我的话。

"这孩子怎么回事？"

"小孩子就是这样的，不给他点甜头谁理你啊。"蓝岚一把将我推开，从口袋里摸出一根珍宝珠棒棒糖递了出去，"多多来，姐姐再给你吃一个，跟我们说话好不好？"

这棒棒糖大概是蓝岚准备自己吃的吧，没想到这时能派上用场。不过我还是忍不住咂嘴："搞什么呀？这孩子有十二三岁了吧？怎么还用幼儿园的手段对付他？"

奇怪的是这么大的孩子看到棒棒糖还是一把抢了过来，连上面的包装纸都没拆就往嘴里送。

"咦？这……他……他是弱智吧？"

"你才看出来啊？这里本来就是收留残障儿童和孤儿的地方，有什么奇怪的。"蓝岚白了我一眼，把棒棒糖从多多嘴里拔出来，替他剥了包装纸再递回去。

"好吃吧？慢慢吃。现在愿意说话了吧？告诉姐姐还记不记得葛龙？"

"葛龙？"多多啪叽啪叽地吸吮几口珍宝珠后终于说话，

但语音不清，从他的表情看好像完全没理解这名字的意思。

"喂，这样不行吧？他好像不明白你在说什么啊！"

"那就想办法让他明白啊！"蓝岚扭头瞪我。

说了声"马上就来"后，我跑向停车场。车内我的单肩包里装着平板电脑，上面拷有蓝岚发给我的四个被害人的资料及照片，直接给多多看照片应该比较容易理解吧。

这段时间停车场上的车开走了不少，我开的卡罗拉和那辆劳斯莱斯之间没了阻隔，透过车窗可以看到那车的驾驶室里坐着一个穿黑衬衫戴墨镜的男子，正偏着头观察我的行动。

看什么看？有钱了不起啊？我暗骂了一句，下车关门后往来的方向走去。

"喏，多多看过来。葛龙！就是他。还有印象吗？"我把葛龙的照片放大到全屏，将平板递到多多面前。

这一次多多终于给出反应。看到照片时，他好像被定住般浑身僵直，然后手脚开始发抖，蹲下身张嘴朝地面发出"啊"的一声。竟然呕吐了。

"多多你怎么了？多多！"蓝岚拍着多多的背部替他缓解痛苦，摸出餐巾纸帮忙擦脸。

吐了几口散发着酸味的胃内容物后，多多终于停止了呕吐，扭头对着照片说："他……他！坏人！坏人！"不但大叫，还用手里的棒棒糖棍子猛戳我的平板屏幕，发出"笃笃"的声响。

这可把我吓坏了，赶紧把平板往怀里抢。

蓝岚拉住发疯似的多多，轻抚其背部柔声发问："多多你要说什么？照片上的人是坏人吗？"

多多把棒棒糖咬在嘴里，背过身去腾出双手翻起衣服。多多的背部密布着数十条红黑色印记，宽度在一厘米左右，长度数十厘米不等。这应该是用细棍子殴打后留下的皮下出血痕迹。不只如此，他又卷起袖子，在上臂部位留有数量过百的黑色小点，应该是针之类的尖锐物扎的痕迹。白嫩皮肤上的大片黑点看上去格外刺目，足以激发人的密集恐惧。

"这……这是葛龙对你做的？"这惊心的一幕让蓝岚的声音都有些发颤。

眼眶发红的多多点头嗯了声，说："他……他用毛巾，让我不能说话，还这样……"说着他做出用针刺用棍子打的动作，用足了力量上下挥动手臂。

"好了……多多！"蓝岚一把抱住多多，不让他再动弹，用带着哽咽的声调说："我们知道了，我们找人算账去！"说完她站起身拉着多多朝大厅快步走去。

看她这副样子和要去的方向，我知道接下来要发生什么，忙抱着平板追上，对着她背影大叫："喂！你等一下！不要冲动！"

4

护理长办公室的门虚掩着，没等我敲门，怒气冲冲的蓝岚已经一脚将门踹开，朝里面高喊："什么优秀员工?! 什么认真诚恳?! 你们的员工就是这么护理孩子的吗?!"

我跟着进屋，才注意到屋内除了护理长外还有一个身材挺拔的青年在场。他穿着笔挺的白衬衫，系着条纹领带，干净利落的短头发很自然地往一边梳理，双眉斜挑鼻梁高挺。这长相这穿着，再配合他一米八几的身高，完全就是女孩子梦寐以求的高帅富啊。

一开始两人没明白蓝岚在说什么，都被这架势镇住了。等到蓝岚将多多推到身前，拉起他后背的衣服展示后，两人都露出惊愕的表情。护理长的神情一下子紧张起来，颤声问："多多怎么了？这……这是怎么回事？"

"我还想问你怎么回事呢？你不是这里管事的吗？"蓝岚咄咄逼人地喝问，"真的不知道？那我告诉你！是你那个优秀护理员葛龙在虐待孩子！"

"这……怎么会……"护理长惊叫着扑到多多身边，开始问长问短。蓝岚接着把多多的手臂也暴露出来，密集的针刺伤痕让护理长发出一声哀号。

"护理长！这到底怎么回事?!"站在原地的男子此时出声，话语里含着训斥的味道。

"这……我……我也不知道会出这种事。这里的孩子都是由固定人员看护的，孩子自己不说的话别人一般没机会知道他受了伤。这孩子智力有问题，也不爱说话，我们就……"

"快给我去查清楚！"男子厉声命令道。护理长身子一哆嗦，连声称是。

男子哼了一声，对护理长挥挥手："你带着多多去隔壁房间细问吧，我在这里和这二位谈谈。"

之前对我们态度蛮横的护理长低声下气地连连点头，拉着多多出去轻关上门。男子朝桌子那里伸了伸胳膊对我们说："两位请这边坐。我还不知道两位的身份，刚才到底是怎么回事能跟我说说吗?"

"先自我介绍一下吧，我叫曾羿，是资助这家福利院的晨星基金会的理事长。"刚坐下他就从衬衫口袋里掏出两张名片，重新站起身，用双手给我们递上。

深蓝色的名片质地坚硬，凭手感也知道这纸片价值不菲。但名字下面最初的一行并不是基金会理事长头衔，而是"昇远集团董事长兼总经理"。怪不得听他报名字时觉得耳熟，原来是他!

斜对面的蓝岚皱着眉看我，一副"这人是谁"的表情。她一定不常看新闻，竟然不知道这位我市杰出青年企业家、连续两届十强企业的领导者。曾羿自从三年前接手他父亲的家族企业后，将原本处于衰退期的集团公司带出了低谷，重新进入本市十大企业的行列。他的事迹频频被各大电视与平面媒体报道，但真人却极少上镜，没想到今天有机会一睹真容了。

"原来是曾羿先生啊!幸会幸会!"我发出由衷的赞叹。想起自己的名片还没交换，忙掏出一张同样用双手递给他。只是看到手中这张白花花的软纸片时，感觉有些拿不出手。

"那这位是……"他摊开手掌朝向蓝岚。

"哦，这是我助理，姓蓝，没名片。"

"嗯，蓝小姐你好。"曾羿还是彬彬有礼地向蓝岚问好。

蓝岚似乎对他抱有成见，眼望别处似是而非地点了下头。

曾羿再度看向我，胳膊搁在桌子上十指交扣，表情忽然变得严肃："那么，今天两位是为什么而来？怎么会察觉多多身上发生的事的？这事对福利院关系重大，希望能告诉我这个资助人。"

话题终于回到正轨，我略作思索，告诉他我们是受一名"蝉蜕杀手案"受害者家属的委托在查案，挖掘死者之间联系时发现了葛龙的虐童问题。这么说基本属实，只是这名"受害者"不在警方登记的那四人之内而已。

"原来是这样。"曾羿点了点头，面色凝重，"不管怎样，福利院里面出了这样的事，实在是重大失责，也怪我平时工作太忙，没时间常来这里监督。我会让他们进行一次彻查，看还有没有别的孩子遭到了虐待，有没有别的人员做出了这样的事，有的话决不姑息！"

说这话时曾羿的脸上肌肉紧绷，看得出他对这种事切齿痛恨。

"嗯，相信曾先生会处理好这事。"我咳嗽一声进入自己想问的话题，"曾先生，其实我是带了几个问题而来，原本想问护理长，她不在我就问一下你吧。"

"请说。"

"福利院里有不少义工志愿者吧？我想知道其中有没有一个叫姚宾的？还有……葛龙在这里有没有跟谁的关系比较好？"

"这问题我还真没法回答。我来这边一般也就四处看看，不管理实际的事务，也不认识这里的员工。这些还是要问护理长。"说完曾羿拿起桌上的电话拨号。

没出半分钟，房间的门再度被打开，护理长出现了。我在曾羿示意下再次把问题说了一遍。战战兢兢站立的护理长微皱着眉摇头，很快来到办公桌边，打开抽屉抽出一个本子翻了几页，然后很确定地说："志愿者我们都有登记的，从来没有一个叫姚宾的来过。"

"我能看一下吗？"一直没有作声的蓝岚朝她伸手。拿到本子后蓝岚仔细翻看一遍，把本子还掉时也朝我摇头。

不死心的我还把平板电脑上姚宾的照片给护理长看，但她还是否认说没见过。

这结果让我难掩失望。虽然来这里翻出了葛龙的阴暗面，但看不出他和另外几人之间的联系，就不能算是收获。见我们没再问，曾羿打发护理长出去。

斜对面的蓝岚倒没显得很失望，开口说："曾先生，我有问题要问你。"

曾羿很郑重地把转椅朝左侧转了90度，正面对着蓝岚礼貌地微笑着说："蓝小姐请说。"

"看你名片上的头衔都是董事长总经理之类的，应该很忙吧？为什么还会投资兴建这样一个民间福利院呢？"

曾羿全没在意蓝岚话中的失礼，笑了笑说："是的，工作上是比较忙，兴建这样一个地方，更多的还是一种纪念意义吧。"他的神色渐渐沉静，顿了顿后又说，"我有个大两岁的哥哥叫曾晨，他很小时候就因为小儿麻痹症导致半身瘫痪，虽然很不幸，但这不影响他成为一个善良的人。大哥从懂事的时候起，就知道帮助有困难的人，家里周边的、路上遇见的……他总会尽力去帮忙。在他的影响下，家里人也开始做一些慈善。但不幸的是老天好像完全没有仁慈之心，原本就身有残疾的大哥还是在六年前遭遇车祸过世了。家里人在很长一段时间都陷于悲痛中难以自拔。后来我提议以大哥的名字建立一个慈善基金会，用来帮助那些需要帮助的人，完成他的愿望，让他的仁爱精神传延下去，于是就有了晨星基金会。基金会的运作资金来自我们家族企业，这个同名的福利院是三年前拨款建造的。原本是想帮助那些不幸的孤残儿童成长，给他们带来家的温暖，现在却出了这样的事，实在是愧对大哥的在天之灵……"

说完这话，曾羿的神情变得落寞，扭紧拳头低头不语。

可惜我不是一个善于劝慰别人的人，面对这种场面，开始考虑是不是该走了。当我起身告辞时，曾羿愣了一下，最后还是跟着站起来送我们。

"对了，还有一件事……"快到门口时我想到了某事后停步，低头走路的曾羿没注意到我落在了他的左后侧，差点撞上站定的蓝岚才停步，转身对我说："啊？怎么了？"

"我想问一下……多多是不是孤儿？他有什么亲戚吗？"

"哦，多多确实是孤儿。不过他有一个远房堂兄，来这里之前是堂兄在照顾他的。"

蓝岚应该也明白了我这一问的用意，也跟着问："那个堂兄常来看他吗？住在哪里？"

曾羿扭头看她，笑了笑说："他的堂兄就在这里，是我的司机。"

我脑海里闪过一个画面，忙问："曾先生，停在外面的那辆劳斯莱斯是你的车吗？我见到驾驶室里有个戴墨镜的人……"

曾羿再度面对我："哦？你看到了吗？那车是我的，戴墨镜的是小仇，就是多多的堂兄。"

"那……多多出了这样的事，是不是应该告诉他一下？"

曾羿面有难色地说："小仇这个人有点冲动，还是等你们走了以后我再找机会告诉他吧。"

我和蓝岚互看了一眼，点头表示同意。曾羿一直把我们送到了院子里，才转身回去。

来到停车场后，我并没有马上开门上车，而是走向一旁的劳斯莱斯，曾羿的座驾。蓝岚显然没明白我想干什么，满脸疑惑地跟过来。

戴着墨镜的小仇低着头坐在驾驶座上，耳朵里有两根线垂下，大概在用耳机听歌。我敲了一下车窗，他察觉后降下了车窗玻璃，除下一侧耳塞，皱着眉问我："有事？"

"你是多多的堂兄吧？"我礼貌地招呼，"多多好像出了点事，你最好去看看他。"

"你说什么？"他很快摘下另一个耳塞，加大声音问我。

"最好去看一下多多。"

这次他没再迟疑，直接跳下车，连车门都没关就往大楼里跑去，看样子真的像曾羿说的那么冲动。

"你干什么把消息捅给他？"身后的蓝岚问。

"就是想让他从车上下来，站着好比对他的身高。"

"比对身高？你在怀疑他吗？"

"上次那个冒牌邱石你也见过吧？身高估计在一米七五，现在我每看到一个可能跟案子相关的男的，都会想要比对他们的身高。刚才的曾羿，身高大概一米八出头的样子，他穿的是知名运动品牌的板鞋，没有出过内增高款的，那应该就是他的实际身高，超出了嫌疑人的范围。但是刚才的小仇，他跳下车时比我高几公分的样子，正好在范围之内。而且他的堂弟又遭到葛龙的虐待，如果他早就已经知道这事的话……"

"你怀疑他是凶手？但他为什么要杀另外几个人？他们跟多多扯不上关系吧？"

"是啊，就是这点还不确定。"我开始往回走，打开车门坐上驾驶座。从另一侧上来的蓝岚盯着我，显然在等后续。

"所以还是要查一查的，看另外几个人是不是跟葛龙也有牵连。"我望了眼车外的天空，天色开始有些昏暗了，"现在太晚了，这事明天开始办吧。明天周六你休息对吧？我们两人正好分头去查那几个被害人。"

黑髓虫屋

1

时间是上午 10 点，地点在南区一处住宅区对面名叫叶隐居的茶室。面前的这个男人，年纪大概 30 来岁，尖嘴猴腮的长相配上染得枯黄的过耳长发，看上去有种不地道的感觉。个子大概和我差不多高，敞开的衬衫 V 领露出部分胸膛，但因为没有肌肉只显出骨骼凹陷，看上去毫无美感。下巴尖尖，说话也细声细气，没有看着对方的习惯，也有可能是故意在回避我的视线，这让人有些在意。

这人名叫梁乐乐，是第四名死者姚宾的朋友。能够找到他得益于 JulianaChen 的多方打听，据说这人不但和姚宾关系不错，还一起去做过义工，于是也被列入我的调查名单。

打电话约梁乐乐的时候原以为会遭拒绝，他却爽快地答应下来，来到家对面见我这个素昧平生的陌生人。

虽说电话里很配合，但见了面坐下后，他却给我一种坐立不安的感觉。

这时穿着短裙扎着双马尾的可爱女服务员拿着饮品单过来，服务员在桌上放下一个特大号的高脚杯，里面装的是一种紫红色的饮料，上层漂浮着冰块和彩色果肉，插的吸管是中间有颗爱心的两头式情侣吸管。

"这是什么？我没点这个啊？"我当即发问。

长相甜美的服务员用同样甜腻的声音说："这是本店开业以来，对第888对光临的情侣的爱心馈赠。免费赠饮的，请不要客气。"

"说什么情侣……呵呵呵，我们又不是……好吧，你放这里吧。"她一定是误会了什么，但想到是免费赠饮，我便不客气地要了。这样至少可以少点一杯饮料。话刚说完，就听到咔嚓一声，把托盘夹在腋下的服务员用手机给我和梁乐乐来了一张，用手打着V字手势说："留张纪念！"

一路开车到这里都没喝过水，确实有点口渴。因为只有一杯，喝之前我还是看了下梁乐乐，问："可以吗？"

"嗯，我不介意。"他点头说。

既然他让给了我，我便老实不客气地把头伸出去，叼住吸管的一头喝了起来。正当我悠然品味之时，鼻尖前方几厘米处突然出现了梁乐乐的脸！他低垂着双目，叼住情侣吸管的另一头也吸起饮料。

我愕然数秒后身体猛往后仰。这什么情况？我在喝的时候他凑上来干吗？是不是误会了什么？我坐直了身体，还是有种浑身不自在的感觉，外带不祥的预感，饮料也不想再喝了。

等他喝了几口把脖子缩回去后,我开始提问:"呃……你和姚宾认识多久了?"

"多久……有十多年了吧?高中时就认识的。"

"关系一直很好吗?"

梁乐乐瞥了我一眼,勾起嘴角笑着说:"普通朋友而已,就是偶尔联系,有时候一起去做过义工,没你想象的那么亲密啦!你看,他死了我也没有很难过。"

我不禁浑身一抖:"没……我没想象……你们有去过晨星福利院做义工吗?"

"哦,我知道那里,挺大的。但我们都没去过呢。"

"那……和姚宾一起做义工的时候,发现过他有什么异常举动吗?"

"异常举动吗?好像没有吧,对我还是挺规矩的,没有动手动脚什么的。"

"不……不是这个意思!"话题好像往莫名其妙的方向跑偏,我也有些急了,"是他对那些被照料的孩子……"

"没看到他对孩子们下手啊,你是说他有这方面的癖好?"

"不不……也不是这么回事……"

重点完全不在一个地方啊!我要急死了。看来只能直说了。但这大庭广众之下还真不太好开口,我用手势示意他靠近。

"嗯?什么?"梁乐乐略带抵触地扫了我一眼,最后还是把头探了过来。但是……这种小角度仰脸、低垂双目、微噘嘴唇的靠近方式，完全是在索吻嘛！

自从服务员给我们送过饮料后，周边桌上的几个女生就不时把目光飘向这里，此时看到这幅场景，顿时发出一片欢呼声，还有人把脸捂上了。

场面尴尬之极，我也只能无视了。我避过梁乐乐的双唇，把头凑近他耳边说："是虐待！他有没有虐待那些小孩？"

梁乐乐恍若从梦中醒来般睁开眼，望向重新坐正的我："真的吗？没想到他这么重口……竟然还对小孩子……"

"你认真点好不好！"我忍不住捶着桌子大叫，"你是不是在糊弄我啊？对我说真心话好不好？"

"你要我……真心……"他用手点自己胸口，一副犹豫不决的样子。

我一把捏住他的手，加重语气说："对，我要你的真心！"

话一出口，边上的女孩子们更是爆发出兴奋的尖叫。

"不不，我是要你对我说真心实意的话……"我连忙放开梁乐乐的手，但后面纠正的话就算说来也淹没于叫声中了。

"在一起！在一起！"不知道是谁喊起了这样的口号，有好几个女生跟着叫起来。

好想找张没人的桌子钻下去，梁乐乐却依然淡定，还面带微笑一脸享受的样子。难道是经常经历这样的场面？

等到身外的喧嚣渐渐退去，梁乐乐扬了扬眉毛说："没有啊，没发现姚宾虐待孩子什么的。"

我的怀疑被彻底否决，有种白白浪费半天的挫折感，趴在桌上有气无力地问他："那你来这里的目的是什么？那么爽快地答应下来，还以为你有什么消息要透露呢！"

"嗯……我只是有点奇怪，为什么姚宾会和连续杀人案扯上关系呢？你确定是'蝉蜕杀手'杀了他吗？"

"那当然，警方确实在他身上发现了蝉蜕，对方杀人的手法跟前几起也很像。"

"会不会是有人在模仿犯罪呢？故意留下蝉蜕，把杀人罪名往'蝉蜕杀手'身上推？"

"这个……"我从包里拿出平板电脑，点开四名死者的照片，把平板递过去，"照片是几个死者的，是我们从一些小报上搜罗到的，你看看里面除了姚宾有没有其他认识的人。"

梁乐乐微皱着眉看了第一张照片，又用手指划过屏幕翻到下一张。全部看完后，他把平板递还给我，摇了摇头说："除了姚宾都没见过。"

说是这么说，但我总觉得他的手指在划了三下后表情有略微的变化，脸也更凑近了屏幕一点。我按刚才的顺序点开照片一张张看过去，发现第三张是葛龙的照片。

正要出声询问，梁乐乐忽然站起身说："不好意思，我想起来还有点事要办，这就告辞了。"说完连"再见"都没说一声就转身下楼。木楼梯上传来他急促的脚步声。

"喂！怎么回事？怎么说走就走……"就算再怎么追问，人也已经走远。

"去追他！去追他！……别让人家就这么走了，去解释啊！"那些已化身为观众的女生又开始起哄，似乎真的在关心我和梁乐乐的未来。

唉，没救了。我没理睬那帮叽叽喳喳的人，摇着头再度坐下。手机在此时响起，是蓝岚的来电。

接通后那端传来蓝岚的声音，还带着喘气，似乎在赶路："所长，你……你在哪儿呢？我这边……差不多查完了，刚上出租车往事务所赶呢！"

"是吗？效率挺高啊。不过谁让你坐出租车的？这种日常工作中的交通费只能报销公交车哦！"

"我可是带来了重要线索，还有……新的委托哦。"

"啊？你自作主张给我接委托啦？你不是去调查的吗？怎么接委托去了？到底有没有好好工作？"

"当然有！但是调查中说到我是搞'异象调查'的，人家兴趣就来了嘛，拉住非要委托，我也没办法。人现在就跟我在一辆车上，反正最后接不接见了再说。"

"……好吧。那所谓的'重要线索'是什么？"

蓝岚的语调里不无夸耀："我查的是苏景悦和林恩两名女死者的线，她们跟多多都没有任何瓜葛。苏景悦是一名中学教师，之前在本市一所重点高中任教，后来有学生家长投诉她体罚学生，虽然此事最后没被认定，但校方还是让她自动辞了职。遇害前她在郊区的一所中学工作。林恩是内科病房的护士，我去了她所在的医院调查，发现在她管辖的病房里，有好几个老年痴呆症的患者身上出现了伤痕和瘀青。但由于老人的智力问题没法说清伤怎么来的。调查发现她的病人中出现这种情况不是第一次。以此推测，这两个人加上葛龙，他们的共同特征就是——在日常生活中的施虐倾向。"

没想到这个新人助手竟然在调查方面颇有潜能，找线索的方式精准而有效，实在是难得的人才。我咳嗽一声，压下兴奋的情绪，沉声说："嗯，干得不错。不过要成为我这样优秀的调查员，还是需要……"

蓝岚好像看穿我的心思般打断我的话："行了，你在事务所吗？我们的车在效通路，过去还要一段时间。"

"你们在效通路？那直接拐弯来南华路更近一些，我在这边一家名叫叶隐居的茶室里等你们。"

2

十几分钟后，蓝岚由茶室楼梯拾阶而上。看到有人冲我而来，之前起哄的几个女孩子又投来视线，但当她们看清来人是女性后便失去了兴趣，回头继续聊天。

"发生了什么事？好像有点怪怪的……"蓝岚的第六感似乎很敏锐，目光扫过我的四周发问。

我自然说没事，注意力停在跟在蓝岚身后上楼的年轻男子身上。他看上去20岁左右，自然微卷的发型，浓眉大眼宽下巴，很有男性特征的脸庞；穿着某运动品牌的长袖T恤，下身是同一牌子的运动长裤和运动鞋；身高大概一米七五多点，虽然看不到外露的肌肉，但还是能感受到他衣服下面的运动员体魄。从长相来说应该是挺有亲和力的，但我就是不喜欢，从他和蓝岚一起在楼梯口出现就觉得不顺眼。现在他又和蓝岚并排在我对面坐下，尽管对我展示着友好的笑脸，但我还是觉得不爽，连业务性的微笑都懒得摆了。

蓝岚随意地用肘部撞了一下那人搁在桌上的胳膊，朝我努了努嘴说："这位就是异象调查事务所的所长大人了，有什么话就直接对他说吧。"

"好的，所长大人好！"不知道这位是缺心眼还是存心捣蛋，还真这么称呼我了。我瘪了下嘴，没做什么回应。

"哦，忘了介绍。"蓝岚手指向这人对我说，"他叫叶运南，海事大学一年级生。"

"你们……认识？"看到他们很熟络的样子，我忍不住问道。

"唉，不是说过是半路上自动出现的委托人吗？调查完医院我去林恩家所在的小区查线索，他就住林家隔壁，所以和他聊了会儿。有用的线索他提供不出来，但是听说我的工作是'异象调查'，就死乞白赖地委托我调查他小时候看过的奇异现象，我结束了那边的工作就把他带来了。"

心里好像放宽了些，我正式对叶运南点了点头，摆出神情严峻的样子问："你好，请问你对林恩了解多少？"

提到林恩，叶运南的脸上罩上了一层阴云，用低落的语气说："林恩姐是我邻居，她的死……真的很可惜。其实现在我们两家来往很少，我和她年纪相差了十岁，没有太多的交流。但我小时候很喜欢这位隔壁的姐姐。"

我从身边椅子上的包里拿出笔记本和笔，咳嗽了一声后说："想委托什么？你开始说吧。"

叶运南说了声"好"，低下头，表情变得凝重起来。但只过了片刻他就用手指搔着头上卷发呵呵傻笑起来。蓝岚又用胳膊撞他，瞪着眼骂："你搞什么？"

"不是……这种事太离奇了，说出来也没人信吧？我怕你们听了笑话我……"

"少废话。更离奇的我们都见过，对吧？"她最后的话是冲我说的。确实更离奇的都见过，但那只是我，不是"我们"吧。

"好吧，豁出去了。我开始了。"叶运南下定决心般重重点头，"嗯……我想先问一下……所长有没有听说过'黑髓虫'？"

"黑髓虫？世界上的昆虫有一千万种呢，我知道的可不多，完全没听过。"

"果然是这样啊……这样说起来就更麻烦了……"叶运南再次苦着脸搔起头。

"好吧，那只能先从解释这种虫子开始了。这大概是我见过的最大的虫子了吧，它的蛹将近有一米长，三四十厘米宽吧。孵化后，蛹里会爬出黑色的带翅膀的成虫，飞到林间的大树干上附在上面。黑髓虫对声音很敏感，树下如果有大型牲畜路过被听到声音的话，会落到它们背上吸食脊髓，小孩子的哭声也会招来黑髓虫。被吸取脊髓的动物很快就会死去，所以这绝对是害虫，看到以后一定要用尽办法打死……"

"等——等一下！"蓝岚连声叫着打断了叶运南的话。她挑着眉毛问叶运南："你在胡说八道什么？哪有这么大的虫啊？黑髓虫什么的根本就没听说过！还吸髓致死呢，那是骗小孩子的吧？对吧，所长？"

我点了点头表示赞同："目前已知的体型最大的昆虫也不过二三十厘米的长度，那黑髓虫的蛹都将近一米的话，孵化出来的成虫会多大？简直难以想象。"

"唉，我就知道你们不会信。但我是亲眼见过的！这虫子的事是林恩姐讲给我听的。"

嗯？林恩？被害人的名字怎么在这里出现了？我多少来了点兴趣，用鼓励的眼神看着这孩子说："你还是从头说起吧，时间地点什么的都详细一点。不要有什么顾虑。"

"……好，好的。这事发生在十二年前的夏天，那时候我只有 6 岁，还是幼儿园大班的小朋友，也是我跟林恩姐混在一起时间最多的时候。当时正值她暑假，我差不多整天都围着她在转。但到了 8 月初的时候，林恩姐所在的高中联合另外几个学校，在邻省翟原市的西山上举办了一个夏令营，她被选去参加这个夏令营一周。当时我还小不懂事，林恩姐走后天天吵着要见她，家里面被闹得不得安宁。父母实在是受不了了，加上我父亲是出租车司机，自己有车，便在第二天就开着车载我去了翟原市找她。到了那里后，父亲下车去找夏令营的老师交涉，因为他还要去上班载客人，想请辅导员答应照看我一天。我在父亲下车后溜下车，跑进那座山里面的大房子。哦，后来才知道，大房子其实是建在山里的一个叫'乐元堂'的孤儿院，夏令营也是为了促进外面的学生跟孤儿们交流的爱心夏令营。我跑进去到处找林恩姐，后来有学生告诉我她在地下室。我当即冲下去，推开地下室那个大房间的门，于是，就看到了那诡异的一幕……"

蓝岚多半和我一样讨厌叶运南擅自中断，不耐烦地问了句："然后呢？"

"然后就看到……在那个堆着破烂桌椅、灰尘遍地的大房间中央，挂着两只巨大的白色虫蛹，地板上还有一只虫蛹在蠕动，前端已经冒出了部分黑色的虫体。林恩姐和另外三四个人用扫帚和拖把在扑打那只虫子。当时我还不知道那是黑髓虫，见到那么大一只虫就被吓傻了。林恩姐回头看到我，跑过来把我推出去，问我怎么来了。我说了以后问她里面是在干什么？地上的是什么东西？她就跟我说了关于黑髓虫的事。她说他们几个人被分派来打扫地下室，发现这屋子被地下冒出来的黑髓虫侵占了，天花板上挂着三只虫蛹，其中一只掉了下来正要破蛹而出，放这虫出去会害人，所以他们正忙着灭虫。"

"你看清了吗？那虫是什么样子的？"我忍不住出声发问。

"嗯，进去看了。不过那只成虫刚冒出一点脑袋。就跟林恩姐说的一样，跟蛹的宽度比起来它的头和身体很小，都是黑色的，头顶上长着两根弯曲的触角。大概是想早点钻出来吧，不断地扭动着身体。后来它注意到了我的存在，竟然连着蛹壳朝门这边爬过来。

"'被它咬到会把脊髓吸光的！快踢开它！'林恩姐冲我大叫，但我害怕得双脚不听使唤。这时候另外几个人围上来，扫帚、拖把、木棍什么的都招呼上来，也有人用脚踢，一起围攻那虫子。虫子无声地在地上扭动着，最后不再动弹。大家发出了胜利的笑声。

"'看到没有？这里很危险，快点回家去吧，姐姐过几天就回去陪你玩了。'林恩姐这么告诫我。我听了她的话离开地下室。出去后发现父亲正在找我，夏令营的老师没答应他，回头我又不见了，把他急坏了。由于害怕，我跟父亲说不找林恩姐了，和他一起回了家。"

终于把往事讲完，叶运南用放松下来的语气说："虽然过去了十多年，但那年夏天发生的这件事还是留在我脑海里挥之不去。小时候我对此并不曾怀疑，觉得真是林恩姐说的那么回事。但年纪大了以后越来越觉得不可信了。几年前，我还曾问过已经参加工作的林恩姐那次究竟是怎么回事，但她只是笑着反问我：有这么回事吗？你一定是记错了吧。我知道自己没记错，她的笑意让我觉得自己受到了嘲弄，那以后便不怎么理她了。刚才蓝岚来找我了解林恩姐的情况，问起我对她印象深刻的事，我马上想起了那年夏天奇异的'虫之屋'。因为你们做的是'异象调查'，我就想借此机会委托你们调查一下。"

说完这番话，叶运南就和与他并排坐的蓝岚保持一样的前倾角度，用期待的眼神望着我等待答复。

"那，所谓的'异象'就是指那间'虫之屋'吗？"

"是的！请帮忙调查那间'虫之屋'的真相，以及'黑髓虫'是不是真的存在？"

"是嘛……不过在此之前，我还是先要问一句——你真的看到了'虫之屋'里的黑髓虫吗？确定不是梦境混淆了记忆吗？"

"当然确定！这我敢拿性命保证！我不是在开玩笑。"一直显得很随意的叶运南此时忽然认真起来，手按桌子站了起来。

我看也没看他，自顾自说下去："好吧，确定就好。那么在进入正式的委托流程前，我先说一下这边的收费标准。确定要委托的话，需要先付五百元的预付款，用于初期的调查，如果在两周内完成委托的话我这边会给出一份报告书，同时根据调查的难度再决定最后需要加付的酬金。如果调查项目比较复杂两周内未完成的话，那么同样会在……"

"等……等一下！"刚刚坐下的叶运南又激动地伸手叫暂停。这是不出我预料的表现。他用好像难以置信的声音在问："就……就是说酬金最低也要五百，而且是预付的，不能退？"

"那当然，调查已经进行了，资金也消耗了，没得退了。"

"这……要五百块这么贵啊！再加点都能买双新款乔丹了。"他面有难色地扭头看蓝岚，"能不能……打点折啊？"

蓝岚见他无意委托，百无聊赖地拿起我的平板电脑随意翻看，眼皮也没抬地说："打什么折？又不是我说了算的。再说我认识你也才不过半天。"这斩钉截铁的回绝倒是深得我心。

"那好吧……"叶运南无奈地转过来，眼睛也不敢看我了，"我……我再考虑一下吧。"

"没关系，你回家慢慢考虑吧。"

但不知该说这孩子脸皮厚呢还是少根筋，他还是坦然坐着，扭头去看蓝岚正在翻看的平板电脑。

正当我打算不留情面地打发他回家时，他忽然轻呼了一声："哎，这人我好像哪里见过！"

"谁？这个？"蓝岚把平板侧过来，让我也能看到屏幕。那上面是死者葛龙的照片。我的神经在这一刻紧绷，目光扫向叶运南。

"是的，总觉得……在哪里见过……"

"不会是在报上吧？"

"不是不是，记忆里跟他还有点不太一样……"

蓝岚干脆把平板塞到叶运南手里，让他看个够。

"啊！我想起来了！这……这不就是当年在那个'虫之屋'里见过的人吗？"

他这一喊无异于一声惊雷。我站起来盯着他问："你看清楚了？确定是他？"

"是啊，我确定，这副倒挂眉很显眼呢。虽然过了十二年，但他的样子变化不大，还是挺好认的。当年他手插在裤兜里，看到黑髓虫往哪里爬就过去踢一脚，不时发出笑声。"

"你再看看另外几张，里面还有其他认得出的人吗？"

我让他看的是另外三名死者的照片，但最后他只指着林恩的照片说："这不是林恩姐吗？除了她，别人我都没印象。"

"你再好好看看，过了这么多年样子和当年应该不太一样。"

"呃……你不会是说这里面另外还有人也在当年的'虫之屋'里吧？但除了那个年纪大的，其他的都很年轻，多数只有十来岁，我也只看了他们一两眼，十多年过后我怎么认得出来啊？"

说得也是，对于一般人来说这确实很难，更何况当时的叶运南只是个 6 岁的孩子，能够保留至今的记忆也有限。但我很快又想到另一个问题。

"对了，你刚才说在'虫之屋'里有几个人？"

"哦，我想想。"叶运南紧皱着眉，看上去"很使劲"地想了会儿后说："我、林恩姐，还有另外四个人。"

"就是说除了你以外还有五个人？几男几女呢？"

"这……应该是三男两女吧。"

"但这里面只有两男两女……对了！你等一下！"我立刻转身，目光扫遍茶室内寻找目标。那个穿短裙的服务员正在角落里帮一对情侣下单，我快步走上去，劈头就问："对不起，能借你的手机用一下吗？"

"啊？什么？"服务员一下子没反应过来，但我已经看到她放在围裙口袋里的手机，没等她答应就自己掏了出来。"抱歉，借用一下，很快还你。"

很快在手机相册里翻出梁乐乐跟我的照片，我把手机塞到叶运南眼前："你看看，这照片里有你见过的人吗？"

"这……这不是你吗？"叶运南眨着眼，指着照片中和梁乐乐深情相望的我说。

"这么明显的事就别说出来了好吗？看另一个。"

"哦……这个人啊……"很快，他张大嘴点着照片叫出声，"对！就是他！当年那五个人里面有他！"

"你怎么认出来的？不是过了十多年了吗？"蓝岚凑过来表达质疑，但看到照片中的两人时马上瞪大眼睛看我。

"不，这个我认得出来。他尖尖下巴的脸型很像我小时候看的一个卡通片里的角色，印象深刻。"

"蓝岚！赶紧收拾东西走了！"我大声下达命令，背起放在椅子上的挎包就向楼梯走。

"啊？发生什么事了？"蓝岚人虽然站了起来，但还是困惑地发问。

"照片里的这人刚才还跟我在这里谈话，他也认出了葛龙但没承认。虽然没弄清他们之间的关系，但我觉得他很可能会成为凶手的下一个目标！我们去找他！"

"喂喂！你们还没买单呢！"服务员终于完成他人的点单工作，扑上来一把揪住了我。

"哦好的，抱歉，我这就给你……不用找了。"我估摸着往多里给了她一张大票，正要下楼梯，背后又传来她的喊声："别走！还我手机啊！"

3

梁乐乐的家就在茶室马路对面的高层小区淅川六邨内，走过去十来分钟就到，但具体的几楼几室我并不清楚。一出茶室，我就拨打他的手机。这家伙许久未接，等我走过马路，才听到电话那头传来他不情愿的声音。

"喂！刚才照片里面的葛龙你认识的吧？！为什么骗我说

不认识？你给我老实说！大难临头了知不知道?!"我不管三七二十一对他大叫。

"我……不知道你在说什么……没事的话，我……就挂了。"梁乐乐没有底气地说着，看来还是没有坦白的意思。

"你给我清醒点！十二年前在孤儿院的事你还记得吗？你、姚宾和葛龙，当年都在那个房间里一起做过什么吧？他们都已经被'蝉蜕杀手'杀死了！下一个目标很可能是你！明不明白?!"

"你……你确定这次连续杀人案和那时候的事有关？"话说到这一步，梁乐乐终于开始有所醒悟。

"没错！当年你们就是三男两女没错吧？还有一个女死者的身份也已经确定了，你们到底是什么关系？凶手是谁？为什么要杀你们？"

"我……我只是在那年的夏令营认识了姚宾，其他的人都没什么联系，刚才那些人里面也只有那个年纪大的有点印象，其他都没认出来……我怎么会知道凶手是谁？他到底为什么要杀我们？"

"那你告诉我你们在那个屋子里干什么？'黑髓虫'是怎么回事？"

"我们……我们是在……你不要再来烦我了！"电话就此挂断，不只如此，梁乐乐还关了手机，拒绝与我再有联系。

"见鬼！这家伙就不怕死吗?!"我咬着牙高举起手机，最后又放回口袋。

住宅区的大门就在前方，作为助理的蓝岚跟上来理所应当，但是连叶运南都跟着过来算怎么回事？

"那人不配合吗？那怎么办？要报警吗？"蓝岚走到和我并肩时问。

"现在只是猜测，又没发生命案，报了警警察也不会当回事吧？先确保梁乐乐的安全再说，我们去他家找他。"

我来到小区门卫窗口，向正在扒饭的保安提出要进去找梁乐乐，但不知道他的具体住址。年轻保安警惕性似乎还挺高，一边剔着咸鱼的刺一边询问我们的身份。我忍耐着过重的咸鱼味道，面不改色地编造了一个梁乐乐同事的身份，最终成功骗取了地址。

"快！39号1102室！"我对蓝岚他们大呼了一声，从保安为我们打开的小门一拥而入。嘴里叼着半条咸鱼的保安眼神变得呆滞，大概是意识到自己做错了什么。

39号位于小区最后一排，顺利抵达后，我们三人在底楼的阶梯前止步。我上前按了1102的房号，对讲门铃里很快传出梁乐乐带有警惕的声音："喂，是……是谁？"

"是我，刚才还在茶室谈话的，来提醒你注意安全！"

"又是你啊……真是的！不是都跟你说过了吗？你再来纠缠我就报警了！"

"你报啊！报警也是一个保证你安全的好办法。"

"你……"他好像小声骂了一句，然后切断了通话，但是没给我开门。

"怎么办？"蓝岚问我。

"电视里的侦探遭遇这种情况，不是都有应对办法的吗？

比如掏出两根铁丝什么的……"没等我回答叶运南就把话接了过去，用双手比画着，还冲我挤眼睛。

"你说的是惯盗吧？再说我又不是侦探。"我走下阶梯，快步绕着39号楼走了一圈，发现这楼就跟普通的高层居民楼没什么两样，只有南侧防盗门这一个出入口，楼背面的楼梯位置虽然设有窗户，但是在二楼以上的高度，守住正面大门的话就能掌握所有进出的人员。

我招手让蓝岚和叶运南靠近，压低声音对两人说："现在只能等了。等有这楼里的其他住户进去或者出来开铁门时我溜进去，你们两个就守在这门口，一发现可疑人员就打电话告诉我。"

两人像接到任务的士兵般郑重地点头。我再问一遍蓝岚："还记得嫌疑人特征吗？"

"这还用说？你在事务所尽唠叨这个了。男的，25到35岁，身高一米六五到一米七五，体形不胖不瘦。"

"很好。我进去后，要是看到有这样的人出入马上通知我！"我又扭头问另一边的叶运南，"你，记住了吗？"

"啊？记住什么呀？"身边传来一个无比苍老的声音。一位80多岁没了牙的老太太站在原来叶运南站立的地方，佝偻着身体眯缝着眼问我，而叶运南则在老太身后龇牙咧嘴地冲她指指点点。

还好是个老人，差点露了馅。"哦，没事！老奶奶您上几楼啊？我来扶您。"我立刻切换到热心好市民的模式，搀扶着老太走上台阶来到铁门前。老太对我连声道谢，颤颤巍巍地刷卡开了门。

我就这么顺理成章地混进了楼内。

4

1102室的门铃按了多次也不见屋内有动静，趴到门上看猫眼也是枉然。正当我以为梁乐乐已经遇害，想踹门进去的时候，他的声音却从里面响起："谁……谁啊？外面是……是谁？"

我总算松了口气，隔着门骂："原来你没死啊！打算装死装到什么时候？我是来救你的知不知道？干吗躲着不出来？喂！说话！"

大概理解了我也是好意，梁乐乐的语气比原先缓和了许多："我……我正在咨询几个懂法律的朋友，等时机成熟我会出去的，你别来烦我了好吗？"

"你怎么就不明白自己的处境？另外那几个都死了，下一个就是你懂不懂？"

"行了行了，我知道，所以我躲在家没出去嘛！你放心，在事情解决前我是不会放任何人进来的。我家的门结实着呢，那个凶手总不会光天化日破门而入吧？"

见鬼！这家伙怎就不知死呢?! 我试着朝他家的大门捶了两拳，发现确实挺结实的，拳头阵阵生疼。

"谁……谁？干什么？"梁乐乐被我的这两拳吓到，在里面惊叫出声。

"还是我。"我长叹了口气，"既然这样我就给你考虑的时间，在楼下等你出来吧。不过最多半个钟头，不然我去向警察举报你。"

"好，好，这样也行。谢……谢谢你啊。"

"那我走了，你自己保重。"

刚转过身，门内又响起声音："喂！等一下！不好意思，家里没饮料了，现在又特别想喝，你……能替我去买个大瓶的雪碧吗？对面楼下底层就有个小卖部，没有的话就出大门马路对面的便利店，我……我现在不敢出去。"

没想到我急吼吼地冲过来救人，最后竟然成了跑腿的。但对方毕竟是个垂死挣扎的人了，我也不好意思让他太失望。"好，买就买吧。不过……双倍价格哦！"

下到底楼一出铁门，蓝岚和叶运南就围了上来问梁乐乐的情况。

"还活着呢。我去去就来，你们继续监视。"抛下这句后我就跑开。不巧的是对面的小卖部没有大瓶装的雪碧，我只能一路小跑出小区。

大概十分钟后，我像抱着炮弹的士兵般捧着雪碧回来了。蓝岚和叶运南都用惊讶的目光看我，我咳嗽了一声先发制人问："怎么样？有可疑的人员进去吗？"

"没有啊，有的话会给你打电话的。只进去了刚才那个老太和一个十一二岁的小男孩，没别人了。"汇报完蓝岚指着我怀里的雪碧问："这是……？"

"这是……任务道具，你们就别管啦。"我走上台阶在门锁上按下1102，等着喝雪碧的梁乐乐这次没有理由不开门吧。

电子铃声响个不停，却不见有人接听，门也没打开。明知道我要上来却没反应，这有点奇怪了。扭头看去，身边的蓝岚和叶运南同样一脸焦急。

梁乐乐住在十一楼，就算在楼下大喊，紧闭门窗的他也听不见吧。我只能拿出手机再次尝试拨打。虽然他关过机，但刚说和朋友在商量，应该已经开机。这次果然通了，但还是无人接听。我开始预感到事情不妙，心越来越往下沉。

正当我在考虑是不是去叫保安来开门时，铁门却打开了。门内是一个推着婴儿车的年轻妈妈，她个子不高，身材略微发福，婴儿车内一个两三岁大的男婴躺在宽松的睡篮里，似乎不太乐意出门的样子，在哭哭啼啼。母亲一边哄孩子一边推车出门有些吃力，我忙上前帮她把铁门拉直。年轻妈妈谢过我之后推着车离开，而我则趁此机会闪身入内。

蓝岚和叶运南也想跟进来，我忙制止他们："你们别跟过来，我一个人上去。梁乐乐可能已经出事，你们继续守在这里，一发现可疑人物就盯住他，还有联系我！对了，叶运南到楼后面去，虽然那里没有门，但二楼以上的楼梯处有窗户，不排除凶手狗急跳墙的可能！"

看着缓慢亮起的楼层数字，感觉电梯比前一次的速度慢了许多，我的心也跟着逐层上升的电梯悬起来。

电梯抵达后，我几乎是扒开电梯门冲出去的。1102的房门依旧紧闭，我大叫梁乐乐的名字，但却毫无动静。这时候也顾不了许多了，我放下雪碧，开始踹门。大门弹开后我一下看到了主人，但他再也不会有任何回应了。

梁乐乐仰天倒在门口附近的地板上，瞪大的眼睛好像难以相信自己的遭遇。他的胸口有五六个血窟窿，地下大摊的血迹正向四处蔓延。被鲜血染红的衬衫中央，赫然钩着一只黄褐色的蝉蜕。果然，又是他。

我把手放到梁乐乐脸上，虽然体温犹在，但呼吸和心跳已经没了。我只晚来了一步，但他遇害的事实已经无法挽回。但我实在想不通，说得好好的不给任何人开门，凶手怎么会进来？

接下来的第一反应是在屋内查看。这屋子里显然藏不住什么人，我看了一圈后很快回到门口。这时我注意到丢在梁乐乐身边的一个空的绿色塑料瓶，那是五百毫升的小雪碧瓶。刚才注意力被尸体吸引，竟然没注意到。走出屋子来到走廊，看到隔壁一户人家门口摆放的垃圾袋被打开了，我明白了梁乐乐开门的原因。

凶手在我走后翻隔壁的垃圾找了个空雪碧瓶，然后按在猫眼上冒充我买雪碧回来，叫梁乐乐开门。因为前面已经和我说好，梁乐乐没有怀疑就开门，结果遇害。这样的话，那凶手一定偷听到了我们说话！他在我们之前就已经来了！就躲在我的身边！

走廊里唯一能藏住人的地方就是通往楼梯的那扇门，我猛地将门推开，但看到的只是空无一人的水泥阶梯。这个时候凶手当然不可能还躲在这里，但蓝岚和叶运南并没有跟我汇报，也就是说凶手还在这楼里没出去！

我往电梯间跑去，同时拨打蓝岚的电话："蓝岚！守住门口！别放任何人出去！"

"怎么回事？那个人怎样了？"蓝岚因为我的语气也变得有点惊慌。

"梁乐乐已经遇害了，但凶手还没出去，可能随时会逃走！"

"啊？怎么会？没看到任何可疑的人啊……"

"可能凶手在我们来之前就已经在楼内了，但因为有你们守着他没机会逃走。你让叶运南也注意看守，我马上下来！"

下电梯后我直冲铁门，跑过蓝岚身边。在小区斜对面有一个公用电话亭，为了不暴露号码身陷其中，我只能在那里报警，靠警方的力量去搜出还潜藏在大楼内的"蝉蜕杀手"。

"喂喂！我要报警！"我对着电话那头的接线女声大叫，没理会对方要我报上身份的要求直接开讲，"注意！这是又一起'蝉蜕杀手'犯下的杀人案！凶案地点是淅川六邨 39 号 1102 室，被害人名叫梁乐乐。现在凶手还被困在大楼里没有离开！记住凶手的特征是 30 岁左右的男性，身高一米六五到一米七五之间，体格中等。请彻底搜查楼内符合此特征的人，尤其是非住户的外来人员！"

说完我就挂断电话，再次往来的路上飞奔。

"怎么样？有人下来吗？"远远的我就对着蓝岚大喊。

站在铁门旁的蓝岚冲我摇头，又摊了摊手，显得困惑又无奈。我又绕到大楼后面。叶运南蹲在地上呆呆地抬头望着楼上，面对我的询问，他也苦着脸摇头，说没见人跳窗。

楼梯上最低的一扇窗户大概距离地面五六米高，这里很有可能成为凶手的突破口。我忍不住又问："你真的没看漏？"

　　"怎么可能啊？绝对连只苍蝇都没从这里飞出来过！"叶运南气呼呼地为自己辩护。和他一起守望了几分钟后，我又回到大楼前方。蓝岚依旧一脸凝重地看着大门口，从她脸上的表情就知道没有发生异常情况。

　　"话说……我们要这样守到什么时候？"

　　蓝岚的话刚一出口，就有警笛声远远传来，看来我也不必说明了。警车后还跟着一辆黑色的装甲警车，在小区里一直开到无路可开才停下，荷枪实弹的武装特警从装甲车上跳下来。看来他们对我的报警电话倒是相当重视，派出了重装部队。我叫上蓝岚往大楼后方走，会合了叶运南后一起悄悄离开。

　　"一直没见可疑的人下来，那个'蝉蜕杀手'应该还在楼上，这次一定可以抓住他了！"蓝岚扭头看了一眼，说完捏了捏拳头，似乎对自己的判断很有信心。

　　我也停下往身后的大楼望去。平淡无奇的一栋居民楼，不可能有任何暗室和密道，躲在里面绝对逃不过警方的大规模搜索。但，之前不留痕迹地杀死四人的"蝉蜕杀手"真的会在里面坐以待毙吗？我开始怀疑这种可能性，总觉得他会像脱壳的金蝉一样，在众目睽睽之下，用我们无法理解的方式逃走。

牛首传说

1

"不可能！这绝对不可能！"蓝岚大声叫了这两句后，不管连线那端传出的话声，把无绳电话的子机砸在我办公桌上。

"这公事电话是打给谁的？"作为老板，这种事我还是有权过问的吧。

"我在刑侦大队的内线。"

刑侦大队里安插内线？说得好像有黑社会背景一样……不过我相信刑侦大队长的女儿应该是有点特殊人脉的。

"怎么了？"虽然已经猜到几分，我还是问了她一句。

蓝岚用泄了气的语调陈述："他们昨晚搜查询问了那大楼里的人一夜，结果还是没发现嫌疑人。案子已经被媒体捅出去了，估计警方很快会正式宣布。"

"搜遍了所有角落，查遍了所有符合特征的人吗？"

"没错，就差把大楼翻个底朝天了。楼内符合特征的男子有十七名，但都是半年以上的住户，每个人的身份履历都查过，找不出和死者的联系跟杀人动机。"

"所以说……那个'蝉蜕杀手'就这么从被包围的大楼里'人间蒸发'了？不，用你的话说就是'瞬间消失'吧？"

"你好像一点也不吃惊？还有空吐槽我嘛！"蓝岚慢慢把头转向我，眼里透出可怕的光。

"不不，我的意思是说……要是随随便便就被抓住的话，那还算是'蝉蜕杀手'吗？呵呵——"

她瞪了我一眼，总算没有发作，拨开遮住眼睛的一侧头发，自言自语般说："奇怪，他到底是怎么逃出去的？……"

"要我说的话，警察的大部队来了以后逃脱的可能性极低，他也不可能磨蹭到那个时候，要逃的话还是我们在的那个时机更好。"

"你又怀疑我的能力是吧？"她用凌厉的目光扫我一眼，"我看过时间，我们到那里是下午2点，离开时差不多2点30分，在这半小时时间里，我的眼睛一刻也没离开过那扇大门。进出的人，除了你以外，只有五个，两个进的，三个出的，他们都不是什么可疑人物。就算凶手先于我们进去了，但他怎么可能在我们眼皮底下逃出去呢？"

"你确定那五个人不可疑？"

"当然。第一个进去的是那个七八十岁的老太，你也看到了，不用说性别体型不符了，她那副样子要杀人都难吧？第二个进去的是个十一二岁的熊孩子，进门前还想拿水枪滋我，差点给他一个嘴巴。"

"重点应该是出来的人吧。"

"出来的也没问题啊。第一个是发福的中年主妇，身高只有一米五几吧？眼光倒是挺凶的，走远了还不忘扫我几眼。第二个是大个子的运动型青年，那身高……大概有一米九吧？也可能是他太高了，走过时眼望天边完全没注意到我。第三个你也看到了，就是那个推婴儿车的年轻妈妈，身高只有一米六左右，凶手也没法变成这样吧？那辆婴儿车看样子虽然结实，但是不可能藏进一个大人吧？难道你想说凶手就是那个两三岁的孩子？"

蓝岚边说边挤对我。反正已经被她损惯了，我只当是耳边风。"那么最可疑的就是那个大个子了。如果'蝉蜕杀手'的真实身高是一米七五，穿上十几公分的内增高鞋就快一米九了。他走路时没看你也是怕和你打照面吧？"

"但是你没看到他那满身的肌肉啊！这可是那个冒牌的邱石没法比的。"

"肌肉不是也可以化装化出来的吗？像那个什么电影里面，刘德华演的……"

"那是电影啊老大！人家有化装团队跟着的！你不会认为'蝉蜕杀手'也是团伙犯罪吧？"

"嗯……呃……好吧，如果你没出错，那就只剩下一个假设了——问题出在看守后窗的叶运南那里。你觉得他放过凶手对我们说谎的可能性大吗？"

"这个……我们也就认识了一天而已，不太了解这人的底细，谁知道他暗地里是不是和凶手有什么瓜葛……"

我打着哈欠闭上了眼睛："但是梁乐乐已经死了，最后的线索都断了，'蝉蜕杀手'把当年孤儿院地下室的五个人都杀了，事件就这么算完结了吧……"

　　"不是吧？这要是在侦探小说里，让凶手杀完全部目标不破案就完结的话读者可是会撕书的！再说你可是收了人预付款的，不把凶手揪出来后面的大笔酬金怎么拿？不会到手一千块就满足了吧？"

　　"这倒也是。"我又从沙发上坐了起来。

　　"我想起来还有一条线索可以查，就是叶运南提到的'虫之屋'。十二年前在那里发生的事显然和本案有关。目前已经确认其中五人都成了死者，可以找那家孤儿院的工作人员问问的，说不定有老员工知道当时的事情。"

　　"嗯，这主意不错。"蓝岚的脸色终于变好了一点，又问，"那我们现在去翟原市调查？"

　　"呵呵，那里离这边可有三百多公里呢。先打个电话问问看吧。至于具体怎么做，不用我说了吧？"

　　蓝岚很知趣地离开我办公室，去了外间她的电脑边。为了发泄不满，临走前还踢了我坐的沙发一脚。监工一样的助理终于走后，我又一头倒了下去。

2

　　"快起来！不好了！"躺在沙发上还没来得及睡过去，蓝岚的声音就在耳边响起。睁眼看到她正手拿着电话站在沙发边，一副心急火燎的样子。

"怎么了？又出什么事了？"我依旧头枕着双臂，随口问道。

"我在网上查到了乐元堂孤儿院的地址，但是找不到电话号码，后来我联系上翟原市民政局……"

"民……民政局？"

"对，从民政局管这一块的人那里打听到，那家孤儿院里收养着几十个6到16岁的孩子，但在八年前的一次山林大火中被烧毁了！里面的工作人员多数死于这场意外，只有十几个孤儿逃了出来，后来孤儿院没有再建，那些孤儿也分散到别的福利机构。到现在八年已经过去，他们都已被收养，各自长大成人了。我问那人收养孩子们的家庭地址，对方说不能轻易泄露，除非是相关人员来现场询问。"

"这样啊……"我艰难地从沙发上爬起来。这真是个不幸的消息，不是因为那场事故，而是为了获得那些地址，我可能要亲自去翟原市跑一趟。

正当蓝岚要挂断电话时，我想起一事，对她伸出手："对方还在线上吗？来让我说几句。"

蓝岚利索地递上子机。电话那端是一个和蔼的中年妇人的声音，她说姓刘。几句客套过后，我进入了正题："刘女士，我想问你乐元堂那边的事。"

"乐元堂孤儿院吗？那事比较久远了，当时经手的人也已经退休，恐怕我知道得不多……"

"我想知道孤儿院里是不是曾经有一个叫葛龙的护理员？"

"这……你等一下，要查一下资料。"

"好，好的……"打着长途电话去查资料？我开始根提出这个问题的自己。

还好没等太久，四五分钟后刘公务员就回来了，告诉我没有这个人。我愣了，一时不知如何继续。

"那么，没什么事的话我就挂电话了。"她好像完成任务般要结束通话。

"好吧……哦不，等一下！我还有一个问题！不知道你是不是听说过'黑髓虫'？"

"哦，那个啊！呵呵……"对方的语气放松，随意地说起来，"正好我小时候外婆家就在西山，所以也从大人那里听说过这个。这类传说到处都有，因为在西山有大片林区，就演变成了吸食树汁成长的怪虫，那只是用来吓唬小孩的故事而已啊。"

"原来这样啊……"得知这样的答案我一点都不觉得惊讶，真的有才比较奇怪吧，"嗯，那能请你描述一下传说中'黑髓虫'的特征吗？"

"特征？这个……就是一种黑色的虫子，生长在白色的蛹里面，出来后会飞，头上有两根触角，嘴里有像针一样的口器什么的吧……"

这真的不是蟑螂吗？"……大小呢？"

"具体尺寸？故事里倒是没说得这么细，不过小时候在我的想象中至少也有二三十公分长短的样子吧？"

"嗯嗯，十分感谢你的回答。那么这次就到这里吧，再见。"

打电话的同时蓝岚一直在旁听，挂掉后她用讶异的目光望着我说："问葛龙的事也就算了，搞了半天你就打听个虫子？"

"嗯，是啊。"我从沙发上站起来，踱步走到老板椅前坐下，把双臂搁到办公桌上，半卖关子地说，"因为这关系到案子的动机，所以很重要啊。"

"动机？和'黑髓虫'有关？说来听听！"蓝岚果然被我的话吸引，一屁股坐到对面的主管椅上，期待地看过来。

"嗯……这样吧，你先说说昨天听到'虫之屋'的事后想到了什么？你觉得那几个被害人在一起做什么？"

"不是说……他们……在灭虫？不对，这样的话你就不可能考我了。啊！我知道了，那样的五个人聚在一起，会做的事情只有一样了吧？那就是……"

"没错，他们不是在灭虫，是在对人施虐！考虑到事件发生的地点，我想他们的施虐对象应该是孤儿院里的孤儿，那些没有父母照顾的孩子更容易遭人欺凌。"

"那所谓的虫蛹和黑髓虫就是……"蓝岚像猛然觉醒似的瞪大眼睛。

"当然是人了，哪来的那么大的虫子？所谓的虫蛹应该只是里面装了人的白色布袋，至于上面一圈圈的，应该是用铁丝在外面捆绑时形成的。这样既可以限制袋子里人的行动，又能在外观上往虫蛹靠拢。"

"那地上要爬出蛹的虫子就是正要爬出袋子的人？"

"只有这种可能了吧。头上可能套了黑色的布袋，触角是铁丝、塑料电线什么的吧，头发被袋子罩住的话就能插在上面了。至于嘴里的尖利口器，应该是被迫叼住的筷子、木条之类的东西。"

"真……真是这样吗？但是叶运南说接近一米长度是怎么回事？那不像是人的身高啊……"

"那太简单了，应该是因为一个人缩手缩脚趴着的关系吧，爬行的时候不都是那个样子吗？孤儿院里都是小孩子，蜷起身体到那个长度很正常。"

"可是，为什么？虐待就虐待吧，他们为什么要把人装扮成黑髓虫往那个故事上靠呢？感觉好恐怖……"说这话时蓝岚眼里露出畏惧。

那些人这么做的原因我已经大致猜到，只是说出来有点残酷："你，有没有听说过'牛头人'的故事？"

"'牛头人'是什么？NTR吗？魔兽争霸里的种族吗？"

我惊讶于她知道得还不少，咳了一声后说："别瞎猜了。这是个让人悲哀的故事……"

我整理一下思绪，开始讲述这个故事：

"说是在日本的幕府时代，有个正经历饥荒的村庄，村里可以吃的牲畜都已经吃完，村民们饿得奄奄一息。这时候有个头上像牛一般长角的畸形人迷路入村，村民们虽然知道他是人类，但为了填饱肚子生存下去，硬把他说成是头牛，将人活活打死后像牲畜一样宰割，分食了他的肉。发现这样一条获得食物的途径后，人们变得一发不可收拾，开始将牛头骨套在同是村人的同伴头上，讹称那是头牛后宰杀食用，用这种自欺欺人的方式减轻吃人带来的罪恶感。到最后，这个村子还是在灾荒中灭亡了，后人在村子的地下发现了大量的人骨和一些牛头骨。”

“这……这是真事？”蓝岚倒抽一口凉气。

“不知道是不是真事，也许只是个揭露人性虚伪丑恶的故事吧。为了让自己安心，用自我欺骗的方式把不正当的事情正当化，甚至是群体性的自我欺骗，这也就是在孤儿院地下室里那五个人所做的事了。那些学生初到孤儿院时，应该听大人说了那个‘黑髓虫’的故事。说的人可能只是拿来开玩笑，因为他们毕竟是中学生，不是小孩子了。但当事情发展到他们要对几个孩子施虐时，可能是初次尝试罪恶感太重，有人想到了把人扮成故事里的害虫。实施起来很简单，只要在吊起那些孩子的口袋外扎几圈铁丝就成，其他的东西也是就地取材，说不定这样做本身也给他们带来了快感吧。这样一来，殴打虐待袋里的孩子，却成了消灭害虫的正当行为。不巧的是，年幼的叶运南误闯进来。要如何对一个幼童解释他们所做的事呢？当然是顺水推舟，把那个故事对小孩子讲一遍，谎称他们是在消灭害虫就好了。对于年幼没有分辨能力的孩子来说，就算是非现实的故事，由大姐姐嘴里说出来，也会当真吧。于是因为害怕逃走，在幼小的心里留下恐怖的回忆。”

“那些人……竟然对孤儿院里的孩子做出这样的事！实在是……”从我这里都能看清蓝岚牙关紧咬义愤填膺的样子。

她看向我说："这……就是'虫之屋'的真相吗？"

"是啊，很简单不是吗？其实我也很想接叶运南的委托，这么容易就能解开的谜团……可惜那小子连五百块都舍不得啊！"

3

"咦？怎么是你？"外间传来蓝岚的声音，这似乎是个不速之客。很快她把人带进我办公室，于是我也明白了她吃惊的原因。

"曾羿先生？您可是稀客啊！请，请坐！"

曾羿照旧用一贯温和的语气说："呵，其实也不是多重要的事，是来告诉你上次福利院严查后的结果。"

没想到他真的履行了承诺，没有随便叫个人打电话过来而是亲自上门。身为大老板还在百忙中抽空处理福利院的事，可见他对哥哥的遗志相当上心。

"……是这样的，抽查后发现另有两个孩子也受过葛龙的虐待……"

"什么？还有？"身边的蓝岚气呼呼地走近曾羿。总经理面带愧色地点头："是的，不过受害的程度没有多多那么严重。"

虽然曾羿的话里充满歉意，但蓝岚依旧一副不依不饶的样子，抱着胳膊边往他身后走边说："哼，也只有这点事值得庆幸了。其他的工作人员还有这种倾向吗？"

"这倒是没有。"曾羿扭头向蓝岚处说，"我针对这一点特意雇了人查过。"

"哼！这种人就该抓住后用虐待罪法办他！就这样死了还便宜他了！"说话间，气呼呼鼓着腮帮子的蓝岚又走回到我身边。

我咳嗽一声后纠正她话里的错误："呃，其实不是这样的。在我国虐待罪的犯罪主体是特指家庭成员的，葛龙不是多多的家庭成员，不能以虐待来定罪的。要判的话可能适用'故意伤害'吧？但致人重伤致残的故意伤害也只会判三年，像他对多多做的这种程度，会判得很轻啦。所以'死了是便宜他'什么的，是讲不通的。"

"真是这样的？"蓝岚难以理解般睁大双眼。我默默点头。

曾羿等我们话说完才再次发声："事实上，除了这些，我们还发现'葛龙'并不是他的真名，义工登记时他递上的简历和身份证明都是伪造的。他的真名叫刘臻龙，老家在翟原市西山，之前从事的也是护理类的工作，半年前还因为伤害儿童罪被关了一年。"

"原来这家伙是惯犯啊！真该死！"

曾羿的话让我想起另一件事，忙问："那他在西山时是不是在一个孤儿院工作过？"

"嗯，好像是在报告里见过这个名字，叫作什么堂的。"

"乐元堂吗？"

"对，对。"

"这样的话就大致清楚了。"我看向蓝岚说，"葛龙今年

45 岁，十二年前 33 岁，是乐元堂孤儿院的护理员。梁乐乐和姚宾今年都是 30 岁，十二年前 18 岁，应该是本市两所不同的中学的高三学生；林恩十二年前 16 岁，是就读于另一所学校的高一学生；这三个人都参加了当年的那次爱心夏令营。还剩下的是 34 岁的苏景悦，她在十二年前是 22 岁，可能是带队的新教师。这样一来这几个死者就都联系起来了。因为夏令营时间短暂又没什么记载，导致警方至今都没查出死者之间的联系。”

“嗯，可能性很大。”蓝岚手摸着下巴再次走远，这次倒是赞同了我的看法。这样一来关于动机的假设基本可以确定下来了。

桌对面的曾羿反复扭头看向我和蓝岚，苦笑着说：“你们……在说什么？”

“哦，和你无关，只是……案情分析。”蓝岚对他笑了笑说，口风倒是意外地严。

意识到自己是个局外人后，曾羿的笑容多少显得有些落寞，他站起身说：“好吧，要告诉你们的事都已经说了，既然你们有事就继续吧。我告辞了。”

这位商界精英说走就走，我忽然有种眼看财神溜走的感觉，忙一把拉住他：“等一下曾总！我们的事其实不重要，什么时候都可以谈。特意来这一趟连口水都不喝就走太怠慢您了。蓝岚，还不快去冲两杯咖啡过来！”

说完我凑到一脸不情愿的蓝岚耳边，低声说：“给我一杯里冲两包速溶咖啡！”

他果然连连摇手："不不，不用这么麻烦。我不渴，真的。话说，庚先生你是不是有什么事？"

这下真是问到点子上了，我正琢磨着怎么开口呢。"嗯……请问曾总，你那个基金会资助的是哪些对象呢？"

"哦，目前主要针对孤儿和残疾儿童，一些因残致贫的家庭也是我们的资助对象。"

"那有没有对公司和企业之类的资助呢？"

"这个……如果主要员工是残疾人，公司的经营确实面临困境的话也是可以的。"

我开始后悔招蓝岚这样一个健康得有点过分的助理了。"那对普通的经营困难的公司是没有的是吧？"

"呵呵，我们是基金会，不是投资机构。经营陷入困境是经营者的经营策略有问题，和我们没关系。"

好吧，看来一定要和残疾人沾点边才行了。我还不想就此放弃。"对了！那如果公司的业务对象是面临困境的残疾人呢？"

大概是没想到会出现这种问题，曾羿满脸困惑，显得难以定夺。唉，实在无法理解的话我只能直接问他愿不愿意资助我的调查所了。

"等一下！"蓝岚的声音突然在办公室门口响起。原本被支到外间的她，不知为何在这关键时刻出现，一下子冲到曾羿面前，神情激动地问："曾先生，我刚才听到了你们说话。你的基金会只是以残疾儿童为目标进行资助的吗？那能不能放宽范围，接受年满 18 岁，但身体有重度残疾急需救助的人呢?"

"这……要看情况。"

"曾先生,你来看看这个。"蓝岚说完冲到我身边,一把将我从椅子上推开,手指飞快地在键盘上输入。我从地上爬起,看到屏幕上是一个募捐网站的页面,绿色的页面上出现了不少文字,还配了多幅病床上的照片,上面躺着的人正是得了美人鱼症的娜娜。这应该就是邱石为娜娜募捐的那个项目吧,最上方显示的目标是一百万人民币,但目前获得的捐款额显示只有数千,真是杯水车薪啊。

蓝岚指着屏幕上的娜娜对曾羿说:"你看,这是我一个朋友,她今年18岁,得了一种叫'美人鱼综合征'的罕见疾病,腿部像美人鱼尾巴一样融为一体,内脏也多个缺失,现在已经到了不做大手术就有生命危险的地步。整套手术大概需要一百万元,但与她相依为命的哥哥前不久死了,她孤身一人,根本无力负担这么高额的医疗费用。所以,请你的基金会帮帮她好吗?没有这笔钱,她就连活下去的机会都没有了!"

蓝岚像放连珠炮般急切地把话说完,然后扭头用期盼的眼神望着曾羿。见曾羿许久未做决定,她又连续点开数张娜娜正在接受治疗的照片,其中还有娜娜畸形腿部的特写。

曾羿似乎因为这视觉冲击眯起了眼,静默许久后终于问了一句:"你说她哥哥死了,只剩下她孤身一人了?"

"对,她哥哥是在我们查案的过程中被暴徒用刀刺死的。就凭娜娜一个人,真的没力量承担这笔天文数字的医疗费,但是，她像很多18岁的女孩子一样，人生明明才刚开始，却要……"蓝岚的话到后来没能继续，她眼角已经发红。

"好的，我知道了。"曾羿说完退回到原来的椅子，再次坐下去。从缓慢的动作上看得出他心情沉重，说话时头也没抬起来："你们知道我想什么吗？看到那个女孩子，我忽然想到了我哥，同样是腿有残疾，同样是不能走路，唉……"他忽然抬头向我发问，"庾先生，你觉得人在什么状态下才会被称为人呢？"

"呃……我不太明白你的意思。"

"是人在不具备人的形态的时候。"他这话里似乎带着悲哀的情绪，"虽然并不是全部，但对于很多人来说，当面对不像自己一样具备人的基本形态的他人时，就会产生'这不算人类，不把他当作人来对待也可以'的感觉。"

"你是说……残疾人？"

"没错。残疾程度越严重，越有可能遭遇这种对待。人是一种天生需要优越感的动物，外貌、贫富甚至地域，都能成为他们优越感的来源。即便一个人的自身条件处于金字塔的最底端，但还是可以找到比自己更不如的人，那就是——身体有缺陷的人。因为对方身体缺陷而产生歧视，对他做过分的事也不会觉得愧疚。这样的事在我哥哥小时候就曾经遭遇过，我想，可能也在你们这位朋友的身上发生过吧？"

我和蓝岚面面相觑。我们并没有听娜娜讲过类似的事情，但那些在鱼缸前围观她的人，或许也有部分投射的是猎奇的目光，并没有把她当作人来看待吧。

曾羿或许是把我们的反应当作是种默认，点了下头，继续说道："我们基金会成立的一大目的，就是救助那些被歧视的弱势群体。我们不但收留那些孩子，还会尽力治疗他们的残障，为了让他们像普通人一样在这个社会上生活而努力。嗯……这样吧，近期我会派人去了解一下这个女孩子的情况，虽然我们的资助对象以未成年人为主，但也不能因为年纪的原因就见死不救。"

　　这话等于基本同意了资助，蓝岚一下子高兴得站起来，紧握曾羿的手，眼里喜悦的泪水快要满溢。我还是第一次见到她对除了蒋小纯以外的人表现得这么热情。

　　曾羿有些受宠若惊："那没什么事的话我就告辞了，小仇还在楼下等我呢。"曾羿再次告辞。蓝岚终于放手，用热切的目光注视着他说："那我把娜娜所在医院的地址给你吧，找她的话方便些。"

　　他们两人去了外间后，我走向窗边朝楼下望去。那辆黑色的劳斯莱斯就停在楼下鞋店前的路边，穿黑衣戴墨镜的小仇站在车边人行道上，抬起手腕在看表。说来也巧，可能是想确认曾羿的位置，小仇忽然抬头朝我所在的窗口望过来。虽然有墨镜阻隔，我还是感受到了他眼镜后面冷冷的目光，身体不由一颤，把脑袋缩回了窗内。

　　我想到一件事，追出门口，问正走向楼梯的曾羿："曾先生，能不能告诉我昨天下午 1 点到 2 点之间你在哪里？"

　　一手搭在栏杆上的曾羿困惑地回头："啊？这……我应该是在公司办公室里处理事务吧。为什么你会问这个？"

我没有回答继续追问："那时候司机小仇在哪里呢？"

"他只要在我需要用车的时候在车里就可以了，其他时段是可以自由支配的。怎么了？"

"没什么没什么，我只是随便问问。"

最终曾羿扶着楼梯一步步朝楼下走去。在我看来，那背影就像一只原本有望煮熟的大肥鸭正在远离。

4

"所长，接下来你要做什么？"曾羿走后蓝岚的脸上喜气洋洋的，说话时手里还不停地转着笔。

"我有很多事要做，"我抢过她手上的笔放回我的笔记中缝处，一屁股坐进椅子，"为了排除叶运南的嫌疑要去查他的履历，为了查清十二年前的事件要去翟原市找人员名单，还有符合条件的嫌疑人也要查。"

"那都是外勤对吧，就是说没我什么事咯？"

"你想干什么？"

"嗯……我想下午请半天假。"

"请假？你才来几天就要请假？！"

"这个……因为今天比较特殊嘛……"

"别跟我说生理期什么的！不方便出去你可以待在这里。"

"不不，也不是啦！"蓝岚连连摇手，"我是……想下午去齐安看娜娜。自从那天晚上分别后就没去看过她，刚好今天有了好消息，我想第一时间告诉她。"

如果是这事的话我倒是可以理解，但多少还是有些不乐意："不能打电话告诉她吗？"

"不，这件事我想亲自告诉她，想看看她高兴的样子。还有，不是都说了因为一直没去探过病所以要去这一趟吗？"蓝岚鼓起腮帮子，露出不高兴的表情。

我也只能妥协了："好吧，准你半天事假，扣半天工资。"

"好的！谢谢所长！"

没想到她完全没因为要扣钱而生气，印象中好像还是第一次谢我。

几分钟后，原以为已经离去的蓝岚又出现在我桌边，眯起眼笑着凑上来："所长今天不去齐安市吗？"

我正在网上搜索，头也不抬地问："为什么我要去齐安？"

"可以找娜娜再了解一下情况啥的，说不定能找到新线索。"

"没那个必要吧？"

"那找团长他们问一下当天目击凶手的情况呢？"

我好像明白了她的意思，扭头看过去："你是想搭我的车去医院看娜娜吧？"

被看穿的蓝岚吐了吐舌头，悻悻然往外间走。手机在这时响起来，来电人竟然是邱石。

"庾先生你好，好久不见，呵呵。嗯……我是想问一下这次调查的进展如何了？"

什么好久不见，也就隔了几天而已吧！"正在有条不紊地进行中。"我没好气地回答，"到了时间点我会自动向你报告的。"

"嗯嗯，好的。麻烦您了。"宅男依旧和气地说，然后转换了话题，"话说……庾先生今天会去齐安市吗？"

"啊？怎么都问我这个？我为什么要去那里？"

"是这样的，昨天在医院的时候团长跟我说起你在齐安的车已经修好，可以开回去了。咦？他没跟你说过吗？"

"……完全没有。"

"哦，那大概是他太忙忘了吧，反正我告诉你也是一样的。因为我现在在家，如果你今天要去拿车的话，不如捎上我一起去尚禾医院如何？嘿嘿……"

原来又是一个蹭车的。事情已经发展到了这一步，那就做个顺水人情吧。我在电话里叫邱石在家等我，然后对着外间叫了声："蓝岚！还在吗？"

去接邱石的路上，蓝岚一直处于一种愉悦状态，边用耳机听手机里的英文歌，边跟着哼。

车子很快开到同安路，路边一侧就是水波不兴的贡河。故地重游，河岸边的景物并没有多大不同，红瓦公房还是红瓦公房，石桥还是石桥。不同的是……石桥上有人在垂钓，加上河岸上的，一共有四五个垂钓者。话说十来天前确实见过水下河鱼的影子，但当时怎么不见有人钓鱼？是娜娜在水里游泳把鱼吓跑了？

车到邱石的小区门口，远远看到他背着黑色的大包站在路边朝我们奔来。他上车后蓝岚不再听歌，摘下耳机和他开始聊娜娜。邱石作为这几天娜娜的"身边人",对她的病情、习惯、生活等等似乎都已了如指掌,吧嗒吧嗒说个不停。蓝岚人在副驾驶座上,脸却转向车后时而出声回应,我都替她觉得脖子酸痛了。

"啊,停车!去一下那个便利店。"往回开准备进入高速道的路上,蓝岚忽然叫了一声。这里还是刚才经过的同安路,她所指的便利店就是我查访过的那个。

"你想干吗?"

"进去买点东西,进医院探病空着手去可不行。"

浮出水面

1

"欢迎光临！"一走进自动打开的玻璃店门，就听到响亮的招呼声。发声的是一位40多岁的中年店员，油亮的头发朝两边整齐地中分，圆乎乎的脸颊透着热情的红色，扁圆的鼻子下留着一撮小胡子，顶在柜台边的肚子也圆滚滚的，浑身洋溢着喜气。

"您今天好早啊！"店员笑着跟走在前面的邱石搭话。邱石是这里半夜的常客。

大概不适应和陌生人多交流，邱石"嗯"了一声后就匆匆走过。店员的笑脸就转向了我。

我友好地招呼他："你好。我也来过这里，上次的店员小伙子挺热情。"

"您好。是一个高个子的年轻人对吧？他是小李。我是这里的店长。"热情洋溢的店长说完伸手做了个请的手势，"欢迎光临本店，希望能满足您的购物需求。"

就在我和店长说话的工夫，蓝岚和邱石已经在货架边忙活起来。尤其是蓝岚，就像是国外圣诞大减价时冲进商场的主妇，使劲往购物篮里扔东西，真不知道这店里东西有什么特别的。

"喂，你过来，帮我拎篮子。"她好像注意到了我的视线，扭头朝我命令道。

篮子差不多装满时蓝岚总算停止了动作，朝我招了招手，向收银台走去。我就像她的佣人般听候差遣跟着她走。邱石比我们先到收银台，他买的东西比较单一，就是各色的百奇，其中最多的是抹茶的，娜娜最爱吃的那种。

很快轮到我们，胡子店长手脚利落地拿起一件件商品扫条形码。我手指了指店外的贡河方向说："那河里很多鱼吗？今天好像不少人在钓。"

"哦，是啊。"店长很快答话，但手上动作一点没耽误，"不止今天，一直都挺多人来钓鱼网鱼的。"

"是吗？但我上次来的时候怎么一个都没看到？"

"您上次来是什么时候？"

"那应该是十天前了吧？5 月 16 号吧大概。"

"16 号啊！"店长恍然大悟般笑了，"那是没人来了，那以后的好几天都没人来捉鱼。我排班的，日子记得很清楚。"

"为什么没人来？"

"您不知道？大概不常来吧？呵呵，因为两天前 14 号有潜水员在这条河段打捞了一天，差不多把水下翻了个底朝天，哪还有鱼来啊?!"

"哦?有这种事?"我看向邱石,"那时候你应该还是……自由身吧?听说过这事吗?"

"完全没有。"宅男连连摇头,"我都是半夜才出来的,除非他们一直打捞到那时候才会注意到。不过就在那天晚上……"说着他敲了敲自己的头,示意晚上被"蝉蜕杀手"打晕。

店长当然不懂这意思,自顾自说着:"那天他们下午五六点收工的,所以这位客人不知道的。"

"那都是些什么人?捞什么呢?"我再问。

店长眨了眨眼睛,停下手上的动作,凑近我神秘兮兮地说:"其实吧,我也有注意他们。那天店里只有我一个在,不好跑出去看,就趁空闲的时候在这边观察。我觉得他们吧……是警方的人!"

"是警方在打捞?你怎么看出来的?"

"因为我看到有警车来过,和上岸的潜水员聊了几句后又开走了。来了好几次哦!"

"警察在秘密打捞河道?有这事吗?"我扭头问蓝岚。

"别看我,我又不是刑侦队的上级,这种秘密调查的事我不会有机会知道吧?"蓝岚瞪了我一眼说。

"那他们打捞的结果怎么样知道吗?"我再问店长。

"好像不太理想啊,我看到潜水员老在摇头。后来弄到很晚才收工的,走的时候垂头丧气的样子。二百五十六元六角。"

"啊？什么？"我被突然冒出来的数字弄得满头雾水，隔了几秒才发现是店长已经扫完东西，正等着我付钱。

"好的。谢谢。"我刚把头转向蓝岚，她已经抽出三张百元纸币把钱付了。这倒是有点出乎我的意料，还以为会强迫我买单呢。

"走了。"蓝岚挥了挥手，意思是叫我拎上快要撑爆的塑料袋。我回归了仆从般的身份，被夹在蓝岚和邱石的中间出了店。

"怎么那么巧？14号晚上我就被劫持了……"出了店门，身后的邱石忽然嘀咕了一句。

"嗯，不只如此，14号也是第三起案件发生的第二天。"我也说出自己注意到的事。无意间的发现，忽然跟手头调查的事件产生了联系。

"第三起案件？是在街心花园遇刺的林恩吗？"蓝岚也注意到我们的话题，扭头问我。

"是的。那起案件中的街心花园你知道在哪里吗？"

"这我还真不知道，报纸上好像也没提，只说了案件发生在驹口路，这路名也很陌生。我用手机地图查一下吧。"双手空空的蓝岚立即行动，掏出了手机。

很快到了车那里，把大袋东西放进后备箱后我终于得到解脱，落后的蓝岚却大叫着冲上来："看！驹口路是条小马路，离这里很近，那个街心花园距离这里不到五百米！"

"果然啊……看来我的猜测没错。"我双手搭在后备箱盖上，抬头仰望天空，感慨出神。

"什么猜测？现在这时候摆什么 Pose 啊？快说出来！"

蓝岚一脸茫然，看上去没有一点侦探助理该有的敏锐。我只能自己说下去："林恩遇刺以后，还发生了一件事情，有一个见义勇为的青年听到呼声来救援了，当时林恩已是奄奄一息，他便去追那个凶手，然后还真追上了。说到这里……报道有说是在哪条马路追上的吗？"

"这个……好像没说过。"

"是的，我也只知道案发在哪里，没听说过两人搏斗的地点。应该是警方为了调查不被干扰刻意向媒体隐瞒的吧。"

"难不成……你是说搏斗的地点就是在这同安路上？"

"从目前的情况判断，这相当有可能。"我用力压下后备箱的盖子，甩开大步朝对面临河的同安路走去。

2

身后传来两人的脚步，蓝岚和邱石跟了过来。我边走边解释："警方打捞河段的目的显然是在找某样东西，而'蝉蜕杀手'也在找一样东西，还专门委托我破解'人鱼之谜'，如此接近的时间，几乎相同的地点，他们找的，很可能是同一样东西！"

"那到底是什么东西？为什么都在拼了命找？"邱石在我身后出声。

"我不知道。'蝉蜕杀手'本人问你们时都用了代称，说明他也不想跟人明说那是什么，反正是对他很重要的东西，说不定还会牵扯到他的身份。好，到了。我们可以现场模拟一下当时发生的情况。"说话间我们来到了同安路边人行道上，护栏下就是贡河，"我来演一路逃过来的杀手，邱石，你来演见义勇为的好青年来追我。"

说着我就开始角色扮演，用很慢的速度在路边小跑起来。邱石最初愣了一下，后面倒是入戏很快，以稍快的速度追上来，嘴里还喊着："跑不了啦！你这个杀人凶手！"

我停下面对他，同时假装用拳头打自己，示意邱石攻击我。邱石开始愣了愣，很快明白了我的意思，重重点了下头。然后，我的左侧腮帮子就挨了一下重击，人也失去重心仰靠在铁栏杆上。

"啊！怎么真打?!"跟着追上来的蓝岚惊叫起来。

"对不起对不起！"入戏过深的邱石这才回过神，对我东揉西摸表示歉意，还从口袋里掏出一包不知什么时候藏在身上的百奇，问我吃不吃。虽然很想还他一拳，但为了显得大度我只是轻轻推开零食说没事。

"虽然下手重了点，但至少效果很逼真。"我背靠栏杆对他俩说，"那个青年练过拳击，拳势可能还会更猛一点。凶手被打后多半也像我这样了，这种情况下他手上拿的或者身上的什么东西，很可能顺势飞了出去，那掉落的地方就很可能是……"我指了指栏杆对面，"贡河内。"

虽然明知不会有什么东西，蓝岚和邱石还是随着我的手指往河里看。

"那……会是凶器吗？"蓝岚很快扭头问我。

"应该不是凶器。如果刀子被打飞青年就不会挨刺了吧？因为那是对凶手很重要的东西，他很可能趴在栏杆上对河里看了，而这一点也给青年留下了印象。后来他遇刺倒地昏迷，在医院被抢救过来时已是次日，把凶手掉了东西在河里的情况告诉了警方，于是就有了 5 月 14 日的打捞行动。"

频频点头的蓝岚此时提问："既然那东西对'蝉蜕杀手'那么重要，他当天夜里为什么不下河去找呢？夜里警方并没有展开打捞不是吗？"

"他应该是很想马上去捞的，但你别忘了，'蝉蜕杀手'有不能下水的弱点。"我说的是姚宾遇刺案中的细节，蓝岚很快点头理解，"他当时应该很快逃离了现场，虽然可以雇人打捞，但在夜里打捞既难进行，又会引人注意；如果警方当夜回头的话，那他等于是自投罗网。于是他在次日才来河边观察情况，结果看到的是警方已经展开打捞行动。那时候他的心里也惴惴不安吧，生怕东西落到警方手里。幸运的是警方也没有收获，他就会想——如此大规模的打捞竟然找不到，东西会去了哪里呢？依然沉在河底某处的话倒是不用担心，需要担心的是已经被人拿走。于是，他便开始在河边寻找可疑的目标，最后，就看到了……某人。"

邱石像罪犯般垂下头："呃……是我。"

"深更半夜一个人在他遗失东西的河岸边徘徊，任谁都会觉得可疑吧？排除了你的嫌疑，但你接着供出了娜娜……"

"不不！我当时不知道他会因为这事去找娜娜麻烦的，如果知道的话打死我也不说！"

"这已经不重要了。再说'蝉蜕杀手'吧，他自然不相信河道里会有人鱼，可能是认为那是有人假扮的，而对方昨夜也在河中，捡走他落入水中的东西的可能性很大。为了查出谁是人鱼，于是就有了我和他的交集。"说到这里我不禁低头叹息，"唉，这杀手是看过我在网上的一些事迹才找上门来的，真是树大招风，太有名气也不是什么好事啊！"

"切，别自我陶醉了，根本还称不上有名好吗？只是误打误撞而已！"蓝岚大声吐槽我。然后她又问："但是娜娜也没有捡到'那东西'，这么说还是沉在水底了？"

"嗯，可能最后'蝉蜕杀手'也是这么认为的，所以他放弃了对娜娜的纠缠。但我觉得东西仍在水里的可能性不大。首先这河水的流速很慢，也没有往来船只，东西应该不会被带到别处，警方进行了那么大规模的打捞，很难出现工作疏漏吧？"

"你好像胸有成竹的样子嘛！难道除了娜娜，还有别人下水捞走了'那东西'？"蓝岚斜睨着我再次发问。

不得不说蓝岚的眼光还是很锐利的。我把目光移向远处屋顶上的天空，好一会儿后才扭头望向他们："为什么你们只想到'人'？带走'那东西'的也有可能是'物'吧？"

"怎么会是'物'？宠物？"邱石也凑了上来，但他的思路完全跑偏。

"是某样东西，某样 5 月 13 日晚上的时候在，14 日就不在河里的东西。"

"什么东西？怎么会有那种东西？"

"你应该见过那个,它很多时间都在河里,就在你眼皮底下,但因为是夜里,你的注意力又在娜娜身上,所以没发现。"见邱石依旧茫然,我快要跪了,只能再次提醒:"好吧,你们想一下刚才店长说的话,他说到钓鱼时一起提到的东西。"

"啊!难道是网鱼用的渔网?!"蓝岚像是惊叫般出声,终于说出了我心里的答案。

"没错。那渔网我虽然没见过,但是上次来调查时从一个小孩那里打听过,是那种夜间丢入河中第二天清晨来回收的鱼笼,外层是一个个的小网格,小东西的话很可能会掉进去。"

"这么说只要找到那个人就可以了?"

"是的,这就去跟人打听打听。"

说完我就朝前方宛平桥上走去。桥上有两个戴着白帽子的老年人在垂钓,说不定有人见过那个放鱼笼的同好。

两位大爷一个在桥左边,一个在右边,好像在互相竞争般悄然无声地垂钓,打扰谁都不太好意思。在我纠结时,忽然一个小小的身影在河对岸蹦蹦跳跳地走过。哎?那不是上次见过的小孩吗?记得名字好像叫小海。

"小海!过来这边!"我挥手大叫。小海没回头,身边的两个钓鱼人倒先回头了,而且怒目而视。我忙对他们用手势致歉,跑下桥走向小海。但令人心碎的是那孩子只瞥了我一眼,就像不认识一样依旧前行。明明吃过我东西的!小孩子真是无情的动物啊!

邱石和蓝岚也赶上来，我二话没说从邱石口袋里掏出那包百奇，举起来挥舞："小海——看这里！看这里！"

这一招果然有用，小海一回头就立马两眼放光，无限憧憬地朝我跑来。

东西还没递出去已被他一把抢过，抽出一根绿色的小棒嚼了起来。身后的邱石只来得及"啊"了一声。

"不要急小海，慢慢吃。这包都归你了，只要你回答叔叔几个问题。"

"呢……么焖……蹄？"小海连眼睛都不抬，嘴里边咀嚼边说。

我接着问下去："就是上次说的那个在这河里下网的人，你认识他吗？"

见他点头，我心中一喜，接着问："那你知道他人在哪里吗？"

"唔木食道他入辣里，难是他捏在菜城慢菜。"

虽然他像是回答了，但嘴里嚼着食物说出的这一句我竟然完全听不懂。

"我不知道他住哪里，但是他也在菜场卖菜。"蓝岚忽然说了这句，弯腰征询起小海的意见。小海连连点头，还对她跷起大拇指。

我又问："那菜场在哪里？你能带我们去吗？"

"奥得。在场扭在边上，东唔施玩这棍就耐你们去。"小海说着话还在往满是食物的嘴里塞另外一根。

"好的。菜场就在边上，等我吃完这根就带你们去。"蓝岚再次实时翻译。

"快带我们去吧！东西你回去慢慢吃好了。"

小海瞪了我一眼，嘴里又发出声音："唔嗯……哪姆，嗯咔咔姆……"

"他说什么？是不是在骂我？"我不禁有些生气，看向蓝岚问。

"呃……倒没有这么说。"

"那这句是什么意思？"

"好像……只是在吃而已……"

"好啦！跟我走！"把嘴里东西咽下去的小海终于发出了清晰的声音，当先往前跑去。

3

跟着小海往南穿过这片老式公房，七绕八弯地走了十来分钟，就到了那个居民区周边的菜场。进大门后，他领着我们往地上到处淌水、鱼腥味四溢的水产区走。

"喏，就是那个人！他叫阿水！"小海手指右前方摊位处一名系着黑色皮围裙，身材像竹竿一样瘦高的30多岁男子。

男子见我们三人走来，以为是顾客登门，笑着招呼说："鲜活的青鱼，便宜卖了！鲢鱼个头也很大，看看吧！不瞒你们说，我的鱼除了进的货，有些还是我自己用网抓来的，保证新鲜！现买现杀哦！"他面前的几个塑料大盆里的鱼儿好像被他这话惊吓到般在乱蹦。

"呃……我们不是来买鱼的。"隔着大鱼盆和他对面站着，我思考着该怎么开口问话。

"是吗，虾也有啊，活蹦乱跳着呢！"阿水又指了指边上装虾的盆子。

"不不，也不是来买虾的……"

"哦，那是要买蟹吗？真有点不巧啊，今天没进。再说现在也不是吃蟹的时节啊，买点别的吧！"

他好像认定了我们是来照顾他生意的，不停地推销着自己的鱼虾，让人都不好意思打击他的热情了。我咳嗽了两声后摇着手说："不不，都不是的。其实……我们是想问关于你下网的事。"

阿水的表情唰的一下暗淡下来，冷着脸说："抓鱼的地点吗？这我是不会告诉你们的。"

"没有没有，我想问的是……大约在十几天前，也就是5月13号那天晚上，你去贡河宛平桥那一段下网捕鱼了吧？"

"呃……这都知道了……看来是有备而来啊。你们的摊位能离我远点吗？"

"我们也不是竞争对手，你不要误会。我就是想知道你那天晚上下网后，第二天一早收网时除了鱼虾，有捞到什么别的东西吗？"

这话问完以后，阿水一下子没了声音。过了会儿后，他终于点了下头，说："还真有。怎么说？"

身旁的蓝岚和邱石都兴奋地捏起拳头，蓝岚跳出来问："那东西还在吗？能给我们看看吗？"

"你们……要干什么？那是你们掉的东西？"阿水的脸上露出戒备的神色。

还没等我回答，蓝岚竟然"嗯"了一声。看来她想冒充失主啊。

"我怎么确定真是你们掉的？先说说那是什么吧！"

这问题倒真难住了蓝岚，张着嘴却只发出一个"呃"字。

"是……这样子一个东西，对吧？"邱石用右手的拇指食指比了一个 C 字，伸到阿水的面前。

阿水盯着邱石的手，眨巴了几下眼睛后最终点头："好吧，确实是只有这么丁点大的东西，看来真是你们掉的。我把网拉起来就发现这东西钩在上面，不知道是什么，但是看上去做工精细，大概挺值钱的，就收了起来。"

没想到瞎猫撞到死耗子，原来这手势只是比画东西大小用的，不是指形状。"那……东西现在哪里？"终于到了这一步，我也不禁有些激动起来。

"就在这里啊，我随手放包里了。"说着他低头拉开腰间那个放钱的黑色腰包的拉链，但手刚伸进去，就停了下来，神态扭捏地说："其实吧……找到这东西也挺凑巧的。你们急着要，应该是挺重要的东西吧？那能不能……"

"我明白，会象征性地付给你报酬作为感谢的。我看……给你十块钱吧。"

"十块钱？"身边的三个声音同时叫出声来。阿水如果嫌钱少那也不奇怪，但蓝岚和邱石也这么惊讶我倒是难以理解了。

"十块太少？那……就二十吧。"

"二十？"

又是三个人一起，好像我在跟他们讨价还价似的。

"行了行了，五十总行了吧？"虽然有些心疼，我还是从钱包里抽出一张五十元的纸币，这可是我心理上能承受的上限了。

"行吧，给你。"这次终于没人惊讶，阿水接过钱，从腰包里掏出一样东西放在我的掌心。

千辛万苦搜寻，冲破重重阻碍，终于找到破解谜团的关键道具！但是，当我将那东西捏在指尖时，心里却一片茫然。

"这是什么？"我问一左一右探头看过来的蓝岚和邱石。

两人都在摇头。

4

开车的同时，我不时扭头去看蓝岚捏在手里把玩的"那东西"。

这是一个像指甲般大小的东西，一头大一头小，形状不太规则。大部分的表面覆盖着半透明的蓝色塑料，可以隐隐看到里面的电子元器件。在大头的顶端有一个浅黄色类似盖子的东西，上方突出一根像蜗牛触角般长度不到一厘米的塑料棒。

"什么呀这是？从来没见过。"蓝岚360度观察过后，嘴里嘀咕出声，"哎，这边还有个旋钮，能打开的吗？……啊，真的打开了！"她伸手把倒出来的一个纽扣电池给我看。"难道是窃听器？"

"虽然没用过，但我觉得不像……话说这可是我花五十块钱买来的，你不要把东西弄坏啊！"

"电子元器件泡水里那么久本来就坏了吧！刚才我还洒了点水出来呢。"蓝岚将电池装回去，把东西直接丢进我的西服口袋，"还给你！花钱买来的废品。"

"别小看这东西，'蝉蜕杀手'正翻天覆地找它呢，搞清楚这是什么应该会对我们的调查帮助很大。"

"要么拍成照片放到网上论坛里去问？或者直接用搜图引擎搜索？"后座上的邱石倒是出了个好主意。

"这办法不错！不过我刚才用了手机地图，剩下的手机流量不多了，用你的搜吧！"蓝岚就要伸手过来翻我口袋。她好像对我的手机位置已经一清二楚。

"不行！"我单手捂住口袋没让她得逞，"我的流量也不多了，用掉了就不能上网了。这种事急什么？等回去有网络在电脑上查更方便。"

"小气。"蓝岚撇着嘴轻轻说了一句，面带遗憾靠到了副驾驶座的椅背上。

到了齐安市后，我把车先往医院方向开去。蓝岚他们急着要见娜娜，我在去提车前也有必要跟康流海打一声招呼。

进入住院部大楼后，由已成为这里常客的邱石带路，去五楼娜娜所在的病房。虽然最近没见"蝉蜕杀手"出现在附近，但团长对娜娜的看护没有放松，每天至少有两个团员会守护在这里。娜娜几乎已成废人，但团长依然没有舍弃她，证明之前对团长的指责是错误的。身边的蓝岚应该也意识到了这点，沉默不语，只管低头走路。

在五楼走廊里走了一段后，邱石忽然停住了脚步。顺着他的视线望去，前方不远处的病房门口站着一位穿白大褂的医生，他身边围着几个人，正是康流海、小美和老七。三个人的情绪似乎都很低落，低着头，偶尔点几下表示在听医生说话。那名医生说完拍了拍团长的肩膀，转身离去。

"出了什么事吗？"我们这时候上前，走在最前面的邱石当先发问。

团长抬头见到是我们三人，脸上的表情有些讶异，但很快恢复平静，对我点了点头后，视线又低垂下来，压低声音说："刚才那个是娜娜的主治医生，他说从化验的指标看，娜娜的身体机能已经接近极限，必须要尽快进行器官移植，要不然很难撑下去了。"

"那还有……多久？"我出声询问，意识到这就是娜娜的病房门口时，忙压低声音。

"他说最多……两周。"

"怎么会？"蓝岚急切地走上前，连音量也忘了控制。在我提醒后她才低声质问："上次不是说有一两个月的吗？就算要移植，器官的来源有吗？"

再次见到蓝岚，团长似乎有些来气，没有回答。身旁的小美替他答道："已经过去的几天再加上两周，也差不多一个月了，情况比预期的更差。现在有一个肾源，其他的器官能不能在两周内等到，就要看运气了……"

"这样的话……那不是就算凑到了手术费也完全来不及吗？"

"不要急，先一步步来。"我也轻声劝急得快要哭出来的蓝岚。

"都这时候了，还怎么一步步来？"她完全没听进去，一副要吵架的样子扭头对我大声说话。

"好了好了，别忘了这里是医院！"一旁的团长沉声发话。没想到蓝岚竟然听了他，转身面朝墙壁不再说话。

"你们是来看娜娜的吧？冷静下来，我们要进去了。"团长的目光在我们每个人脸上扫过，然后推开了房门。

这是一间只有两张病床的房间，一张空着，娜娜躺在里侧靠窗的床上，被子拉到胸口，闭着眼睛似乎是在睡觉。她的床头吊着盐水袋，床边架设着好几台仪器，身上插了十余根管线连接大大小小发出单调电子声的仪器，这一切，都显示着她病情危重。

娜娜在我们走进房间后忽然睁开眼睛，艰难地扭头看过来。

蓝岚叫了声"娜娜"，越众而出最先来到病床边。

"蓝岚，你怎么来了……"娜娜苍白的脸上展开笑容，想要挣扎着坐起来，但刚一动就露出痛苦神色。

蓝岚忙一把按住她："你不要动，这样就好。"她的目光扫过病床的周边后就垂下头，说话声也有些变调："对不起，到现在才来看你……"

我们后面的五人也到了病床边，娜娜皱起眉笑着向我招呼，然后目光重回到蓝岚身上，轻摇那只没扎吊针的手，翕动苍白的嘴唇说："不用道歉啊，我知道你学习也很忙的。"

蓝岚抬起头，强打精神般露出笑脸说："是啊，学校这礼拜把我们的课程排得好满，明明是那种自习都可以过关的课却要去教室听，实在是浪费时间！还有啊，竟然要突袭搞测验！为了复习，把我们睡觉的时间都搭进去了，真是讨厌！"

听了这番抱怨的话，娜娜不但没有附和，反而露出了羡慕的表情："上课、考试啊……我好想也试一次。"看到娜娜这样的反应，蓝岚合上了嘴。

"对了，这是蓝岚在半路上买来送你的东西，收下吧！"为了打消尴尬，我把手中大号的塑料袋提起，抢过邱石的袋子一起往病床边递过去，"喏，这儿还有你爱吃的百奇！"

"这实在太破费了，怎么好意思……"娜娜连连道谢，但苦于双手无法动弹。蓝岚帮她接过东西，由于床头柜上放不下，最后只能放在地上。两个女孩子的脸上又都扬起笑容。

团长的脸色也缓和了许多，或许蓝岚对娜娜的亲切获得了他的认同吧。

"现在……感觉还好吗？"虽然很难问出口，但既然来探病总不能对病情不闻不问，我还是装作什么都不知道的样子问娜娜。

"嗯，还好啊。时间久了什么都会习惯的。"娜娜用乐观的语调回答我，还是隐隐能听出话背后的苦涩。说完她看向康流海问："团长，刚才医生怎么说？"

团长似乎没料到有这一问，脸上不免惊讶："啊？你知道医生来过吗？"

"嗯，我又没睡着。"

"是吗？……这样啊……"大概是在考虑如何表达，康流海支支吾吾没有马上回答。

"我剩下的时间不多了吧？"

惊愕于娜娜问话的团长结结巴巴地说："这……你怎么……知道的？"

"就算没人跟我说，自己的身体状况还是能感觉得到的。"娜娜朝仪器那边偏了偏头，脸上露出清冷的笑意，"还有一周吗？"

"不不，大概半个月吧……"团长说完实话就低下了头。

"是吗？比我想象的要久一点呢。"娜娜没有显露明显的悲伤或者震惊，目光悠然飘向窗外，"今天是阴天呢。"

我的视线也跟着她望向窗外。医院前方没有高楼的阻挡，从娜娜的角度估计只能看到外面灰蒙蒙的天空，那里积聚着湿气的灰云飘浮，好像要下雨的样子。

娜娜的说话声再度响起："前几天我没被这么多管线束缚的时候，还可以坐在病床上，从窗口看楼下景物。下面有一条小马路挺热闹的，常有放学回家的孩子走过。他们互相说话，手里拿着羊肉串、棉花糖，蹦蹦跳跳地走过，都很开心的样子。我从来没上过学，认字都是妈妈教的，小时候看到背着书包的同龄孩子路过家门口，就特别羡慕。呵，没想到现在看到还是一样。该怎么说呢？人对于无法得到的东西总是特别执着吧。对了，邱石……"说话间，她扭头看向呆望着窗外的宅男，"一般人要是时日无多的话，身边的人总会问他还有什么愿望的吧？然后可能的话赶紧帮他实现，让他走的时候能少点遗憾。我也有个愿望，希望你能帮我实现。"

"别……别这么说……"邱石的脸上一片悲戚，低着头走近娜娜床边。娜娜还是像开玩笑般说："我要麻烦你在一个天气晴朗的日子里，帮我拔掉身上这些管子，让我坐上轮椅，然后推着我在楼下那条小街上走一圈。不是看看而已哦，你还要给我买吃的东西，羊肉串、棉花糖什么的都要买，我都要吃一遍。哎？你怎么在哭？怕会用掉你很多钱吗？呵呵，不会的啦……"说到后来，娜娜眼角也落下眼泪，无法继续强颜欢笑下去。

"不要这样，娜娜！"蓝岚走上前推开正在抹眼泪的邱石，捏住了娜娜的手，说话的声音比先前有力了许多，"还没到那一步呢。其实我今天来就是为了告诉你，有人愿意给你出钱治病了！"

在场的人除了我都还不知道这个消息，顿时不约而同地看向蓝岚，全是不敢相信自己耳朵的表情。

我替蓝岚向他们进一步说明："是真的。那人你们可能也知道，叫曾羿，是知名集团公司的董事长。其实他还有一个身份是慈善基金会的理事长，专门资助残疾人和孤儿。知道了娜娜的情况后，他答应很快会派人来看看，情况属实的话就全额资助娜娜动手术。"

经我这么一说，众人脸上都露出喜悦兴奋的表情。娜娜紧捏着蓝岚的手，脸色一下子多出几分神采。邱石更是一把抓住我胳膊说："庾先生！有这样的好事你怎么不早说？"

"呃……对方能答应要归功于蓝岚的请求，她还没说我也不能先提起。"

"不管怎么说，还是很感谢你！"咧开嘴笑的邱石脸上眼泪还没擦干，样子有点狼狈。

现场的人里面团长脸上的喜色消失得最快，他微皱着眉轻声问我："但是……还来得及吗？"

声音虽轻，但还是引起了娜娜的注意，她的笑容很快消失，低下头去。

我不知道该如何回答。等待器官做移植真的要靠运气，在两周内同时筹备到多个的可能性相当小。但没等我回答，蓝岚转身对我们大声说："一定行的！既然钱的问题能解决，那其他的问题也一定能跟着解决。如果这需要运气的话，那我认为娜娜的运气现在很好，而且会一直好下去！我相信会有奇迹！"

虽然是没有实质内容的一番话，但话里的信心给了人很大的鼓舞，大家的脸上又重新聚起笑容。但我还是无意中瞥到，娜娜在笑的同时眼中的那一抹阴霾。

"为了这件事，我们庆祝一下吧！不过没有酒，只有买来的这些糖果，大家一起吃这个代替吧！"蓝岚趁热打铁，把塑料袋里的各色糖果分给大家。我拿到的是几颗酒芯巧克力。

嚼的这颗芯子里是带点辣味的酒，舌头上刚沾到一点，就被巧克力的甜味完全覆盖了，几乎来不及品出味道。不过我也不喝酒，就算酒味重一点，感觉也只会是有点辣而已。

"这次你们真是帮了大忙。"身边响起一个声音。是团长大人站到了我并排。他的运气好像没我好，手里拿的是花生牛轧糖，鼓着腮帮子很吃力地在嚼。

"但是也不一定能帮上什么忙吧，都这时候了……"

"不不，我相信……她的话，娜娜的运气应该不差。"他的头朝蓝岚所在的方向偏了偏，皱着眉咽下嘴里的糖，"不管怎么样，至少相信的话会比不相信好过些，对吧？"

我默默点着头，又把手伸进口袋摸巧克力。凭手感这颗的表面异常光滑，大概是锡纸脱落了。拿到手里我还是看了看，才发觉这根本不是巧克力，而是我揣在兜里的"那东西"。

"好险好险，要是丢进嘴里牙都会被崩掉。"我不禁脱口而出。

"在说什么？"团长也探头过来看，当看到我手里的东西后，忽地扭头盯着我问："你怎么会有这东西？"

"为……为什么我不能有这东西？"我忙把东西收进口袋。这可是破案的"关键道具"，可不能随便让人看到。

"你是在哪儿捡的吧？"团长还在不依不饶地问。

"为什么是捡的？这就是我自己的东西。"

"不可能！那不可能是你的东西！拿来我看。"团长说着还强行摸我口袋。

到了这一步我也感觉到了蹊跷，乖乖地掏出东西递到他手上："怎么？你知道这是什么？"

团长两根手指捏起那个小东西对着窗外看去，缓缓点着头："当然，我当然知道。"

5

知道这东西的名字后，我又把它放在手里细看。确实，应该就是它没错。

"捡到了就早点还给失主，人家急着用的。"说完这句后，团长又不知死地往嘴里塞了两颗花生糖，去了病床边。

把这还给"蝉蜕杀手"？这当然是不可能的事情。既然失主是他，也就说明了他具备的那种特征，但为什么我之前就没注意到呢？仔细回想冒牌邱石的一言一行，确实不经意间露出过马脚，只是没有提示的话我完全不会往那方面想。确定凶手的这种特征后，我忽然想到某人，他的举止不就具有与冒牌邱石相同的特征吗？……但怎么会是他？是不是哪里出了错？不可能吧……如果真是他的话，那没在水中追杀姚宾是怎么回事？他又是怎么从大楼里消失的？

我独自站在窗边绞尽脑汁，还是想不出这些问题的答案，目光不知不觉落在了医院楼下。这边病房和围墙之间有个小花园，里面不时有住院病人和像家属的人慢悠悠走动。有一个年轻的母亲在花坛边的小路上教她一两岁大的孩子走路。晃晃悠悠站在路当中的小男孩，试着朝不远处张开双臂的母亲走去，却因为重心不稳，很快跌倒。母亲一惊，但并没有马上过去扶，而是在原地鼓励孩子爬起来继续走。孩子虽然跌倒但没哭，也不像母亲希望的那样站起来，而是手脚并用朝前爬去。母亲笑着摇头，把爬到跟前的孩子抱起，离开了小花园。

虽然母子两人已从我的视线中消失，但身影却留在了脑海。刚才一幕对于我无疑是个提示，不自觉"啊"地叫了一声。

"怎么了你？"蓝岚扭头看过来，估计我此时的表情也是相当滑稽。

"我没事，我没事……"我收起失态的表情，快步向她走去。

要验证我的猜测，只要打电话跟一个人确认就行。没到跟前我就对蓝岚发问："那个叫叶运南的电话你有吗？"

"哦，有啊。你要找他吗？"她大方地掏出手机，从通话记录找号码。

"你们……常通电话？"

"是他有事没事地打来过几次……你干吗？这是我私事吧？"

"没事没事，随便问问。我懒得记号，干脆用你手机打吧。"我拿过她手机拨通号码。

电话只响了两声就被接起，那头传来叶运南带着笑意的声音："喂，蓝岚吗？你有事找我啊？"

"不是蓝岚，是我。"说话间我回头看了眼蓝岚，她也没回避，双手背在身后等。

"你……是谁啊？"叶运南的语气一下子变得畏缩，不知道他把我错当成了蓝岚的什么人。

"我是所长啊，昨天见过的。"

"哦，所长啊！吓我一跳，我还以为……呵呵呵——"

"别呵呵了，我有件事要问你。"

"什么事？请说。"

"就是十二年前你目睹的黑髓虫之屋，地上不是有个蛹吗？有成虫正从里面爬出来的那个。你说蛹的长度不到一米，宽度三四十厘米，那你还记得高度吗？蛹的高度大概多少？"

"哦，你们还在查那个啊？但是我没有委托啊……你不会查了来找我收费吧？"

"少废话！这跟你的委托没关系。快告诉我蛹的高度多少！"

"哦哦，好吧。高度的话……大概二十……"

他的话没说完，后面的声音就被截断。然后我听到像是人蒙在被子里发出唔唔声。"喂！叶运南！你怎么回事？"我对着手机大叫。病房内的其他人都看向我，蓝岚也是一脸的紧张。

"他现在不能和你说话了。"这次传来的是一个低沉而浑浊的声音。当我意识到这个声音的主人是谁时，浑身跟着一颤，手机几乎脱手。

"听出来我是谁了吧？"

"是的，我知道。"我暗自深呼吸后才答上这句。

"叶运南现在我手里，不想他死的话，那就按我说的做。"

"你想怎样？"

"哼哼，你拿到了'那东西'吧？我一直在找的那东西。"

"你跟踪我?"

"是哦,我可是对你抱了很大期望的。果然名不虚传,最后还是被你找到了。"

"你怕我把那东西交给警察是吧?"

"少废话!我的要求就是你把东西快递到下面这个地址,我收到后就放了……"

"我不会照办的!"

"你说什么?"

"既然你扣押了人质,那我怎么可能单方面先把东西给你?这样怎么保证你信守承诺放人?"

"竟然敢拒绝我?不怕这小子成为这案子的第六个受害人吗?他可是在我的备选名单之中的!"

"我知道。我并没有拒绝……"头上开始隐隐冒汗,其实我早该想到叶运南有可能成为他的下一个目标了,"只是要换一种方式,面对面交易。"

对方静默了数秒后再次出声:"好,我同意。但是时间地点都由我来决定。初步定在今晚,你要在夜里12点前回到你的事务所等我消息。另外,不可以报警!报警的话,这小子会死得很惨!"

"好,我知道。不过你一定要……"后面的话没说完,对方已经挂断电话。

"怎么回事?叶运南成为人质了?谁绑架了他?难道是……?"一挂断电话,蓝岚就惊叫起来,团长他们也朝我围过来。

　　我背靠在墙上，感觉身体随时会失去支撑倒地。看着那一张张疑惑的脸庞，我边点头边无力地宣告："是的，是那个'蝉蜕杀手'找上来了。"

念桥之下

1

念桥位于市区北部边缘，是高高地架设于孔济河之上的一座拱桥。作为贡河干流的孔济河是至今依然有船只往来的一条大运河，河面宽四十米以上。跨架其上的念桥宽度有十来米，钢筋水泥构架的桥身，桥洞底下岸边的大片空间用水泥筑成平地，桥两侧各有两道水泥阶梯通往桥下。

"凌晨 1 点，在念桥的桥洞下交易，你一个人带东西过来。"这是"蝉蜕杀手"用公用电话之类的陌生号码打给我的。

从事务所到念桥的路程大概需要四十分钟，但这个电话打来的时候已经 12 点 30 分了，一路上我都尽量保持高速，生怕无法在约定时间内到达。好在车已经换成了我那辆比亚迪，驾驶起来顺手许多，总算没有迟到。

桥所在的路段并非交通要道，由于地处偏僻加上时间太晚，路面上几乎看不到别的行驶车辆。我把车停在桥下路边一块空地上。

先到桥上观察一番，空荡荡的桥面和路面上不见其他人影，人应该就在我脚底下。横贯河面的夜风往我身上扑来，穿着西服外套还是感到了寒冷。我借着月光的照明下了水泥阶梯，往这一侧桥洞下走去。

由于心情紧张，身上开始冒汗，蒸发的汗水带着我身上的热量随风而去，不禁打起寒战。三更半夜来这荒无人烟的地方，为了救一个并无好感的小子，跟杀人凶手做交易，这真的理智吗？虽然这样想过，但这世上总有你不喜欢做但还是必须做的事。这次除了救人，我还有一件事要做，就是揭穿"蝉蜕杀手"的真实身份。

进入桥洞后光线一下子暗淡了许多，桥底下有数个圆形桥墩竖立在暗影之中，就像一个个垂手站立的巨人，感觉有些恐怖。并没有看到杀手本人，我怀疑他是不是在对岸的桥洞下，这样的话我就只能再回桥上徒步过去，多吹一次冷风。

"你……你在吗？我来了。"我对着桥下空旷的空间喊了一嗓子。发出的声音在桥洞间回荡，听上去有些诡异。

等到回音完全消散后，我听到了另一个低沉的声音："我在这里。"

有条人影从一个桥墩后闪了出来。虽然是通过口罩传出的经过掩饰的声音，但还是有熟悉的感觉，是那个假扮邱石的"蝉蜕杀手"没错。他站在我前方十余米外，穿着黑色的防风外套，戴着深色的口罩和鸭舌帽，露在外面的双眼也被帽檐盖住看不清楚。即便到了这时候，他依然隐藏着自己的真面目。

"东西带来了吗?"杀手开门见山地问道,显然是想早点结束这场危险的交易。

"是这个吧?你费尽心机一直在找的东西。"我掏出口袋里的那一小块蓝色的东西,为了让他看清楚,打开手机屏幕照了照交易品。

"嗯,没错。把东西放在地上。"

"叶运南在哪里?"我没有轻易照办,不见兔子怎么可能撒鹰?

杀手哼了一声,弯下腰费力地从柱子后面拖出一个东西。借着水面上月光的反射,我看清那是一个被捆绑的人。

"叶运南?"我冲那人叫了声。黑影扭动着身体,发出"呜呜"的声音,看来嘴巴已被封住无法说话。

"我要看到他的脸!"

杀手从口袋里摸出一个便携小手电打开,一道白色的强光迸发出来照在那人脸上。虽然嘴上被绕了好几层的胶布,眼睛也被照得眯了起来,但那特征明显的卷发显示这就是那个倒霉的大学生。

"满意了吧?把东西往我这边丢过来,然后你可以带他走。"

终于到了最关键的时刻。只要这唯一的证物到手,他就可以逍遥法外了。至少,他应该就是这么想的吧。

"还在等什么?快把东西给我!"见我站立不动,他不禁焦急催促起来。

"这东西吗？"我捏起那个小东西抬高到面前，然后很快手捏成拳，把东西牢牢攥在手心，"抱歉，我不会给你的。"

"你……你想干什么？！不怕我杀了他吗？"杀手开始变得气急败坏，从腰间拔出什么东西一甩。白光泛出，那是一把明晃晃的弹簧刀，是他用来杀人的利器。

虽然害怕得想逃，但我还是故作镇定地说："其实我也是替你着想。之所以千方百计地要这个东西，是怕落到警方手里会牵涉到你吧？但现在情况有些变化，就算你把东西拿走也没用，因为我已经知道你的真实身份。"

在我说最后一句话的时候，我看到他的身体一下子变得僵直，并且后退了半步。几乎与此同时，身后的水泥阶梯上传来脚步声。两边的阶梯各有几个人走下来，将我们围在当中。就跟计划的一样，我的援军适时出现了。

从对面过来的小美一下阶梯就大步冲过来，撸起袖子指着杀手说："就是他吗？就是这个人害死了乔亮？我不会放过他的！"

团长康流海来到她身后按了一下她肩膀示意冷静。老七跟在两人后面过来，站定后不停挥舞手中的自来水管。

从我身后的阶梯下来的人是蓝岚和邱石。蓝岚盯着前方的杀手没说话，似乎想从他的身形里看出他的真面目。同样手提一截自来水管的邱石走得较慢，对于吃过"蝉蜕杀手"亏的他来说，内心的紧张程度应该不亚于我吧。五人里面蓝岚和小美的战斗力是相当强的，其他人也事先备上了家伙，我这边可谓占尽优势。

"看来你没有遵守承诺。"杀手侧过身看了看两边的来人，冷笑一声说道。此时还能保持镇定倒是有点出乎我的意料。

"因为我不是那种拘泥规则的人嘛！他们来既是作为制伏你的帮手，同时也要见证我揭穿你的真面目！"

"你真的知道他是谁了？"蓝岚转头看我，用半信半疑的口气发问。

"当然。但我不会马上就说，要一步步来。"

"讨厌！一定要像推理小说那样藏着掖着把重要的留在最后？"

"那就说说看，你怎么知道我的身份的？"杀手在此时插话，语气也同样包含着不信。

"在我弄明白这是什么东西以后，我就推测出你的真身了。"我摊开手掌，亮出刚才那个蓝色的小东西。

"你……已经知道那是什么了？"

"呵呵，是啊。这要感谢昼梦展团的团长先生，还没等我上网搜索，他就告诉了我。在他的团里也有人使用这东西，所以他一看就知道是什么。"我捏起那东西，宣告般加重语气，"这，其实是一个助听器！"

大概是由于错愕，话音落下后现场一片安静。蓝岚最先"咦"了一声后问："这是助听器？那掉下这东西的凶手莫非就是……？"

"没错，连续杀死五个人的'蝉蜕杀手'，其实是一个听力障碍的患者！"

话说到这一步，杀手依然站立不动。其他人的样子显得有些茫然。

看样子没收到预期的效果，我也只能先继续了："助听器有很多种，其中耳道式和深耳道式涉及各人不同的耳道形状，是需要度身定制的。这个就是深耳道式的，佩戴时需要安置在耳道深处，不在近处细看的话几乎无法察觉，所以也叫隐形助听器。戴上这个后，听力障碍的凶手也具备了接近常人的听力，从外表看他就是一个健全人。我说得对吧？"

对于我的问话，杀手只是默不作声。

"好吧……就当你默认了吧。之前几起案件你都实施得很顺利，但是就在十多天前的 5 月 13 号夜里，在街心花园刺杀林恩那次出了点意外。被害人林恩临死前的呼声引来了一位学过拳击的青年，在贡河边上追上了你，并对你展开攻击。"

听到这里，邱石连连点头。他大概是回忆起了之前打我的那一拳。

我咳了一声，再次用手机屏幕的光照亮那个助听器："你们看，这个助听器是蓝色的，在双耳都使用助听器的情况下，助听器的颜色不同有助于辨识左右。一般左耳用蓝色，右耳用红色，这只就是左耳用的。也就是说，两耳都佩戴助听器的凶手在遭到青年攻击后，左耳内的助听器松动并且脱落掉入了河中，也就是现在我手上的这个东西。"

听到这里，杀手似乎有些失去耐心，哼了声说："说这些有什么用？就算你说的没错又怎样？听力障碍的人千千万万，你怎么证明我的真实身份？"

这么一说后在场的五人都望向他，纷纷点头，好像觉得他比我说的更有道理。

"不，以上获得的讯息，足够推断出谁是凶手了！"我及时出声镇住局面。瞬间视线又向我这边聚焦，体内开始涌出力量了。"知道这是助听器后，我特意上网找了些资料，知道了像这种定制的东西一旦遗失会很麻烦，就算找人再做新的也需要时间。于是在 13 号之后的一段时间里，凶手如果不用非隐形类助听器替代的话，就不得不在只有右耳有听力的状态下生活了。虽然只有一只耳朵的听力也不至于有很大的影响，但他还是习惯性地尽量用右耳对着说话的人，以免露出自己左耳听力障碍的破绽。于是当他假扮成邱石来找我的时候，他没有坐在我面前，而是坐在了东侧靠墙的沙发上，这样既能够和我保持距离不被看清容貌，又能把右耳对着我，听清楚我的声音。在车上时也是，我请他坐副驾驶座，但他却坐到后座，并且缩在驾驶座的后面，因为坐副驾驶座的话他那只没听力的左耳就会对着我，只有坐到我位子后面才能让右耳充分发挥作用。"

"是不是这样，凶手先生？"我再次看向杀手。

"哼，不过是事后诸葛亮。知道这些又怎样？"

"确实这都不算什么，重要的在后面。在之后的数天里，在重新定制的助听器还没完成前，你依然维持着这种单耳有听力的生活，直到与我见面的那天。"

"他……就是那个司机吗？"抱臂旁听的蓝岚伸手指了指凶手。

"不是的。你别忘了初见司机小仇的时候他在用耳塞听歌吗？戴助听器再用耳塞的话会有声波干扰，一般人都不会那么做的。"为了知道接下来这句话会产生怎样的效力，我转身面对着杀手说："我说的没错吧，曾羿先生？"

2

被我点名的那个人身体似乎晃了晃，后退半步才稳住身形。与此同时我听到了蓝岚发出的惊叫，以及另外几人的议论声。

"你以为随便叫个名字就能和我对上号吗？"到了这时候杀手似乎仍未放弃，用粗嗓门大声否定我的说法。

蓝岚指着他说："那你敢把口罩摘下来吗？"

"哼，我要是把口罩摘下来，就意味着你们几个人都没机会活着回去了。"

我冲蓝岚摆了摆手示意她退下，看向杀手。"我可以证明你就是曾羿。还记得我们在孤儿院第一次见面的时候吗？谈话时你请我们坐在对面，结果蓝岚却坐在了桌子一边，你的左侧，很不巧对着的是你没戴助听器的那只耳朵。于是，跟正对面的我说话时你只要坐正就好，但每次和她说话时，你总是把转椅转过去面对她。一开始我以为你这是出于对女士的尊重，但后来发现并不是这样。在送我们出去时，蓝岚走在你前面，我走在你左后方轻声说话，你没听到差点撞她身上，然后跟我说话时也是转过来面对着说，对她却只扭过头。这些都证明了你跟冒牌邱石一样，是左耳听力障碍的人。"

听完后蓝岚低着头没作声，大概是在回想记忆中的画面。另外四人互相看着，康流海喃喃出声："这是真的吗？眼前站着的居然会是大名鼎鼎的集团总裁？"

"都是胡说！"杀手突然大叫着厉声否定，"我才不是什么董事长，耳朵也没有残障！你们现在就站在我两侧说话，我还不是听得一清二楚吗？"

面对这奋力挣扎，我自然要毫不犹豫地进一步揭穿他："没错，现在的你是听得很清楚。不，其实是在更早之前，在你造访我事务所的时候，我坐在你的正面，蓝岚在你身边来回走动说话，但你却并没有特意转动椅子，只是随意地转头，应付自如，可见当时你两耳的听力就已经恢复了。因为距离5月13号已经过去了十来天，再次定制的左耳助听器你应该已经用上了吧？"

面对我的问题，杀手依旧没有回应，也可能是我的话一语中的他还没缓过神吧。

"呃……如果他真的恢复了听力，那怎么知道他就是那个有听力障碍的人呢？"对面的老七紧握着手中的水管问身旁的小美。

"笨蛋！只要按住他扒开他的耳朵看不就行了？"小美头也不回地斥责他。

"但这样岂不是很危险？他手里有刀嗳……"

"你不是有管子吗？"小美拍了一下老七手臂，结果当啷一声水管落地。

"等一下！"蓝岚突然出声，然后看向我说，"我发现这里面存在问题。之前你不是说过嫌疑人的身高在一米六五到一米七五之间吗？曾羿的身高在一米八以上，所以排除了他的嫌疑，现在怎么说他就是'蝉蜕杀手'？是不是搞错了什么？"

蓝岚的记性很好，这个问题也很关键。"要说搞错的话……我确实把他的身高搞错了，但是人没错。"

"什么意思？曾羿的身高难道不是一米八以上吗？话说，这个人……"说着蓝岚开始眯着眼睛朝杀手看，还在伸直手臂弯曲拇指和食指比画。

"你干什么？这样就能量出身高来吗？"我打掉她的手，继续刚才的话，"要说清楚这个问题，会牵扯到好几件事，比如凶手为什么没在水中追杀姚宾，比如他是如何从那栋大楼里逃脱的，一旦这个谜题解开，那些问题也就全都迎刃而解。"

"真的吗？这些答案你都已经有了吗？"因为对这几起事件都有了解甚至亲历，蓝岚的眼里放光，急于想知道答案。但团长夫妇、老七和邱石则不知道我在说什么，一脸的茫然。

"首先说一下那条浅水河的事吧……"

"是第四名死者姚宾蹚水过河后被杀的事吗？"这时站得较远的团长举手发言，"其实娜娜出了事以后，我也开始关注媒体上'蝉蜕杀手'的报道，这件事，我也觉得奇怪啊……"

"是的，在那起案件中，凶手明明看到姚宾走入了水只到腰间的小河，但他却没有追上去，而是先隐蔽起来，等姚宾上岸再追过去，最后一直追到车站才把姚宾杀死，这样做很没效率吧？而且要靠姚宾放松警惕才能追到。直接跳下河追，肯定可以大大缩短距离节省时间，杀人的把握也更大，但他为什么不这么做呢？当时我和蓝岚就分析过，答案是应该有什么原因导致他无法下水吧。"

"嗯，你说是他舍不得身上的名牌衣裤。"蓝岚毫不顾忌我面子地说出当时我随意的判断。

好像听到一两下干笑声，我装作没听见，闭上眼点头："没错，当时我是这么说的。这答案是不对的，但逻辑没错。设身处地地想想，如果凶手当时不追下水，那姚宾很可能就会逃掉，下次再对他下手可就难了，还有可能惊动警方，或者招来路人。这对于凶手来说也是性命攸关的事，所以当时他什么样的东西都可以舍弃，也一定要追上去杀了他！但事实上他最终还是没那样做，是什么原因呢？是什么样的东西比他的性命还重要让他无法舍弃呢？

"从现实的角度来讲，没有什么东西比生命更重要了。最重要的就是——生命本身。也就是说——只有在追下水会危及凶手生命的情况下，他才不会下水。这样分析，应该合情合理吧？"

"这……"蓝岚扭头看着左右呆站的人，最后还是问我："但是，为……为什么？水那么浅，他本人又不怕水，为什么追下水他会死呢？……呵呵，我想到了一句谚语叫'泥菩萨过江自身难保'，凶……凶手难道是个泥人吗？"

"哈哈哈，你可真有想象力。"我笑着看向蓝岚，眼里不禁露出赞许，"泥人自然是不可能的，但……事实上他的情况倒是真的类似。最初在事务所想这个问题的时候，我也是百思不得其解，明明他之前还在追姚宾的，为什么下那么浅的水会有生命危险呢？实在想不出个中缘由，只好暂且搁下。再后来，又发生了梁乐乐遇害，凶手从大楼内消失的事……"

"哦！这事我也知道。"这次是小美举手，面带兴奋地对身边两个男人说，"前几天报纸上看到的。'蝉蜕杀手'杀死了第五个人后，警察进行了严密的搜查，但他还是跑了。不过报纸上报道说凶手应该是在警方到达前就逃掉的，没提到'消失'什么的。"

不知道是不是受了我的影响，蓝岚也咳嗽了一声，对小美说："不，他确实是'消失'了，因为警方到达前我们守在门口，他不可能逃脱的。"

我也跟着说："没错。当时大楼的前门跟后窗都有人守着，没看到凶手出入，但我们并没有跟警方实际交接，而是悄悄离开了现场，最后警方没搜到人，自然会怪在我们身上。'不可能消失'这种只出现在推理小说中的'异象'，现实中是无法被接受的。"

"那怎么会……"

我打了个手势让小美听我说下去："所谓的消失只是剔除了理论上可以忽略的表象，然后得出的结论。但事实上……凶手确实很难从警方手里逃脱，还是从我们看守的眼皮底下溜走的可能性更大。"

"胡说！怎么可能？"蓝岚对此反应最大，瞪着我高声说，"从现场离开的只有大妈、大个头男、婴儿车少妇这三个人，谁都不可能是那个杀手假扮的。除非他是从后窗跳下去，叶运南没注意！"

说到叶运南，地上被包成粽子的那个人嘴里发出"呜呜"的声音，拼命摇头晃脑，似乎有话要说。

"行啦行啦，我相信你的。"我安抚了叶运南一句，看向蓝岚，"之前我也觉得那几个都应该被排除。一个成年男性，要怎样才能化身为老太、大块头男、少妇、婴儿？就算他有很高超的化装术，但他进去的时候我们还没有到，他不可能想到要预先准备化装道具吧？但排除掉这些人，还剩下一样东西……"

"难道你是说那辆婴儿车？"

不得不说蓝岚的反应还是相当快的。"对，就是婴儿车。那车子不到一米的长度，宽度大约四十厘米，这里面怎么也不可能藏一个成年男子，一般人都会这么想吧？直到在医院病房窗口，看到了某个场景，我才想到另一种可能。"

"你看到了什么？"

"其实也没啥特别的，就是一个小孩在地上爬的情景，由此我联想到某件事……"

"你想到的不会是十二年前'虫之屋'里地上那条'黑髓虫'吧？"蓝岚脑子转得不慢，很快猜到了我的心思。

"没错。十二年前，叶运南看到的那条'黑髓虫'，长度也是不到一米，宽在三四十厘米，这数字不是和婴儿接近吗？"

"但这有什么意义吗？那不就是一个蜷缩在地上的孩子

吗？就算人蜷缩起来也进不了那辆婴儿车，再说这样的话车上的孩子放哪里？"

"但要是他没蜷缩起来呢？"

"……你在说什么？"因为答案太出乎常理，果然连蓝岚也跟不上节奏了。

"'黑髓虫是蜷缩在地上的孩子'只是我根据叶运南给出的长宽数据做出的推测，但高度他从来没说过，我只是想当然地这么以为。为了检验前面想到的是否成立，我打电话给叶运南，跟他确认那条'黑髓虫'的高度。叶运南在给我答案时被扣为人质，但还是报出了一个数字，说是二十多。也就是说，他看到的那条黑髓虫的高度只有二十多厘米，这样的高度不可能是一个人肘膝着地趴在地上形成的，只能是一个人平躺在地上的高度！但是躺着的人怎么可能身高不到一米？难道被他们虐待的是只有三四岁的小孩？但那家孤儿院收养的都是 6 岁以上的大孩子，这样的话就只剩下一个可能……"说到这里我稍稍停顿，看向十来米外依旧蒙面的杀手，"曾羿先生，十二年前那只正要爬出虫蛹的'黑髓虫'就是你吧？之所以长度不到一米，是因为你没有双腿对吧？"

这震撼性的发言终于有了效果，在场的人除了杀手和我以外都露出惊愕的表情，他们的目光有的停留在我脸上，有的看向杀手，似乎在寻求这话的可信度。我没有多加停顿，继续追击：

"因为没有双腿，所以你使用的是义肢。义肢可以随时更换，还可以预备多副不同长短的应付各种场面，身高对于你不是固定的！因为没有双腿，所以及腰深的小河都不敢进入，用义肢在水中行走时如果摔倒可是有被淹死的可能的！因为没有双腿，净身高还不到一米，所以可以藏身于普通人无法进入的婴儿车内再把孩子放身上！曾羿先生，你到底要隐瞒自己的真实身份到什么时候呢？"

这一番连续轰炸过后，大家的目光都往杀手身上聚焦，现场一下子沉寂下来，只有桥下孔济河水的流淌声随风在耳边掠过。

"是吗？……都知道了啊……"静立许久的杀手发出松了口气般的声音，把弹簧刀收入口袋，除下鸭舌帽和口罩丢在地上，扬起脸面对我。

身边的蓝岚发出一声惊叹。即便是朦胧夜色之中也能基本看清那张脸，正是那位年轻的老总无疑。站在另一侧的团长、小美和老七忙移动脚步调整角度，虽然没见过他，也跟着发出"哦"的低呼。

"长时间压着嗓子说话，也挺累的。"曾羿一只手放在脖子上晃了两下脑袋，苦笑着看着我说，"原本只想取回那个遗失的助听器，因为警方可能查出定制厂家找到我头上，所以才委托了你。没想到……呵呵，反而把自己兜进去了。"

虽然早已认定"蝉蜕杀手"就是曾羿，但直到此刻看到他的脸，我才真正放下心来。我挺起胸问他："终于打算招认了吗？"

"招认什么？杀那五个人的事吗？呵呵，当然，都是我干的。"他的脸上似乎毫无悔意，慢慢把工装裤的裤腿拉到膝关节以下，露出鞋子与膝盖之间一截肉色塑料构成的肢体，"看到了吧？就像你说的那样，我有五副义肢，长短和构造都不太一样。现在这副在平地走路久了也不会很累，装上后我的身高大约是一米七三。在公共场合用的那副比这高十公分，以那个身高示人是因为医生做过评估，我双腿健全的话应该就是那样的高度。当然，也有一部分是虚荣心作祟吧，呵呵。"

"被……被我们守住大楼门口的那次，你真的……是躲在婴儿车里逃出去的？"面对已经附加上杀人凶手身份的曾羿，蓝岚声音也有些发颤。但她似乎对于这件事一直很在意，此刻还不忘提起。

"嗯，你们所长说得没错。我是在你们之前就进了大楼的，假装抄煤气的去敲梁乐乐家的门，但那家伙很警惕没开门，这时候电梯到了我就打开楼梯口的门躲到后面。来的就是所长先生，他和梁乐乐的话我都听到了，在他走后我从隔壁丢在门口的垃圾里找出一个空的饮料瓶，敲门后按在猫眼上。他以为饮料买来了，轻易开了门，我就得手了。在屋里的时候朝楼下看过，见你守在那里，就没立刻出去。我也去楼梯处的窗口看过，也有人守在下面，加上我的义肢不适合跳下就放弃了。当时很着急，在大楼里四处转悠，你们所长回来发现尸体后必然会开始找我。就在我坐电梯来到顶楼的时候，看到那个年轻的母亲推着婴儿车过来，才想到了办法。我拔出刀子劫持那孩子拉着婴儿车躲进楼梯间的门后。"

"孩子他妈没冲上来？"蓝岚一副强压住怒气的样子问他。

"当然，她很想冲进来，但我用刀子抵住孩子，她也不敢怎么样。我隔着楼梯间的门对她说，我有'货'要送出去，但是门口有警察堵上了，需要借用她的婴儿车运出去，如果她配合的话孩子就会还给她，如果不听或者报警，那她一家都会遭殃，因为我已经记住她家的门牌号码。然后我就把孩子抱出来放在地上，自己坐进婴儿车，卸下义肢放在车斗下面的储物袋里。"

"那辆婴儿车能承受你的体重？"

"应该是可以的。"我替曾羿回答了蓝岚，"我上网查过资料，那辆车的最大载重应该是三十六公斤，但实际上能承受的重量远不止这些，只是推着走一小段的话就算超重也没问题。"

"是啊，我坐上去以后也觉得可行，何况拿掉义肢后我的体重还不到五十公斤。"曾羿接过我的话继续道，"虽然有些挤，但我还是在睡篮底部躺下了，用孩子的毯子盖住身体后，我隔着门叫那个母亲从'30'开始倒数，数到以后进门把孩子推出去，但我放在车底下的货绝对不能看也不能动，我会先从楼梯下去接应，她只要把车推到楼下那片小竹林里离开就好。她果然很听话地等了半分多钟才进来，因为听得见地上孩子的哭声，也没有担心我把孩子抱走。之后她也照着我的指示行动，推着车坐电梯下楼，在竹林里抱走孩子丢下车跑了。然后我装上义肢后从边门走的。"说到这里他又看向我，似笑非笑地说："哦，在门口时你还帮她把我推出去，那时候还真让人紧张。"

追踪目标从眼皮底下溜走，真是失败。对此我无言以对，蓝岚倒是一副有话要说的样子，踏前一步问："你……为什么要杀那些人？就因为他们在十二年前曾经虐待过你吗？"

虽然动机已能大致猜到，但确认还是有必要的。令人意外的是曾羿却淡然笑着摇头："不是这样的。十二年前在孤儿院他们确实虐待过我，我也恨过他们，但后来又发生了很多事，让我变得宽容，对他人的恨意也淡了许多。但是，对那几个人，如果再给我一次重来的机会的话，我还是会毫不犹豫地杀了他们。"

"你身上到底发生了什么？是什么样的遭遇让原本是孤儿的你成了现在这样子？"大概是出于女性特有的怜悯，蓝岚问话的声音由激动变得温和起来。

"这背后有个很长的故事，你们真的要听吗？"

"嗯！要听！"第一时间回答的是小美。

"侦探先生也有兴趣听吗？"曾羿的目光扫过来。我同时感受到了来自身侧的寒冷视线，直说心里话估计会立马遭到袭击。"想听……你说说吧。"

"好，那我就从头说起。"

3

"小时候的事我已经不太记得了，家里应该算是翟原市内一个中等收入的家庭吧。但我一出生就患有先天性骶骨发育不全症，前后做过几次大手术，大腿的大部分都被截掉，成了一个没有双腿、只能在地上爬行的孩子。厄运还不止于此，8 岁的时候因为肺部感染在一个小诊所里看病，医生使用了过量的耳毒性药物，导致我双耳听力障碍，只能听到八十分贝以上的声音。耳朵的重听让我失去和外部世界大部分的联系，父母也不想在我身上投入更多的精力，这导致了我的智力发育迟缓，十来岁的时候还只会说几句话。家里人愁眉不展的同时也以我为耻，极少会带我出门。在我 12 岁的时候，父母又生了一个弟弟，是个健康的孩子。结婚十三年终于获得普通家庭应有的幸福，他们对弟弟自然是加倍疼爱，对我的嫌弃却更重了。或许对于他们来说，没有我的这个家庭才算是完美的三口之家吧。于是在第二年，父亲背着我上西山，将我遗弃在乐元堂孤儿院的门口。"

"这……太奇怪了！自己的亲生孩子，都养到这么大了，怎么就……"难以接受这事实的蓝岚叫出声，打断曾羿的话。

"哼，奇怪吗？并不是所有人都能接受有身体残障的孩子，可能的话也想早日摆脱过上一般人的生活吧？所谓的血亲说到底也只是有着血缘关系的他人而已，为什么要搭上自己的幸福人生呢？"

蓝岚刚要反驳，远处的康流海却点了点头："确实，团里不少人也有这样的遭遇。"事实如此，蓝岚最后还是咽下了要出口的话。

曾羿的心情却好像没那么沉重，反倒是笑着说："其实也还好。收留我的孤儿院里的阿姨们人都很好，那些孩子虽然见到我觉得害怕，但也没人欺负我，有几个还愿意大声和我说话，反倒不像在家里那么孤单了。但在两年后，那个人调到孤儿院里来工作了，平静的日子也到头了。"

"是葛龙吧？"在他停顿的间隙我问了一句。

"对，不过他当时不叫这个名字。那个人初来的时候并没有显得特别，只是跟我保持着距离，偶尔露出古怪的眼神。有一次在没人的过道上他从后面冲过来，撞倒了正用两手撑着板凳艰难行走的我。他说了声什么，我没听清，以为是在说'对不起'，就说了声'没关系'，自己动手爬起来。他却停下来笑着看我，然后把头凑近我耳边大声说：'你以为我说的是对不起吗？呵呵，我说的是——死残废！我在骂你呢！'说完他一脚把我踹翻在地，然后开始拳打脚踢。这是我从小到大第一次挨打，当时脑袋里一片空白，等感觉到浑身疼痛时他已经结束，把脸凑近过来说：'要是你敢告诉别人，我就把你从山上扔下去！'

"第一次遭人欺凌的我完全没想过告诉他人，拖着伤痛的身体回到宿舍，躲在被窝里希望睡一觉把这事忘记。没想到这只是个开始，那天以后葛龙经常在没人的时候殴打虐待我，逼我舔他的鞋，喝地上的脏水，用践踏我尊严的方式来获得快感。"

"怎么会有这种人？简直……简直难以想象！"曾羿的话告一段落，蓝岚早已一副忍无可忍的状态，在这时候大叫起来。

"是啊，我也觉得好奇，这究竟是怎样一种心态？"曾羿看了她一眼，苦笑着摇头，"当时我也不理解，多年后我在网上搜索，发现一种叫作'日常施虐狂'的人，他们就生活在我们的身边，平时看不出和普通人有什么差别，既不是变态杀手也没有异常的性嗜好，但他们能通过折磨他人，甚至单纯看他人受折磨而获得愉悦感，在他们眼里，快乐也可以是建立在他人痛苦之上的东西。家庭暴力、校园霸凌、网络暴力等等问题里面都有这些人的身影。"

"你是说……那五个被你杀死的人，都是日常施虐狂吗？"

"没错。"曾羿语气肯定地回答蓝岚，"相信你们在调查过程中也发现过他们的日常施虐表现了吧？"

"但是叶运南他不是啊！他只是个普通的大学生而已！"

"也许吧……"曾羿低头看了眼正剧烈扭动身体的大学男生，"但也可能是他还没表现出来而已。所以我答应把他先交给你们。"

"那五个人究竟怎么回事？"一直旁听但没明白在说什么的团长忍不住插话了。

"好，话题还是回到之前吧。"曾羿终止和蓝岚的对话，接着讲述自己的身世，"大概是在半年后，那个爱心夏令营在孤儿院里举办了。对于那些健全的孩子来说，这只是一趟被指派下来的郊外远足吧，对于我，除了身边多一些猎奇的目光，别的都没有改变，葛龙对我的虐待还在继续，他还变本加厉地把魔爪伸向了另外几个胆小懦弱的孩子。事情发生的那天，他把我和另外两个孩子赶到地下室，堵住嘴后塞进麻袋吊了起来。因为怕我们挣扎，他用铁丝在袋子外面绕了几圈束缚我们的行动。吊我的绳子太松结果麻袋掉了下来，我想从袋子里钻出去，但由于铁丝的束缚只能把脑袋露出来。正当葛龙想把我塞回去的时候，地下室的门突然打开了，门口站着四个拿着扫帚拖把的人，是两男一女三个学生和一个年轻的女老师。

"没想到会有其他人在这时候出现，我期待着那个女老师大声斥责葛龙，最好去告发他，那样我的悲惨境遇或许就可以终结。但没想到的是，葛龙没有觉得意外，笑着起身站到了一边。那个女学生好像不太明白的样子，好像问了句'这是做什么？'女老师带着笑往我这边走来，声音不大，我却听清了她回答的那句——'我们来除虫'。然后她竟然脱下脚上穿的黑色丝袜套在我头上，隔着那层黑网我看到她跟葛龙要来铁丝，两根穿过丝袜插进我头发，剩下的折叠后插进我嘴里强迫我咬住。然后她回头对那几个学生说了些什么，他们就都笑起来。现在想来，大概是有虐待癖的女老师来这里后结识了同好葛龙，然后选了几个有同样倾向的学生来'实习'吧。接下来葛龙和她开始用木棍敲打我和那两个麻袋里的孩子，还做手势叫其他人也上。学生们开始还有些犹豫，但用扫帚拖把试着打了几下后手就重了起来，打时还骂我什么'黑髓虫'。后来有个小男孩撞进来了，那个女学生把他吓跑了。至于那几个人的名字不说也明了了吧？女老师是苏景悦，女学生是林恩，两个男生是梁乐乐跟姚宾，后来闯进去的小孩就是地上的叶运南。"

"是的，这些……我们都已经知道了……"听完当事人亲口描述，多半蓝岚的情绪也受到影响，垂着头语气低落地说。

团长他们相互看着，最后也只是叹息。

"那你……后来怎么成了这样？"一心想把故事听完的小美开口提问。

曾羿的脸色变得和缓，对小美笑了笑说："夏令营的时间只有一周，虐待了我几次后，新加入的那些人很快走了。我身上又多了许多瘀伤，更严重的是心灵上的打击。拖着这样的一具身躯，还要承受如此磨难，对于这个世界，我真的没什么可留恋的了。几天后，我在清晨时分趁大家都睡觉时爬出了孤儿院，目的就是寻求解脱，最后在后山一个陡峭的坡上滚了下去。一路上被山石碰撞颠簸着，身体撞到了树干，脑袋砸到地面，失去了意识。

"在滚下去的那一刻，我确信自己会死，但是眼睛再度睁开后，看到的还是这个充满阳光的世界。当时是在一辆车里，因为从没坐过车，我相当惶恐。这时一个温和的声音在身边响起，一个看上去大我几岁的少年，靠在后座上跟我说话，身上的安全带似乎系得很紧。当时的我还不知道，他就是昇远集团老总的独子曾晨，也是后来的我大哥。那年他18岁，就已经接手部分家族产业的经营，还投身慈善事业，帮助那些身有残疾的弱势群体。那次他一大早有事出门经过孤儿院山下，看到倒在路上的我就叫司机出手相救。发现我有重听，他大声问我名字，问家在哪里？怎么会倒在路上？当时我说话都成问题，就算有心回答也是无力，最后他叫司机先开车把我带回他家从长计议。

"我就这样在曾家住下，当时没想到，那几天会成为我生命中最初的美好回忆。因为知道我有重听，第二天大哥就带我去配了助听器，虽然是很简易的耳挂式的那种，却让我和这个世界又拉近了距离，在闹市区的路边打开车窗听到人行道上的喧嚣声，我眼泪都差点落了下来。大哥有小儿麻痹症，备了好几把轮椅，分了其中一把给我用。坐上后随意四处移动的经历我从来没有过，甚至还跟大哥在门前的白石大道上玩起了滑轮椅比赛。在我的印象中从来都没这么快乐过，觉得这个世界也变得有趣起来。

"可惜好景不长，第三天的时候大哥派去的人查出我是孤儿院失踪的孩子，他不知道那个地方对我意味着什么，笑着说要送我'回家'。当时的我表达不清遭受虐待的事情，只能连声说'不'表示不愿回去。但大哥以为我只是留恋这里，笑着说可以住一晚再走。第二天送我走的车就停在大门外，被推着出去的时候，我开始掉泪。大哥看我依依不舍，笑着叫我不要难过，问我要不要临别的礼物，他可以派人下次送过去。我指着面前的白石大道，费了九牛二虎之力，告诉他我想要的礼物——我想要一双腿，想靠自己的双脚在这条路上走一走。听了我的话之后，大哥许久没有说话，等到车子要开时，他却催动轮椅把车拦下，打开车门后微笑着对我说，'你留下来，我来帮你实现'。

"最终我没有被送回孤儿院。大哥说想有个弟弟，央求父母收我这个身体残缺的孩子做养子。这个请求让家里人很为难，因为已经有一个不能走路的孩子，就算要收养也是要收养四肢健全的更合适。但大哥跟他们说，他会让我变得和健全人一样。最终父母拗不过他还是答应下来。

　　"留我下来的原因是大哥后来跟我说的。靠自己的双腿在家门前的那条路上行走，也曾是他的梦想，但因为下肢瘫痪的关系无法实现，听到我也这么说，就把梦想寄托在了我的身上。那之后不久，他就开始联系医院，准备给我装义肢。其间还给我请家教，为我安排从小学开始的各项课程。这样做就是为了让我变得和健全人一样。对读书认字一直渴望的我就像一块落入水中的海绵，拼命吸取着各种知识，虽然为了赶上进度要忍受疲累，心里却有抑制不住的兴奋。

　　"半年后，养父母带我去美国一家医院安装定制好的义肢。当义肢装到我腿上，人被从轮椅上扶起来的时刻，感觉整个世界都变低了，那种自豪跟满足，没有类似体验的人很难明白吧？不过对于一个从小到大没有走过路的人，那双腿又实在是难以习惯，腿面连接处的疼痛感也让我想放弃。但为了能像个正常人一样行动，最终我还是坚持下来练习用义肢走路。在美国适应了两个月后我回来了，车开到门口那条路上时就停下，我远远看到坐在轮椅上的大哥等在房子门口，笑着对我招手。我明白了他的意思，让同行的人装上义肢，在没人搀扶的状态下朝他走去。"

　　说到这里曾羿停下，低着头沉默了许久才抬起来，脸上带着笑意的同时眼角似乎也闪烁着光亮。"我记得那是个大晴天，白石大道两旁没有行道树的遮蔽，正午的阳光畅通无阻地照在路面上，笔直的白色路面看上去亮得晃眼。因为我还不太会走路，所以走得相当艰难，一百多米长的距离，普通人半分钟就可以走完，我却花了十倍的时间。走过那条路的每一步，我到现在都清楚地记得。奇怪的是，虽然身体感受到痛苦，心情却是难以形容的愉悦，正是这股情绪支撑着我走到大哥面前，和轮椅上的他抱在一起。大哥当时是在笑的，我早已泪流满面。他拍着我的肩膀跟我说：'这只是个开始，我不但要让你看上去和普通人一样，还要让你比普通人更出色。但，这样会吃比普通人更多的苦，你愿意去做吗?'这是我做梦都不敢想的事，我除了含着泪重重点头，已经说不出什么话了。

"最终我在三年时间里学完普通人从小学到高中的课程，走路也已经练习得相当熟练，不注意看都不知道我身有残疾。20岁时我考到高中文凭，然后在家里资助下去了美国念工商管理的大学，又用五年时间学完了大学到研究生的全部课程。那时候我已经换上了隐形助听器，不但能用义肢走路，还能够慢跑，因为住的是单人公寓，同学们甚至不知道我身有残疾。

"就在我研究生快要毕业的时候，家里传来噩耗，大哥在一次列车意外中亡故。那天对我来说是有生以来最痛苦的一天，原本想毕业后回国在大哥面前展现自己，让他看到我没有辜负他，但他却这样毫无预兆地走了。但生活还是要继续，即使大哥看不到，我依然要成为他希望看到的样子来告慰他。回国后，我从养父那里接手了大哥管理的产业，用自己学到的知识加上身边前辈们的经验，让亏损企业走上正轨。接手更多的项目后，我也没有辜负家里的期望，让大哥过世后萎靡了一段时间的家族事业再度振兴起来，为了纪念他还成立了慈善基金会继承他未竟的事业。

"正当我的人生道路一片春风的时候，在几个月前的一次福利院巡查中，我无意间撞到了葛龙在房间里虐待多多。当时的感觉是震惊加上恐惧，因为我一眼就认出了他，但他倒是完全没认出我，事实上当年只会在地上爬的孩子变成这样子也无法想象吧。对于我来说，最不能容忍的就是自己的悲惨遭遇在别的孩子身上重演，我以基金会理事长的身份招葛龙来办公室谈话。

"令我意外的是，他明知道事情已经败露但完全没表现出愧疚，还笑着对我说把这事隐瞒下去是最好的选择，因为传出去对我们福利院的名声不利，而他本身是坐过牢的人，这种事最多关个一两年就会出来影响不大。我原本想立刻解雇他，但听了他的话后改变了主意。这样的人光靠法律的惩罚是不够的，跟他们所受的那点惩罚比起来，被虐待的儿童所受的伤害要重得多，我要自己动手让他得到应有的惩罚。除了葛龙，在我的记忆中还有另外四个人，留着他们也是祸害。虽然过了这么多年，但他们的样子我都还记得，找到人不难。这，就是你们想要的杀人动机了。"

曾羿的这一大段话似乎已告一段落，听的人个个面面相觑，我看到蓝岚皱着眉，鼓着腮帮子，一副憋着话的表情。

"那……为什么要在他们身上留下蝉蜕？"这是我最想知道的答案，因为接的委托就是破解"蝉蜕之谜"，结案后需要详细写进报告，至今毫无头绪。

"你熟悉蝉这种昆虫吗?"对于我的问题,曾羿同样用问句来回答,见我愣住没出声,他接下去说:"比起其他只能活一年甚至更短的昆虫,蝉是属于相当长寿的,一般的蝉就有三到九年的寿命。占据它绝大部分生命长度的幼虫期,却是在不见阳光的土下度过的,经过数次蜕皮后,它破土而出爬上树干,最后再羽化成带翅膀的成虫,高飞到树上,享受阳光和雨露。你不觉得这跟我的人生很像吗?在装上义肢走上那条阳光大道以前,我是在地上爬行的,听力问题也使我与这个世界隔绝。整整十六年,我的人生都是在黑暗中度过的。"

"所以,你就用蝉羽化后留下的蝉蜕作为你的标志吗?"

"有这个意思,但不只如此。你没发现蝉蜕的'蝉'字和残疾人的'残'字发音接近吗?这应该也算是一种提示吧?"

"你……"完全没想到蝉蜕还有这一层意思,我在说了这一个字后陷入愕然。

"为什么?!"身边突然传来一声大叫,是忍了好久的蓝岚终于爆发了,"为什么要做这种事?你努力了那么多年,像蝉一样有朝一日从地底爬到了阳光下,为什么要为了抹杀那些人渣而毁掉自己的将来?这值得吗?"

侧身站在桥洞下的曾羿低下头,表情依旧笼罩在暗影里,声音听上去却带着和蔼:"是不是值得取决于各人的判断。上次在事务所也谈到过,虐待罪的主体必须是家庭成员,而且量刑很轻,还有不主动追诉就无罪的判罚。非亲属就算虐待了他人也不构成虐待罪,最多只算人身伤害,罪同样很轻。

但事实上除了身体的伤害，他们给受害者心理上留下的阴影可能一生都无法抹去。对于我来说，如果留这些人在这个世上，让年幼的孩子去体会我当年那种生不如死的绝望，是我无法容忍的，就算为此付出我的自由甚至生命我也觉得值得。"

4

"那么……曾羿先生，你跟我们走吧。"我走上一步，对正安静看着河面的年轻总裁说。

"走？去哪里？"他竟然以一副一无所知的表情反问我。

"既然你已经坦白，那当然是跟我们去投案了，这样至少你还能算自首。"

"不不，你好像搞错了。"曾羿轻笑着说，"我只是把事情都跟你说清楚而已，完全没想过要去自首。"

这话一下子令现场低沉的气氛变得紧张起来，我看到小美把拳头捏紧，蓝岚也挺了挺腰杆。

"不自首难道你还想逃跑吗？我们有这么多人，再说你都已经暴露了……"

"呵呵，你以为我会傻到独自一人毫无准备地来和你交易吗？你看这里。"说完曾羿把手机切换到手电模式，惨白的光圈落在桥面底部与下面泥土交界的三角缝隙处，那里参差不齐地塞着一整排暗红色的布包。曾羿语气轻松地晃了晃光圈说："看到了吧？那是我从一个朋友的工地上搬来的用来给房子定向爆破的炸药，不止这边，对面的桥下也安了。这些炸药的威力足够把一栋十几层高的居民楼夷为平地，用来炸这桥，更是轻而易举。"

老七率先发出一声惊呼，我也听到了其他人倒吸凉气的声音。刚刚还觉得曾羿的举动有点悲壮，没想到转脸就对我们来这手，我说话的声音也有些发颤："你……你想炸了这桥？"

"如果你们乖乖离开的话，或许我就不用这么做了。哦，地上这人要是愿意的话你们也可以带走。"

我无法确定这炸药的真假，正想挪动脚步去查看，曾羿却收起手机，冷笑了一声说："你最好别轻举妄动。这不是警匪片里的炸弹，随便什么人就能拆，乱动只会当场引爆，这些人的命就都被你搭进去了。"

在我犹豫的时候，曾羿又从口袋里掏出一个比打火机大不了多少的装置，举在空中大声说："这是引爆器！按下这个以后，炸弹会在两分钟内爆炸。我劝你们赶紧从这里撤离，走得越远越好！"

说时迟那时快，身后突然蹿出一道黑影，出手猛击曾羿的肩膀。措手不及的曾羿叫了一声，引爆器脱手落下。那身影不用问就是使出御骨术的蓝岚，紧要关头突袭得手。但曾羿反应也很快，另一只手第一时间抓向正在掉落的引爆器。蓝岚也伸手去够，但终究晚了一步，最终还是曾羿先捏到东西，同时他的拇指一动，笑着说："啊，我按了。"

引爆器在他手中发出"哒"的一声响，同时黑暗中炸药所在的地方也泛起红色微光，上面出现闪烁的红色数字，是"120秒"的倒计时。

"你！"我和蓝岚异口同声叫道，瞪向曾羿。

"还不快走？走得晚的话出去了也会被波及！"曾羿冲我们大叫着，自己却往安置炸弹的方向扑去。

"你干什么？"蓝岚伸手拉他，但没有拉住。

扑在炸药包上的曾羿扭头对我们大喊："别管我！故事都结束了，我会随这座桥一起粉身碎骨！"

已经没时间想别的，我扑上去边拖动地上的叶运南边对着曾羿喊："为什么这样做？是不想身败名裂吗？"

"不，我只是在赎罪，为一个被我误杀的人。"

"是……娜娜的哥哥？"刚喘着气拖了两步，团长就上来帮忙。紧跟着冲上来的小美一把推开我们两个，扛起叶运南就向桥洞外的阶梯冲去。

大家都跟着小美在跑，我在最后面，曾羿的声音清晰地传过来："对。我不会为杀害那五个人中的任何一个感到内疚，但杀死了无辜的人……我很抱歉。"

走在我前面的蓝岚突然停住脚步，要再度往桥洞里钻。我忙一把拉住她。她气冲冲地对我吼："放开我！让我带他一起走！"

"你没看他抱着炸药吗？拉他就会立刻引爆！他这样做就是表示不想离开！快跑！"我也大声吼着，拽着她的胳膊往上跑。

桥下就是田野，没有什么可隐蔽的地方，团长他们的车停在了更远处，唯一高出来一块的地方是我停在路边的汽车。我对跑下桥的小美大喊："快躲到我车后面去！"

扛着人的小美、团长跟老七几乎同时到达，随后到达的是邱石，然后是我和蓝岚。就在我们两个也蹲下的时候，一声震天巨响传来，大桥的桥面在响声中碎裂塌陷，紧接着是巨大的落水声，就好像电视里大潮拍打岸边的恐怖声音。大桥断裂的同时大大小小的水泥块同时飞起，往四处激射。巨大的震动把我的车也颠起来，落地后警报器响个不停。随后满天的烟尘扑面而来，我忙把头缩了回来，和大家一样用衣服遮住口鼻艰难呼吸。

等到烟尘散去，车子的警报器还在响个不停。我看到缩在车后的两个女人似乎都在抹眼睛。小美边哭还在念叨着娜娜的名字。我这才意识到曾羿要是死了的话对娜娜意味着什么，但现在的状况下，那已经是无法改变的事实了吧。

"咳咳咳——"我咳嗽着站起身来，按掉了烦人的警报器。这次是真的被灰尘呛到。"好了，不管怎样，都结束了。"

话音刚落，就看到有东西直直地落下来，吓得我跳到一边。身后的车顶上传来一声巨响，像脸盆那么大的桥体碎块从天而降砸落我的车顶，车顶陷下去的同时，传出玻璃爆裂的声音。恼人的警报器再次响起。

尾　声

　　午后的阳光越过西侧的屋檐，照在医院南边的这条小街上，之前的一场阵雨，让人感觉光线都不那么刺眼了。因为是暑假期间，附近的学校里没有学生出没，这条街道冷清了不少，但往来的行人还是有的，街边的小吃摊也还在。为了不影响他人，我把车开到了一处人少的路段。

　　"这里！就以这里为终点吧！"从副驾驶座上跳下的蓝岚跑到车前方约五十米外一户大院门口的石狮子边，挥舞着手臂兴高采烈地叫着。

　　我关上车门朝后看去。最先下车的是邱石，跟着是小美，她一跳下来车顶明显往上弹了一下。小美推开欲帮忙的邱石，把娜娜抱下车，轻轻将人放在地上。娜娜脸色似乎显得有些紧张，但更多的是喜悦。今天她穿的还是医院里的病号服，下身也是条纹的病号裤，很普通的两条腿的那种。

　　时间已是7月中旬，距离曾羿炸毁大桥的日子已经过去了俩月，我的酬金也已经到手，团长和邱石如约给了我双倍的报酬，好几千块钱。但悲剧的是几乎都用在修车上了，所剩无几。加上要付给蓝岚的工资，开业以来，我第一次入不敷出。

桥毁掉后我们在岸边搜寻了许久，但没找到曾羿的尸体。可能压在了那片崩塌的水泥废墟下，也可能沉入了水底，更可能已被炸得粉身碎骨。搜寻未果后我们在其他人发现前离开了现场，这事几个人商量下来还是不上报警方。这对生者对死者或许都好。

大桥被炸的事当天夜里就被发现，引来了警方和媒体的关注，最终被定性为人为破坏，但具体实施者不明，由此来看警方也没发现曾羿的尸体。虽然这起事件的起因令人费解，但只对部分交通造成了影响，并没有太大的新闻价值，一段时间后临时的桥面搭建完成，就没人再提。对于曾羿的失踪，他的公司没对外发表任何声明，我在事发三天后假装客户打电话说要见他，得到的回复是总经理出国去了，无法会见任何人。

另一方面娜娜的病情在加重，关心她的人却束手无策，网站募捐到的钱也是杯水车薪。但就在炸桥的隔天，有两个人找到了她，说是晨星基金会的人，理事长曾羿早在数天前就已经吩咐过人接手这件事，他的失踪似乎也没对此造成影响。两人问过一些问题后离开，然后在次日电话告诉娜娜，基金会愿意承担这笔百万元的医疗费，他们还会帮忙寻找器官来源。事情进行得出乎意料的顺利，娜娜在一周后就进行了手术，并且相当成功。她体内缺失的脏器得到了补全，已不再有生命危险，粘连的腿部也用手术分开，矫正了畸形，经过一段时间的锻炼后，已经能够在人搀扶下走路。娜娜曾经说过的要逛这条小街的愿望还没实现，于是在这个雨过天晴的午后，我载着她和蓝岚、邱石、小美一起来到这里帮她实现愿望，只是这次娜娜不用坐轮椅，而是将用她的双腿走完这段路。

"好的！注意重心！"

"稳住！别急！"

"当心当心！"

此时蓝岚、小美和邱石三个围在蹒跚前行的娜娜身边，正大呼小叫个不停。我站在石狮子的后方，看着娜娜摇摇晃晃地走来。虽然问她时她说走路脚不会疼，只是有点吃力，但看她现在的表情，应该是忍受着相当大的痛苦。即便如此，她还是摆手不让身边的人去扶，咬着嘴唇向终点前进。

看着阳光中一步步艰难挪动的身影，我想到最初安上义肢的曾羿，当年那个爬行了十余年后终于能够站立行走的少年，走向他大哥时的样子。那种痛楚与欣喜并存的心情，我同样从娜娜的脸上看到了，胸口忽然有热流涌动，视线也跟着模糊起来……

抬起头闭上眼，我注意到了身外的声音。那是路旁一株大榕树上传来的响亮蝉鸣，在这 7 月时节，在黑暗地下蛰伏多年的蝉们纷纷钻出地面，羽化振翅，迎来生命中最辉煌的时光。但这却是它们生命中最后的辉煌，来到阳光下的蝉只有两三个月的寿命，最长也活不到下一个季节，这一点竟然跟死去的曾羿暗合。

"到啦！太棒了！"

"好！当心！"

身边又传来大声的欢呼，我趁人不注意用衬衫袖子在脸上抹了一把。笑中带泪的娜娜已经成功走到终点，和蓝岚抱在一起。大家都在为她欢呼庆祝，我也跟着一起拍手。这时候只要高兴就好，曾羿在阳光下没走完的道路，娜娜会替他走下去的。想到这里，我朝身后路的尽头望了一眼。无意间，发现路边的弄堂口停着一辆黑色轿车。大概是察觉到了我的视线，驾驶座上的男子扭过头去，但我还是注意到了他的墨镜。那车是一辆劳斯莱斯魅影，我不禁留意起来。

离开正在庆祝的人群，我转身朝那车走去。

车上的小仇没再躲我，任由我打开车门坐进了副驾驶座。

"好巧啊，在这里也能遇见你！"坐上车后我笑着开口，"话说你没失业吗？你们老总不是失踪了吗？"

"曾总失踪了吗？我只听说他出国考察了，再说我又不是只为他一个人开车。"小仇不动声色地回答。这好像还是我们第一次面对面的正式对话。

事到如今已经没有必要再遮掩，我直奔主题："大公司为了不引发内部动荡暂缓公布高层变动，这我可以理解，但你就别装了吧？大概到现在都在为曾羿的行踪困扰吧？那我就把亲眼所见的告诉你——曾羿在那次大桥被炸的事故中死了！杀死他的人正是他自己！他就是那个'蝉蜕杀手'！"

小仇隔着墨镜看了我许久，最后还是连连摇头："不，这不可能的，你是在胡扯。"

"那你说来这里的原因是什么？"

"这是……基金会出了钱，想知道资助对象的术后恢复情况也很合情理吧？我是代表基金会来看看娜娜的。"

"哦，你又来搞调查跟踪来了。"

小仇又扭头看我，但没有问话。我笑着说："你一定奇怪我为什么要用'又'吧？很简单，虽然曾羿实施了杀死那五个人的计划，但帮助他搜集情报跟踪目标的一定是你，因为用义肢走路是很吃力的事，而那些事又需要不时走动，对于他来说，恐怕比杀人本身还要艰难吧？但找外人帮忙的话以后难免麻烦，你又会开车又在他身边，显然是最合适的人选。"

"谁……谁说的？我不知道你说的调查跟踪是什么意思，但是车的话，曾总也会开。"说这话时小仇有些慌张，难得地用手推了推墨镜。

"呵呵，这话是他交代你说的吧？一个没有双腿的人能开车？这种话说出去也要有人信才行吧？刹车油门都是需要脚部精确控制的，小腿大腿全都是塑料的义肢，这样的人能够做到吗？"

面对我的连番发问，小仇张了张嘴最终还是没说话。

"你不只替他做了谋杀前的预备工作，你还杀了人。那次开车去见娜娜，最后开车逃跑失败捅死她哥哥的人，其实是你吧？因为只有那次，'冒牌邱石'是坐在副驾驶座后面的。"

这话说完后，车内陷入了寂静。过了许久，小仇才回头看我，从鼻子里重重呼出一口气后说："好吧，看来你都知道了。"见我没有开口，他继续说："现在都说出来也无所谓了。我是帮曾总做过一些跑腿的工作，也是我接他去杀人现场附近，完成后再接他离开的。但他每次都要我远离现场，不让我参与他的行动。那次去见娜娜是个意外情况，他原本已经跟你定下了时间，但是当天晚上他的身体出了点突发状况……"

"那是怎么回事？"

"其实他的身体一直不好，每次下班回家都需要人做全身按摩，尤其是腿部。之前几天住在邱石的家里冒充对他的身体是很大的挑战，体力已到了极限，得到消息的时候就已经累垮了。但娜娜这边不能轻易放手，所以就电话叫我用上他的道具伪装成他上了你们的车。他关照我的只是问娜娜几个问题，但没想到……因为娜娜什么都不说，我有些着急，场面失控了。再加上你根据伪装道具把我和'蝉蜕杀手'联系上了，我有些慌，急于脱身……娜娜的哥哥又拼命和我抢人，最后就……其实没想过要杀他的，我只想让他放手……"

看着双手掩面的小仇，我完全没有想安慰他的想法："曾羿在自杀前说自己是为了替娜娜哥哥的死赎罪，但实际上人并不是他杀的，他是把你犯的罪也承担在自己身上了。"

"他就是这样的人。那次在事务所从你们口中得知娜娜哥哥的死讯后，他难过了好几天，一直耿耿于怀。所以救娜娜这件事你们一提后他很快答应，希望这样能对她有所弥补。"

说完这些小仇低头不再说话，让人浑身不自在的沉默笼罩车内。为了打破沉闷的局面，我开口问他："那，你为他做这些的原因是什么？他答应给你钱吗？只是为了给堂弟报仇的话不会为他做那么多吧？"

小仇也很快给我回应，缓缓摇头说："不，当然不是为了钱。多多被葛龙伤害的事情我也是从你们嘴里知道的。大概是怕我冲动坏事，曾总一直没告诉我这事。"

"那你是……"

"我小时候也在乐元堂孤儿院待过。"

小仇的这话虽然很轻，但已足够让我恍若大悟："挂在麻袋里的孩子，有一个是你吗？"

"没错。还有一个孩子在火灾中丧生了，也是机缘巧合让我来到了他们家开车，一次我无意中提到身世让他认出了我。相比曾总，我们还算好的，葛龙只在兴致大好的时候才会把我们几个拖过去。所以当他跟我说想铲除那些人渣的时候，我没有多做考虑就答应了。作为遭受过虐待的人，我完全理解他的动机。我还提出一切都由我来做，就算为此坐牢被判死刑也没有关系。但他说有很好的计划，只要我辅助他就好，可以逃脱法律的惩罚，于是……我照办了。"

说完这些，小仇取下墨镜，双掌按在脸上，深深弯下腰去。这动作似乎在缓解疲累，又像包含着悠长的惋惜。

最后的话题已经完毕，我打开车门悄然下车，又替他轻轻把门关上。

"你躲到哪去了？大家都在找你呢！"前方一个人影快步走来，光听那带着怨气的清亮声音便知道是谁。

"没……没事，瞎逛呢。怎么了？"我离开车边迎向蓝岚。

"团长打电话来说买了蛋糕，要我们快点回病房庆祝娜娜的'新生'呢！"

"好啊好啊！是起司蛋糕吗？或者巧克力蛋糕我也喜欢。"

"不知道！有什么吃什么，不花钱的你还要挑剔？"

"说得也是……"

并肩往回走时，那辆劳斯莱斯缓缓超越我们，朝前方的大路开去。透过半透明镀膜的车窗玻璃，我好像看到后座上坐起来一个挺拔的身影。

是我看错了什么吧？不可能的，不可能是他……但我刚才确实没细看后座……

注意力不禁随着车子而去。

"看什么呢？车里有美女吗？"蓝岚察觉我的动向后白了我一眼。

"没……没有……头颈有点酸而已。"

我假装揉着头颈，仰头望天。才没多久的时间，阳光又变得灼热起来，让我怀念起刚才车内空调的凉爽。外界的喧嚣也再度袭来，像要把人的整个耳腔填满。当然，最令人难以忽略的，还是那树上的鸣蝉。那振动腹部鼓膜所发出的尖锐声音，要向整个世界宣示它的存在般在我耳边震荡不止。